마애암 골짜기

마애암 골짜기

신종국 소설집

마애암 골짜기

초판 1쇄인쇄 2020년 1월 7일

초판 1쇄발행 2020년 1월 10일

저 자 신종국

발행인 박지연

발행처 도서출판 도화

등 록 2013년 11월 19일 제2013-000124호

주 소 서울시 송파구 중대로34길 9-3

전 화 02) 3012-1030

팩 스 02) 3012-1031

전자우편 dohwa1030@daum.net

인 쇄 (주)현문

ISBN | 979-11-90526-05-0*03810

정가 13,000원

도화   는

고정적인 질서에 대한 익살맞은 비판자,

고정화된 사고의 틀을 해체한다는 뜻입니다.

차 례

마애암 골짜기 · 7

세상 속으로 · 63

밤의 넋 · 89

사막의 달 · 111

총 · 135

가대기의 노래 · 169

조수潮水 · 197

순교시대 · 223

해설
마애암 골짜기에서 솟아오른 놀라운 세계 · 249

작가의 말

마애암 골짜기

산협의 그늘 아래 검게 드러누운 저수지가 나타났다.

차창과 수평으로 흐르듯 저수지의 수면이 긴 검은 띠처럼 보였는데 명수는 이상스레 그 물의 반짝임이 차갑게 느껴졌다. 아직 8월의 잔영으로 숲의 열기가 후끈했다.

차가 깊은 골로 들어섰다. 잣나무 숲이 산정의 관목을 아래서 위로 밀어 올리듯 산 허리께부터 밀생해 있다. 초록이 너무 짙어 군청색에 가까운 번짐 상태로 그 잣나무 숲은 뭉개진 색의 덩어리로 지나간다. 대낮임에도 이미 산협의 해가 기울기 시작한 탓인지 일광은 비스듬한 각으로 내리고 있다. 열린 차창으로 새들의 갑작스런 울음이 한꺼번에 비집고 들다가 순식간에 사라졌다. 차가 경사지로 오르자 만조의 바다처럼 만만찮은 수압을 부풀려 올리듯 저수지의 검은 담수 전체가 스윽 허리를 펴면서 차창 속으로 드러난다.

높은 산마루들로 에워싸인 탓인지 이미 어둠이 갇힌 것처럼 보였다. 좁혀진 햇살이 저수지의 한쪽 수면 부위에서 눈부시게 끓고 있었는데, 그 빛도 차가 좁은 굽이 길로 각을 틀자 순식간에 나무와 나무 사이로 사라져버린다. 잣나무 숲은 물가에 이르러서는 잎이 넓은 활엽의 수림으로 바뀌었다. 홀연 은사시 나무들의 각진 잎들이 무리져 나타났다가 더운 지열을 아직도 품고 헐떡이는 아카시아 군락으로 홱 바뀐다.

차창으로 들어오는 바람 사이사이로, 제멋대로 박음질하듯 지나가는 새들의 날카로운 울음이 실려 온다. 명수는 갈수록 이 골짜기가 사람을 밀어내고 있구나 하고 생각했다. 이 삼 년에 한 번 씩 이런저런 핑계로 겨우 와 보는 고향 골짜기지만 올 때마다 그런 기분은 오싹하리만큼 선열했다.

벌써 산협의 초입에서부터 폐가가 나타나고 있었다. 몇 해 전만 해도 마을 사람들이 살았었고, 지붕 키와 별 다를 바 없는 높이의 굴뚝 끝으로 잔솔가지 타는 푸른 연기가 아련했었는데 지금은 아무 것도 없다. 폐가는 경운기 한 대 겨우 지나갈 정도의 임도에서 멀찍이 산그늘 속에 몇 채 보였으나 사람들은 종적을 감추었다. 이 고원지대에서 감자 농사로 겨우 삶을 버텨내던 그들은 모두 어디로 갔을까… 명수는 이 무인지경의 산골짜기에 자기 모친만 덩그러니 남아 있을 거라는 생각에 이상스레 머리가 말갛게 정리되는 기분이 들었다.

폐가의 버려진 텃밭을 지나면서 명수는 지금도 뒤안의 흙을 파면 알토란같은 검은 흙 감자들이 숨어있을까 궁금했다. 그 숨겨진 감자를 꺼낼 때마다 자신의 두 손이 검은 흙에 파묻힌 기억이 났다. 호미로 헤집다가 막판에 손가락으로 감자를 쓸어 모을 때 명수는 자신의 열손가락 속으로 빛나던 빛 덩어리들을 보는 듯 했다. 그랬다. 그 검은 부엽토 속에 감자들은 하나같이 투명에 가까운 백색광으로 눈부셨고 흙을 털어낼수록 밝은 빛가루가 박힌 듯 환했다. 그렇게 땅속 깊이 저장된 감자는 그 골짜기 사람들의 목숨이었다. 어릴 때 그 일용의 양식들을 캐어 집으로 돌아올 때 문득 명수는 자신의 머리 위로 휘황하게 지나가는 석양이랄까, 이 산협이 이루어내는 서글픈 으스름의 색감 속에서, 어쩌면 자신의 생은 이렇게 끝날지도 모른다, 이 골짜기 속, 이 깊은 산의 장막 속에서 하루하루 흙이나 나뭇잎 속으로 몸이 가라앉고 있을지도 모른다고 생각했다. 그러한 공포는 아주 어릴 때부터 지속된 집요한 감각이었는데 그 생각은 거의 자신의 피부와 같아서, 어느 사이 모든 것을 자신의 자책으로 귀결시키는 버릇으로 자리가 틀어졌다. 그런 기억의 연속은 지금도 차를 몰고 고향집 골짜기로 깊게 파고들수록 어떤 공포가 쿵쿵 소리를 내며 검은 망토를 이 숲 저 숲으로 옮겨가는 듯 했다.

명수는 가능한 이 저수지 골짜기를 빨리 벗어나고자 했다. 그런데 이상스레 차가 저수지 허리를 겨우 통과했을 뿐인데 어둔 길을 헤쳐 나가는 차의 속도가 더뎠다. 알 수 없는 완강한 힘이 차의 진입을 밀어내는 것만 같았다. 너무 더운 탓인가? 냉방을 다시 할까 하다가 그만두기로 한다. 길의 경사가 갑자기라고 해도 좋을 만큼 각을 세운 탓도 있으리라. 그러나 이 길은 금방 끝날 것이다. 산마루에 올라 조금만 방향을 비틀면 저수지는 등 뒤로 소리 없이 가라앉고 고향집이, 산록의 완만한 경사면 저쪽으로 개활지가 드러날 터이다.

명수는 개울이 저수지와 처음 닿는 둑에 차를 잠시 세워 내렸다. 눈 아래로 그렇게 넓지도, 그렇다고 좁지도 않은 검은 저수지가 드러난다. 이미 어둑신한 저녁의 그늘로 많이 무거워 보이는 물색은 아무런 일렁임도 없다. 그저 배영의 자세로 하늘을 올려다 본 채 죽어있는 형상이다. 순간 무엇을 책망하는 듯한 까마귀 울음이 바로 귓전에서 큰 소리로 울렸다. 명수는 깜짝 놀라 고개를 돌렸다. 환청처럼 사위의 숲은 고요할 뿐 까마귀도 보이지 않는다. 명수의 귓가로 소름이 칼로 긋듯 한 줄로 순식간에 내린다. 이 무섬증은 명수로서 어떻게 할 수 없는 부분이다. 그저 지그시 그 물색을 노려보면서 밀리지 않고 버티는 수밖에 없다. 노려보고 노려보고 버틸 수 있는 한 버텨보는 것. 그 튀는 공포의 순간순간을 견뎌보는 것. 바람 한 점 없는 저수지는 어두운 골짜기 아래 갑자기 전체가 거대한 입이 되어 무언가를 말하는 듯 보인다. 물을 가득 머금은 커다란 입….

그는 이마에 맺힌 땀방울을 손등으로 훔쳤다. 매우 습한 더위가 좁은 한구덩이 속의 열기로 느껴졌다. 그는 습지에 쭈그리고 앉아 담배를 입에 물고 불을 붙였다. 보랏빛 담배연기가 제단의 향처럼 가는 곡선을 유지하다가 누군가가 위에서 흡입하듯 수직으로 솟는다. 그 연기 탓인지 저수지 숲의 단단했던 대기가 다소 부드럽게 풀어지는 듯 명수는 느껴졌다. 그때 저수지 오른편 안쪽으로부터 두런두런 남자들의 음성이 걸어 나왔다. 명수는 거의 다 피운 담배를 습한 흙속에 다져넣고 그 낯선 사람들 음성이 몸으로 드러나는 지점 쪽으로 허리를 세워 일어났다. 군청의 측량기사들인 듯 긴 막대 모양의 계측기와 삼각대 비슷한 측량기구를 든 사람들이 나타났다.

"어? 누가 계시네, 이 산 속에!"

그들 중 누군가 멀리서부터 인사말을 건넸다.

"수고하십니다. 뭘 측량하시나 봅니다!"

다가오는 그들을 향해 명수가 마지못해 인사를 건넸다. 모두 세 명이었는데, 기사 차림의 남자들은 아무도 없을 것 같았던 저물 무렵의 골짜기 저수지에 말쑥한 양복차림의 명수를 보자 사뭇 놀라는 눈치였다.

"바람 쐬러 예까지 오셨수? 곧 비도 뿌릴 것 같은데요?"

그들 중 가장 나이가 들어 보이는 40대 남자가 손에 들고 있던 작업 가방을 땅 위로 툭 던지면서 말을 이었다.

"아뇨, 고향집으로 가는 길입니다. 잠시 차에 내려 저수지 좀 보고 가려구요."

"아, 그러슈? 그럼 실컷 보셔야 겠어요. 조만간 수몰될 테니… 아시죠? 곧 내년이면 저 아래쪽 새 사력댐에서 담수 시작하는 거요."

"네. 압니다."

"아니, 그럼 고향댁이 어디슈? 여길 지나 더 올라 간다면 집 두어 채 겨우 남아 있는데요?"

그때 눈금이 그어진 긴 막대자를 들고 있던 가장 젊어 보이는 기사가 명수를 보고 싱긋 웃으며

"아, 수몰 보상 신청하셨나요? 이미 신청 다 했던데… 신청기간도 아마 지났을 걸요?"

명수는 아차 싶었다. 그것은 미처 생각지 못한 부분이다. 수년 전부터 읍 방향으로 산과 산을 연결한 거대한 사력댐이 만들어지고 있었는데 이 골짜기까지 수몰될 거라는 것을 알았음에도 정작 자신의 집에 대한 대책이랄까, 이주계획 같은 것을 까맣게 잊고 지낸 것이 자신이 생각해도 참으로 이상할 지경이다. 서울 생활은 그런 것인가… 시골 고향 촌의 이런 저런 일들은 거짓말처럼 상경하자마자 까맣게 지워지곤 한다. 수용비나 이주비 정도가 턱없이 소략한 탓도 있었겠지만 명수는 여차하면 노모를 서울로 옮기기만 하면 된다는 나름의 생각 탓인지도 모른다. 흡사 가위로 오려내듯 노모가 버틴 자리만 삽으로 떠서 서울로 옮기는 간단한 절차로 마음먹었기에 토지보상금 따위는, 애초부터 척박한 고지대의 가파른 텃밭에 불과한 면적에 불과하여 그는

이주비 자체에 큰 의미를 두지 않았었다. 십여 년 동안 노모가 서너 번 고향의 농작물을 가져다준답시고 서울 아들 아파트를 다녀가기도 했는데 귀향시마다 노모는 아들의 서울 생활에 분노했다.

"이런데 갇혀 살면 숨 막혀 죽는데이. 한시라도 속히 고향에 내려와 살아야 하구만. 꼭 명심하고 지체 말그라!"

노모는 서울의 그 모든 환경에 대해 머리를 저었다. 명수의 좁은 원룸에 어머니는 잠자기 전에는 들어와 있으려고 하지 않았다. 인근 아파트 단지의 놀이터 주변 나무벤치에 거의 하루 종일 지내려고 했다. 그곳은 그나마 숲이 조성되어 있어 겨우 숨통이 틔는 눈치였다.

"여기 골짜기들은 산들이 각이 날카롭고 경사가 급할 뿐 아니라 골과 골 사이가 엄청 깊어요. 그것도 한두 골짜기가 아니고, 죄다 읍내 큰 댐 쪽으로 깔때기 모양 비집고 드는 지형이라 조금만 물난리가 나도 다 휩쓸고 가버리거든요. 그 수량과 유속이 엄청나서 멋모르고 계곡에 놀러왔던 객지 야영객들이 가차없이 물살에 떠내려가기도 했구요."

그들 중 얼굴이 온통 털로 뒤덮힌 작고 통통한 남자가 말했다. 그가 자신의 머리를 짓누르던 화이버를 벗어 땅바닥에 던진 뒤, 무척 더운 듯 기사복 상체의 단추를 열어젖히자, 가슴으로 밀생된 체모가 하얀 런닝의 푹 파인 공간으로 다투듯 삐져나왔다. 눈썹조차 짙고 두터워서 손에 돌도끼만 들고 있으면 중학교

사회과부도에 소개되어도 무방할, 석기시대 표본인류 같았다.

"이 저수지도 이십년 전에 엄청난 물난리가 있었고, 그래서 이렇게 높고 튼실하게 개축한 거 아닌감? 그게 아마 91년 수해였지?"

하고 40대가 말을 하자

"아니 91년에 개축이 된 거구요, 저기 개축기념비에도 보면 기록이 있지요, 그러니까 그 큰 물난리는 89년 여름이었으니 그로부터 2년 뒤에 이 저수지를 개축 보강한 거구요!"

털복숭이가 그의 말을 정정해주었다. 의외로 그는 이 저수지에 대해 박식했다. 그러자 그들 중 가장 젊은 친구가 개축기념비 비슷한 비석 쪽으로 가서 하나하나 음각된 글을 읽어주면서

"맞네 89년에 물난리 났고요… 91년 개축했네!"

하고 흰 이를 가지런히 보이며 이쪽을 향해 크게 웃어 보인다. 그들 기사들은 실무적인 기질 탓인지 모두 쾌활했고, 하나하나 검증하는 습성이 자연스러워 명수는 직업이 입혀주는 그들의 활기가 부러웠다.

"그러네, 1991년 3월이구먼. 아마 그해 여름이 되기 전에 서둘렀구나. 출수갑문이나 제방 굳히기가 여간 잘 된 공사가 아닌데… 아까워 이 저수지도 수장된다니!"

명수는 그들에게 꾸벅 절을 하면서

"그럼 수고들 하세요. 그만 먼저 가겠습니다."

하고 돌아섰다. 그때 가장 연장자로 보이는 기사가

"혹시 밤골 할머니댁 자제분이슈? 저 골짜기 위를 돌아 암자 올라가는 초입 길에 있는?"

"네, 어머니입니다."

그 남자는 마치 어둠속에서 없는 불빛이라도 찾는 양 명수 면전으로 그의 얼굴을 들이밀었다. 명수는 그가 무슨 말이라도 하고 싶은 듯해서 그 자리에 섰다.

"정말이지 큰 물난리였소. 저 비문을 보니 1989년 여름이었구나… 이 마애암 골짜기의 모든 산들이 미친 듯이 물을 쏟아내었으니. 몽땅 쓸려 내려갔는데, 아마 웃뜸 최씨 종가 재실에 다 대피했을 걸? 천변의 사람들이 제법 죽었고 읍내는 피해가 더 컸다우. 읍내에 이르러 냇물이 범람했으니 우리 집도 읍내 방앗간 했는데 다 떠내려갔지 뭔가. 생각도 하기 싫구만. 근데 그쪽은 그때 기억이라도 날런가? 죄송하지만 그때 몇 살이었수? 그때도 여기에 살았어요?"

그는 내심 명수의 안색을 탐색하듯 더 다가온다. 물론 명수도 기억한다. 7살이었으나 명수도 그 기억의 잔영이 남아있다. 퍼붓는 폭우 속으로 사람들이 아우성치며 명수의 집쪽으로 몰려오던 그 기억은 너무 강렬한 장면이어서 명수는 지금도 또렷이 기억한다.

"일곱 살… 저도 기억납니다."

"근데 그 절골 부락은 참 복 받았지, 그게 부처님 가피가 아니고 무엇이겠수? 저 산정의 마애암 보이는가?"

명수는 그가 아득한 눈빛으로 손짓하는 방향의 산마루를 올려다본다. 짙고 깊은 산림의 덩어리가, 밤 그늘에 묵직한 무게로만 눈에 잡힌다. 마애암이 어느 쪽인지 명수는 알 수가 없다.

"근데 요즘 왜 아무 북소리가 안 들리지? 그 노스님이 기력이 다 되셨나, 아침저녁으로 법고 두들기는 소리가 늘 들렸었는데…. 암튼 그 스님이 아니었으면 자네 골짜기도 죄다 절단 났을 걸? 그날 오후 서너 시 무렵에 갑자기 노스님이, 아니 그땐 좀 중년이었겠네, 갑자기 가가호호 두들기며 큰물이 닥친다고 미친 듯이 외치고 다녔지 뭔가… 그날 일기예보에 비는 좀 온다고는 했으나 별 말은 없었거든. 근데 그 양반은 아주 큰 물난리가 난다고 마애암 아래 엎드린 여러 골짜기의 부락들을 뛰어 다니면서 한바탕 했다네. 스님이 그렇게 제정신이 아닌 모습을 처음 봐서 전부 긴가민가 했다더만. 아주 승복이 흙탕에 다 젖고 찢기도록 뛰어 다니시면서 사람들을 독려하고 챙겨, 물가에서 멀찍이 떨어진 높은 지대인 웃채 최씨 재실로 몰아넣었다니깐…."

"그래서요? 정말 비가, 큰 비는 왔나요?"

가장 젊은 기사가 호기심으로 눈을 반짝이며 끼어들었다.

"저녁부턴가 하늘이 쩍 쪼개지면서 어마무시한 검은 물이 제대로 쏟아졌는데… 그 스님 말 믿고 산 위로 대피한 사람들은 겨우 목숨을 구했구면. 내가 알기로 그 스님의 공적이 저 비문 어딘가에 같이 기록되어 있다고 하던데?"

그 말끝에 젊은 기사가 비문으로 쪼르르 달려간다. 그쪽에서

그는 반색한 음성으로,

"아 있네요! 마애암 스님의 헌신적인 대피지도와 노력으로… 아, 정말이네… 신기하구만! 그 스님이 그걸 어찌 미리 알았을까요?"

하면서 다시 이쪽으로 뛰어온다.

"아마 공덕이 매우 높으시거나 천문에 능하신 분이겠지요. 평생 저 산골짜기 암자에 홀로 공부한 학승으로 소문도 났는데… 행자 스님 하나 없었다지 아마?"

"근데요, 이제 이 아랫골이 수몰되면 뭐가 되지요? 큰물이 차오르고 임도랑 들짐승 쏘다니는 풀섶길도 잠기고, 사람 하나 없는 산꼭대기 암벽에 당랑 행랑채 꼴의 암자 하나 붙어 있으면 말이죠. 보살도 시주도 끊기면 노스님도 암잘 떠시겠죠?"

이때까지 조용하던 땅딸보 털복숭이가 도구를 챙겨들면서 말을 거들었다.

"그 스님도 이제 노쇠하셨으니 내려가시겠지… 보상비라도 톡톡히 챙겨 큰 절로 들어가시든지. 이제 그 연세에 혼자 움막같은 초암에 더 버티시긴 힘들테구… 무엇보다도 이 절골에 인적이 끊기잖아. 사람이 없다구…."

그들은 도구와 짐가방을 다시 챙겨들고 명수를 비켜 먼저 길을 내려간다. 명수가 인사를 하고 그들의 뒷모습을 지켜보니 임도 안쪽 조그만 공터에 공무수행의 흰색 소형 차량이 어슴프레 보인다. 좀 전만해도 전혀 눈에 보이지 않던 차량이어서 명수는 뭔가 홀린 듯 했다. 마지막 짐을 챙겨 든 나이 많은 기사가 명수에게 말했다.

"스님과 최씨 재실이 다 살렸다네. 이쪽 부락은 단 한명도 죽지 않았어! 모두 그 재실에서 이틀 밤 이틀 낮 동안 그 무서운 피를 피했다구! 자네가 그 속에 있었구만⋯."

명수의 얼굴을 날카로운 눈매로 스윽 긋고 간다. 차 엔진음이 걸리고 몇 번 쿨럭이다가 그들은 어둠속으로 사라졌다. 명수는 새삼스럽게 저수지를 둘러본다. 저 저수지도 사라진다. 자신의 집이 수몰되는 것보다 저 저수지가 더 큰 물의 밑바닥으로 영구히 수장된다는 사실에 명수는 망연했다. 물론 고향에 들를 때마다 이미 수차례 들어온 이야기였으나 세 명의 측량기사가 흡사 세 명의 사도처럼 저 저수지의 운명을 또렷이 뇌리에 박아준 듯하여 명수는 사뭇 소름이 돋았다.

저 물결, 저 검은 수면, 전체의 덩어리로 일렁이는 저 경사면의 잡목림과, 후두둑 후두둑 제멋대로의 엇각으로 허공을 꺾는 물새들도 사라진다. 밤은 완연했고 캄캄한 저수지 한 구석에서 어떤 한숨같은 느린 소리가 큰 울림으로 들린다. 순간, 멀리 산그늘로 잠겨 든 건너편 좁게 조여진 수면 위로, 남아있던 빛무리가 거꾸로 펼쳐진 접이부채의 각도로 쏟아진다. 명수는 그 기이한 장면에 숨이 막혔다. 그쪽에서 흡사 명수를 손짓하는 눈부신 광휘가 일어나는 듯 했다. 명수는 자신의 자가용으로 급히 달려가 도어를 홱 열어젖혀 차속으로 몸을 숨겼다. 시동을 걸어 벗어

나자 그 빛의 조명은 거짓말처럼 사라졌다. 고요가 그 환상의 틈을 비집고 내린다. 뒤엉킨 숲 소리가 쏴아 하고 뒤따라 왔다.

어머니는 이미 집 마당에 나와 있을 터였다. 명수는 서둘러 차를 몰았다. 물가로 쓸려가듯 융단 모양으로 썩어가는 측백 잎 냄새가 지나갔는데 그 축축하고도 물씬한 냄새는 언덕을 가파르게 올라 개활지가 다가올수록 빠르게 말라들면서 관솔의 싸아한 냄새로 바뀐다. 산록의 경사면을 꺾어들자 집이 하나 나타났다. 월광댁 할머니가 살던 집인데 이미 폐가다. 짚더미처럼 그 폐가는 할 말이 이젠 없다는 듯 묵묵히 길을 비켜 준다. 이윽고 암자 초입의 산협이 새롭게 모습을 드러내자 노모가 저 끝에 몽당연필처럼 허리를 굽혀 서 있는데 눈에 든다. 그곳이 명수의 고향집이다. 고향이 왜 그곳에 있는지, 정말 그곳이 자신이 태어나고 자랐던 집이란 말인가… 명수는 가슴이 탁 막혔다. 자신의 시간, 그 심연의 바닥이 바로 저 곳, 저 위치, 저 마당집이 그의 모든 과거의 시간을 다잡고 있다. 목구멍을 조여드는 타는 듯한 기분을 그는 이번에도 피하지 못한다.

그 마당의 정 위치에 늘 늙은 노모가 서 있다. 고향집과 함께 속절없이 늙어가는 큰 감나무 그늘 아래 비현실적인 구도로 노모가 서 있다. 이미 밤이었고 명수는 헤드라이트 속에 흡사 자신을 환영하듯 단속적으로 비치는 고향집의 토막 난 장면 장면에 코허리가 시큰했다. 차가 회전하자 열린 차창으로 명수는 손을 내밀어 휘저으면서 '저 왔어요! 접니다요!' 하고 소리쳤다. 밤기운이 완연했음에도 집 뒤 높은 준령의 접힌 서쪽 사면으로 끝 노을이 장작불처럼 가는 띠가 되어 비밀스레 타고 있다.

노모는 웃음인지 울음인지 모를 애매한 얼굴로 볼우물을 우물댄다. 틀니를 하지 않으신 걸까? 주름은 얼굴 중심에서 천지사방 골을 파면서 달리고 있다. 얼굴이 많이 상해보여 명수는 쓰렸다. 오랜 무릎 관절염 탓으로 노인은 겨우 지팡이에 몸을 버티고 있다. 왜 어디 평상에라도 앉지 않고 늘 이렇게 마당 한가운데 서서 벌서듯 아들을 마중하는지 명수는 못마땅했다. 저 여인네에게 이 지상에서 누가 더 있으랴… 그건 명수도 마찬가지다. 명수는 코허리가 시큰했는데 그건 그리움과는 거리가 멀었다. 어찌보면 맥 빠지고 무의미한 눈물이겠으나 명징하게 말할 수 없는, 요컨대 이 세상 끝 집에서 마지막 남은 혈육을 일몰에 상봉하는 어떤 뼈저림 비슷한 사무침이었다. 명수는 차에서 내려 노모를 부축하듯 안았다. 자기 가슴에 안긴 한줌 정도의 노모가 가루로 바스러지면서 사멸하는 듯 했다. 명수는 땅거미가 짙은 고향 마당에서 곧 죽어 사라지고 없을, 그 언젠가의 시간을 미리 부여잡은 참으로 헛헛한 기분이 들어 작은 사발크기의 어머니 머리를 더욱 끌어당겨 안았다.

"니가 왔구먼… 아들이 왔어!"

그 말을 겨우 마치고 노모가 맥없이 무너졌다. 명수는 깜짝 놀라 그녀를 부축해 올렸다. 노모가 와들와들 몸을 떨면서 뭔가 말을 하려고 하지만 잘 안 되는 듯 갑갑한 입놀림과 함께 짓무른 눈가로 눈물을 흘린다. 그 눈물은 얼굴 주름의 고랑을 잘 찾아들지 못해서 이리저리 제멋대로 번지는 바람에 노모의 얼굴은 대번에 눈물바다가 된다. 수년 만에 아들을 만난 겨운 감정 탓만은 아닌 듯, 노모는 무언가를 부정하듯 머리를 계속 좌우로 도리칠친다. 그런 노모의 얼굴을 바로잡아주듯 명수는 두 손으로 노모의 얼굴을 감쌌다.

 밤이 깊었다. 높은 고원 탓인지 밤기운은 서늘하고 청량했다. 어디선가 밤새의 무감동한 울음소리가 들려왔다. 집 앞의 숲은 그 자체로 한 무리의 어둠이었다. 그러나 그 드리운 장막은 천지 사방 숨을 쉬듯 서늘한 밤기운에 숭숭 구멍이 다 뚫린 듯 시원했다. 아마 산협의 골바람이 낮 동안의 지열에 밀렸다가 밤이 되자 등을 바로 세워 시원시원 쏟아진다. 별이 하늘 한쪽 모퉁이에서 한꺼번에 무너질 듯 위태위태 명멸한다. 아마 그쪽으로만 밤하늘이 구름을 피해 열려있는 모양이다. 높은 산마루들은 어둠속에 어슴푸레 서로 겨루듯 어깨다짐으로 포개져 있었고, 시간이 흐르자 구름이 모조리 벗겨진 듯 자잘한 별빛들이 그 중첩된 비좁은 틈새로 다투듯 쏟아진다.
 서울에서는 꿈도 못 꿀 별들이다. 명수는 마루에 앉아 무연히 밤 하늘을 오랜 시간 올려다본다. 적막한 밤이 이상스레 낮보다 더 생기가 있고 활력이 느껴진다. 아마 낮의 폭염에 혼절했던 모든 생령들이 다 일어나 움직이고 깔깔대는 모양이다. 낮의 열기가 세상을 질식시켜 단단히 재갈을 물려 감금했지만 그러나 밤은 달랐다. 적어도 이 골짜기의 밤은 사위가 어둠에 녹아 한치 앞도 가늠할 수 없었음에도 불구하고 영혼이 넘치고 기대에 찬 목표치에 답하듯 서늘한 밤바람까지 더하여 그 쾌적함이 흡족했다. 감히 다가와 말을 건네고 싶으나 미처 사귄 적이 없어 망설이는 듯, 밤 짐승들의 숨소리가 지척에서 만져진다. 집 울타리인 중키의 사철나무 너머로 무성한 은목서 숲조차 수줍게 다가오려고 조바심치는 듯 했다.

이런 밤의 대합창 앞에서 명수는 비로소 귀가를 실감한다. 어떤 채워지지 않는 비애의 시간이 성큼 자신 앞에 다가와 다정히 밥상이라도 마주하고 앉은 듯한 충만된 슬픔이 그를 사무치게 했다. 그것은 고향이었다. 지금 이 시간, 이 곳, 이 밤의 세계가 바로 고향이었다. 나뭇잎들이 썩어 지친 듯 땅을 뒤덮고 있는 숲의 바닥, 흐르는 개울의 투명한 물거품들, 와류처럼 불어내리는 곡풍, 무너진 폐가, 키 높은 억새밭, 자신들의 토굴 길을 부산하게 마실 다니는 어린 네 발 짐승들… 또다시 원근을 짐작하기 어려운 새소리가 느닷없이 들린다. 그 새소리는 사철나무 울타리 뒤편의 어둔 공터 같기도 했고, 멀리는 골짜기 아래 밤 저수지쪽 소리이기도 했는데 방향을 도무지 알 수 없었다.

밤이 깊자 산바람이 북서편 산록에서부터 엄청난 계류 소리를 내면서 쏴아아아 하고 한층 거세게 쏟아진다. 집에 왔구나…

고향에… 노모가 홀로 살고 있는 이 골 깊은 고향. 명수는 아득해진다. 그는 순간 서울에서도 고향에서도 자기 삶은 이미 실패한 것이 아닌가 자문했다. 서울이라는 그 단어, 그 세계, 그 막막함에서 덜컹 멈추고는 더 나아가지 못한다. 혼자 마트에 다니고, 차를 몰고 출근하고, 지하철 환승역 모텔쯤에서 낯선 여자를 만나 섹스하고 헤어지는… 명수는 외피만 둘러쓴 어떤 낯선 인간 하나가 서울에서 그러고 다닐 뿐인… 고향을 도망치듯 서울의 대학으로 진학하고 그곳의 일터에서 생을 엮는 그는 갈수록 자신이 외피만 남은 인간으로 느껴진다.

언젠가 TV에서 캐나다 '태양의 서커스' 공연을 소개하는 프로그램을 본 적이 있었는데, 우산을 펼쳐 든 긴 겨울 외투 차림의 남자를 그는 기억했다. 놀랍게도 그 연기자의 머리가 전혀 보이지 않았다. 목 부분이 횡으로 잘려 머리가 달아나고 없었다. 정말 어깨 위로는 아무 것도 없었다. 목 부분은 열려 캄캄한 허공이었고 그 위로는 그저 대기에 속하는 무대의 공간이 자리했다. 머리 없는 사내가 우산을 펼쳐들고 밤거리를 이리저리 산보 다니는 그 기괴한 장면에서 명수는 그 인물이 바로 자기 자신임을 뼈저리게 느꼈다. 놀랍게도 그의 두 다리는 인간의 보폭을 정확히 동작하면서 이리저리 다녔다.

고향 집 마당에 나앉으면 그 안온한 안도감에도 불구하고 그는 객귀가 된 심정이었다. 이미 서울에서 죽어 외피만 남은 시신이 고향 마당 밤 평상에 앉아 있었다. 그렇기 때문에 이 찬연하도록 시린 고향의 밤은 그 자체가 전부였을 뿐 더 이상 그 무엇은 아니었다. 기묘한 이도공간이다. 그의 모든 것이었음에도 불구하고, 아무 것도 아닌 고향… 그래서인지 명수는 늘 고향에 와서도 도망치듯 서울로 다시 황망스레 떠났다. 때로는 단 하룻밤만 자고 가버린 적도 있었다.

모친은 갈수록 귀가 어둔 탓인지 주고받는 말에도 명수는 지쳤다. 그래도 모친은 아무렇지 않은 모양이다. 노모는 띄엄띄엄 눈앞에 아들이 어슴프레 보이는 이상 뭔가 말소리를 내었다. 그런데 그건 이미 사람의 말이 아니었다. 노쇠한 입이 토해내는 신음에 다름 아니었다. 누가 보면 깊은 살골 오막살이집에서 노모와 30대 아들 둘이서 도란도란 밤새워 정담을 나누는 것처럼 보일 수도 있으리라. 텅 빈 시골방의 어둑한 그늘, 행랑처럼 붙은 부엌엔 잔솔가지 태운 잿가루가 추운 겨울 손트임처럼 덕지덕지 말라붙은 토벽, 나방들이 백열등에 날개를 태우며 낙하하는 밤… 금이 쩍쩍 갈라진 자신의 비닐 장판방에서 명수는 필사적으로 잠 들려 한다. 밀려드는 잠인지 어둠의 무게인지 명수는 두 눈을 뜬 채 질식한다.

"내일 네 아비 묘에 가자. 비가 오지 않으면 말다… 니는 찾을 수 있을 거구만."

그의 방문 밖에서 노모 말소리가 의외로 또렷이 들렸다. 그랬다. 어머니가 명수에게 고향집으로 오게 한 그 전화의 주된 내용이 그러했다. 그녀는 전화로 남편의 묘를 도저히 찾지 못하겠다고 아들에게 말했다. 명수는 이럴 때 어머니의 속마음이 궁금했다. 아버지 묘는 주변 다른 묘들과 착각할 만한 지형이 아니었다. 더구나 아버지 묘 아래 열 걸음도 안 된 거리에 형의 무덤이 하나 더 있을 뿐이다. 잡초가 너무 우거진 탓이라고 노모는 말했었다.

물론 잡초란 천지사방 땅을 잡아먹어서 소롯길 정도는 대번에 잠식하고도 남는다. 그러나 아버지 묘는 비록 산속이긴 하나 올라가면 거의 개활지나 다름 아니다. 아마 어머니가 애초부터 그 경사진 길을 잘못 들었나 보다. 잘못 든 길에서 아버지의 무덤을 발견하지 못해 망연자실 했으리라. 아니면, 이미 노인성 관절염으로 요절난 두 무릎으로는 어디든 길을 헤쳐 가기가 불가능했으리라. 이런저런 사정은 내일 산소를 찾아 나서면 자연 밝혀질 터이다. 그런 생각의 끝자락에서 명수는 잠이 들었다.

다음날 조금이라도 더위를 피해볼 요량으로 명수는 노모와 함께 아침 일찍 아버지 묘를 찾아 나섰다. 그러나 여름 해는 어느새 떠올라 골짜기 구석구석 빗질을 하듯 임광이 고르게 퍼지고 있었다. 차 시동을 걸 때 산허리께로 번지던 햇살이 부락을 벗어나자 마을 아래 계곡의 하단부까지 들어차 있다.

아버지 시신은 다른 군에 있는 선대의 선산으로 가지 못했다. 문중에서는 아버지가 자살한 사람이므로 그냥 너희들이 알아서 처리하라는 결정을 통보했었다. 그건 형의 경우도 마찬가지였다. 형은 비록 사고사였으나 혼인을 치루지 못하고 죽은 아이였으므로 선산으로 가지 못했다. 그런 형은 스물다섯의 나이였었다. 더구나 묘비 따위도 있을 수 없다하여 노모가 격노했던 기억이 어린 명수에게도 남아 있다. 그 노여움으로 노모는 시댁 문중과 발걸음을 끊었다.

언젠가 명수가 잘 아는 집안 어르신을 읍내 고등학교에서 집으로 하교할 때 우연히 버스 차부에서 만난 적이 있었는데, 그때 그 어른이 명수에게 '너의 에미가 모든 사람을 잡아먹었다. 어린 너는 잘못이 없겠지만, 우리는 너희 아버지와 네 형을 잃었다'고 했다. 명수로서는 무슨 말인지 생전 처음 듣는 말이었다. 그 뿐만 아니었다. 길을 가다가도 자기를 먼발치서 발견한 마을 사람들은 한결같이 고개를 명수가 지나갈 때까지 외면했고 침묵했다. 명수로서는 어쩔 수 없는 일이었다.

그가 읍내를 떠나 서울의 대학으로 진학하기 전까지는 그런 이상한 응시와 관찰의 시선에서 명수는 전혀 자유롭지 않았다. 그럴 때마다 명수는 숨을 크게 내쉬고 먼 곳으로 시선을 고정한 채 그들 곁을 벗어났다. 명수는 죽어라고 학업에 매달렸고 그 면이 처음 배출한 서울 명문대 합격생이 되자, 학교는 물론 마을과 면, 읍에서까지 축하 현수막을 걸어주었는데, 명수는 그 현수막이 채 철거도 되기 전에 고향을 달아났다. 형을 죽인 동생에서, 읍의 자랑거리로 급변된 그곳의 시선과 기억으로부터 그는 다행히 탈출의 티켓을 쥐었다.

노모는 지팡이에 의지했으나 이미 고질이 된 관절염 탓인지 차에서 내려 무덤 초입의 소롯길에서 부터 거의 명수가 끌어안 듯 부축해야만 했다. 그 좁은 길이 갑자기 가파른 경사를 보이는 바람에 명수는 등을 내어 어머니를 업었다. 노모가 그의 등에 실리자마자 아, 하고 명수는 아득했다. 노모는 너무 가벼웠다. 노모는 명수의 등을 떼 밀면서 한사코 자기 힘으로 걸을 수 있다고 버둥댔다. 조금만 가면 경사의 정도가 개활지의 평지로 낮아지므로 명수는 노모의 허전하게 여윈 엉덩이를 두 손으로 단단히 받쳐 길을 올라간다.

아침의 서늘한 기운이 그 길에 아직 남아 있다. 그런데 길은 오를수록 길이 아니었다. 어쩌면 어머니의 말이 맞는지도 모른다. 눈앞의 소롯길은 금방 키 높은 잡초로 파묻혔고, 그래서 이리저리 길 없이 우회하다 보니 왠지 아버지 묘와는 동떨어진 것처럼 방향조차 아득해진다. 이번 절기의 강수가 약한 탓인지 잡초들은 가을 억새처럼 그 끝 부분들이 누렇게 타들어가 있었는데 이미 명수의 허리께까지 치고 올라서 길을 열어간다는 게 여간 고역이 아니다. 아직도 산소는 먼데 그 초입에서부터 산역의 노고가 보통을 넘는다.

"애야 날 내려다오, 내려서 이 풀섶을 헤쳐야겠구나. 에민 그냥 니 뒤를 따라가믄 되니 제발 내려다오."

노인은 명수의 어깨를 두들겼다. 명수는 어머니를 내려놓는다. 그제서야 명수는 온 몸이 땀으로 흥건해 있음을 알았다. 명수는 작업 가방을 무기삼아 휘두르듯이 하면서 잡초를 헤쳐 올라갔다. 할멈은 한 손에 쥐인 지팡이보다, 나머지 손에 휘어잡힌 잡초에 더 몸의 중심을 맡기는 눈치다. 이윽고 태양광이 보란 듯이 찬란하게 사위에 퍼진다. 그 바람에 아침의 서늘한 기운은 대번에 데워졌고, 빛의 열기보다 잡초 줄기 사이사이에서 상승하기 시작하는 지열에 명수는 숨이 턱턱 막힌다.

벌써 약골의 서울내기가 다 되어버린 걸까. 신기하게도 노모는 그런 아들에 비해서 아직은 숨길이 고른 듯 보였다. 좀 더 신새벽에 집을 나서야 했었구나… 명수는 자책한다. 어쩌면 노모까지 나선 아버지 묘 찾기에서 큰 낭패를 볼지도 모른다는 조바심이 났다. 겨우 1년에 한 번 정도만 마을 초당어른에게 벌초를 의뢰했던 자신의 무심함에 그는 발걸음이 무거워졌다. 이런 힘든 길을 어머니는 도대체 어디까지 가셨다가 헤매신 것일까? 묘가 안 보인다는 말은 이미 그 묘가 있음직한 지점까지는 갔다는 말이 아닌가? 노모 혼자서 그런 관절의 무릎으로 이 여름철에 왜 아버지 묘를 찾아 나설 생각을 하셨을까? 부친 기일은 동짓달이었으므로 멀어도 한참이나 멀다.

마침내 한없이 안기는 잡초를 헤쳐 산허리를 돌자 눈에 익은 아카시아 군락이 보인다. 그 아카시아 숲만 찾으면 아버지 묘소다. 그런데 그 숲은 지근에 빤히 보였으나 좀체 거리가 좁혀지지 않는다. 어디선가 시원찮게 흐르는 물소리 비슷한 게 들린다. 아버지 묘소 주변엔 개울이 없는데, 환청인가? 아니면 더위에 지쳐

풀벌레 소리에도 정신이 아득한 걸까? 노모를 돌아보던 명수는 그때서야 퍼뜩 정신이 들어 수통 마개를 풀어 서둘러 노모의 입에 대어준다. 다 낡고 메마른 천 조각 두 개가 입술이랍시고 붙어있다. 노모는 손사래를 치며 한사코 아들이 먼저 마셔라고 고집 부린다. 명수는 어머니의 고집을 익히 아는 바라 몇 모금 서둘러 마신 뒤 노모에게 수통을 넘겼다. 그녀는 입을 대는 시늉만 하다가 아들에게 되돌려준다.

늘 그랬다. 명수의 눈에 노모는 흡사 자신은 존재하지 않으려고 애쓰는 듯 했다. 바람과 빗물과 햇볕만으로도 살아버티는 양, 도무지 뭘 먹고 마시고 사는지 알 수 없다. 그녀의 존재 자체가 먼지와 같아서 한순간 사라져도 하등 이상하지 않을 지경이다. 그런데, 그녀는 존재했고 아직 살아 있다. 혼탁한 눈으로 아들을 바라보는 텅 빈 시선과 끝없이 양 볼을 우물대며 건네는 그 무수한 묵언의 대화를 그녀는 늘 보내곤 한다. 명수는 그런 노모가 불가해 했다. 명수는 지금에 이르러서야 차라리 그녀가 죽을 때까지 아무런 말도 남기지 않기를 원했다. 어머니의 침묵에 불같은 분노를 느낀 적도 있었지만 지금은 아니었다. 그저 기억이 없는 그대로, 망각의 세월과 함께 언젠가 자신도 사멸되면 그뿐 아닌가 했다.

"다 온 모양이구나. 너니까 찾았구나. 이젠, 나는 어림도 없다."

마침내 아카시아 숲에 다다랐다. 그 숲 아래 아버지와 형의 묘가 보여야 하는데 얼핏 보니 눈에 띄지 않을 만큼 잡초가 우심하다. 잘못 찾아든 건가, 한순간 명수는 당황했다. 인근의 또 다른 아카시아 군락에 착오로 당도한 걸까 해서, 명수는 숲 그늘 초입에 어머니를 내려놓고 구르다시피 숲 아래 쪽 묘 방향으로 내려가 본다. 다행히 두 부자의 묘가 봉분의 키만큼 잡초가 더 웃자란 흉한 꼴로 나타난다. 뜨거운 지열을 한가득 품은 풀들을 헤치고 묘비를 보니 아버지 묘가 맞다. 무덤 위로 솟구친 잡초들은 이상스레 주변의 잡초들보다 더 우악스러웠고 그 생명력이 사악하기조차 했다.

이때까지 그나마 아버지 묘소를 별 어려움 없이 다닐 수 있었음은 동짓달 기일에 즈음했기 때문이고, 그때는 잡초가 이미 말라 삭정이에 불과했기 때문이다. 게다가 그 기일의 보름 전쯤에 웃채 초당노인에게 벌초를 요청했으므로 늘 명수가 올 적에 아버지와 형의 묘는 말끔했다. 그런데 지금에 이르러서야 명수는 기일이 있는 그 달을 제외하곤 늘 아버지와 형의 묘가 거의 참담한 실묘 상태임을 뼈저리게 알았다. 어머니를 아카시아 숲에 쉬게 한 뒤 명수는 작업가방에 챙겨온 낫을 바투 쥐고 봉분 위로 자란 잡초를 견딜 수 없는 사나운 감정으로 잘라내기 시작했다. 노모는 원숭이 마냥 빨갛게 익은 자신의 얼굴을 손수건으로 연신 훔치면서 짓물러진 눈으로 아들의 작업을 내려다본다.

아버지 봉분을 이제 겨우 형체가 보일정도로 벌초했을 뿐인데도 땀이 비오듯 했다. 이십여 걸음 아래에 있는 형의 봉분까지 벌초한 뒤 명수는 숲으로 올라갔다. 노모가 서둘러 물을 챙겨 준다. 명수는 도구가방에서 언뜻 우산을 보고 왜 아직 이걸 펴지 않았을까 하는 언짢은 표정으로 노모의 손에 펼쳐서 쥐어준다. 그 우산의 그늘조차 노인은 아들 쪽으로 성큼 기울여 준다.

"이래서는 나라도 못 찾겠네요. 이젠 절대 혼자선 산행에 나서지 마세요."

명수는 물을 몇 모금 삼키고 노인의 입에다가 부어준다. 우산을 쥔 노모의 상체가 가늘게 떨렸고 거북처럼 주름투성이의 목줄기 내부로 음수되는 물 흐름소리가 의외로 소란하다.

"내사 그때 이 숲도 못 보고 돌아갔구만. 당최 이 숲도 못 찾았으니 말 다 했제!"

노모는 자못 기분이 좋아 보인다. 그녀로서는 가족이 지금 한 자리에 모두 상봉했으니 그럴 수도 있겠구나 싶다.

의외로 부친의 묘터는 오르고 보면 풍광이 괜찮았다. 산등성이들이 서편으로 몰려 있어, 나머지 트인 쪽으로 멀리 면소재지가 아득하나마 눈에 들기도 한다. 그래서 그런지 이따금 생각난 듯 불어오는 바람이 꽤 시원했고 아카시아 군락의 무성한 잎사귀들이 쏴아쏴아 파도치듯 바람을 식혀 몰아주기도 한다.

"여긴 이제 자주 벌초해야겠네요. 진작 제가 사람을 들여 1년에 서너 번은 벌초를 했어야 했는데…"

"아니다, 내사 혼자 집에 노는데 쉬엄쉬엄 다니면서 풀을 뜯으면 된다. 니 그런 걱정 말그라. 이번 더위가 너무 혹독해서 잡초들이 사나운 탓에 니가 못 찾아 그렇지, 묘만 금방 찾아지면 이건 일도 아이다."

"아뇨, 위채 초당어른도 이젠 힘에 부칠 거구요, 농협이 벌초를 대행해주는 업무도 보거든요. 아니면 그런 업체를 읍내에서 찾아도 됩니다. 이 정도면 큰 돈 들지도 않아요."

사실 명수는 자신이 벌초를 실제 해본 기억은 없었다. 특히 서울로 이주한 이후, 그러니까 대학 입학을 하고부터 벌초를 손놓은 지는 십여 년도 지난 일이다. 그는 방학 때조차 거의 귀향하지 않았다. 귀향해서 할 일이라곤 도통 없으니 차라리 서울의 적소 같은 자취방에 뒹구는 것이 더 나았다. 가끔 피치 못해 방학에 귀향해도 이미 계절적으로 한여름이나 겨울은 벌초 시기도 아니었다. 그럼에도 명수는 십여 년이 지나서야 아버지 묘에 낫질을 하는 자신이 잘못되어도 뭔가 한참 잘못된 게 아닌가 싶었다. 그동안 다 늙은 어머니 혼자 사시사철 시나브로 두 사람의 묘를 나름 건사해온 눈치다. 그러나 이젠 어머니의 소리 없는 산역도 대책이 절실해 보인다. 지금 온 몸으로 땀을 쏟아 벌초를 했건만 두 부자의 무덤 봉우리만 겨우 드러내게 했을 뿐 묘소 전체는 말 그대로 참담한 광경이다.

엄청난 잡초 속에 밥사발 두 개만 뒤집힌 몰골로 겨우 눈에 잡힌다. 명수는 그 소리 없는 여름 잡초의 창궐에 눈이 다 시렸다. 순간 명수는 이 무지막지한 벌초 노역이 싫다기보다, 어쩐지 자기가 관여해서는 안 되는 별개의 작업임을 깨달았다. 괜한 간섭을 자신이 하고 있는 이런 기이한 감정에 명수는 매우 당혹스러웠다. 명수가 보기에 지금 눈 아래 드러누운 두 부자는 아무 문제가 없어 보였다. 심지어 잡초 속에서 고이 지내는 두 사람을 괜히 핀셋으로 집어올린 건 아닌가 하는 자책감까지 들어, 명수는 침침해지는 자신의 두 눈을 목에 걸친 타올로 마구 비볐다. 소리 없는 이 뜨거운 적요 속에서 명수는 점점 속이 뒤틀린다. 어떻게 하든 예의 그 비난의 시선은 이 무덤 터에도 가득한 듯했다. 명수는 기분이 점점 나빠져 그런 악감정에서 벗어나고 싶었으나, 가슴 한 편으로는 버티듯 굳이 회복하고 싶지 않은 이중적인 감정에 시달렸다.

"돈이 수월찮을 텐데… 큰길에서도 상구 올라와야 하고, 그 오는 길도 벌초해야할 판인라, 에구 우짜든 좋노…."

순간 명수는 노모에게 적의를 느꼈다. 목덜미가 삽시간에 차가워졌다. 그는 팔순에 가까운 어머니의 말이 의외로 논리적이어서 분노했다. 사실 올라오는 이 먼 경사로까지 그 누구가 풀들을 제거하면서 길을 내어 벌초할까 하니, 노모의 말이 틀리지 않았다. 그 말의 순간적인 번득임에 명수는 노모의 얼굴을 새롭게 바라보았다. 노모는 그런 아들의 시선을 어슷하게 피하면서 땀의 늪이 되어버린 짓무른 두 눈을 연신 수건으로 훔치고 있다.

명수는 자신이 이때까지 노모를 안이하게 대하고 있었음을 깨닫고는 정신이 번쩍 들었다. 그녀는 의외로 말짱했고 아들이 던지는 말에 아들 이상의 빠른 셈법과 회전으로 대응하고 있음을 알았다. 이 막막한 지열 더미 위에 놓여 있어도 노모는 사력을 다해 정신의 각을 세우고 있구나 하고 생각되자, 명수의 적의는 분노로 변질되었다. 명수는 그런 노모를 밀어내듯이 버럭 소리를 지른다.

"망주석이라도 세워야 하겠네요! 누가, 어떤 자가 벌초를 하든 찾기라도 쉬워야지요! 어머니 조차 이젠 벌건 대낮에도 못 찾을 지경 아닙니까? 나도 자신이 없구요. 잡초가 이 정도라면 어림도 없다구요!"

"망주석? 그건… 돈이 더 들 거 아이가?"

"이 아카시아 숲만 찾아져도 수월한데, 저 아래선 잡초가 당췌 아무 것도 안보이게 하니… 게다가 산주가, 다른 유실목 심는다고 이 아카시아 숲을 쳐내기라도 하면 뭘 보고 찾아오겠어요?"

"에구구… 애야, 그러지 말그라. 니가 객지에서 더 이상 이 터를 어떻게 살피고 벌초할라꼬? 마, 내사 죽고 나믄 그냥 불살라 저 아래 저수지에 뿌리든가 하고, 저 부자는 파내서 어디 정갈한 납골당에 넣어뿌믄 된다."

사는 것이 덧없고 지겹다는 얼굴로 노모가 명수를 바라본다. 그 표정은 언젠가 명수가 인터넷으로 우연히 본, 거대한 해일로 다가오는 중동 사막지방의 모래폭풍을 그냥 무연히 마주하는 원주민들의 그 무연한 얼굴과 같아서 명수는 가슴이 탁 하고 막혔다. 명수는 대답할 말이 궁해졌다. 그 역시 맞는 말이다. 노모가 죽은 뒤 자신이 이 산골 묘소의 산역꾼이 될 생각은 조금도 없다. 그냥 망주석을 세워야 하겠다는 그의 말에 노모는 그걸 콕 집어 그녀의 유언을 던진 것이다. 그런 판단을 확신시키듯

"정말이다. 날 태우고 남은 잿가루는 저 아래 저수지에 뿌리믄 된다. 야야, 꼭 명심하거라….."

먼 산마루께로 짙은 그늘이 갑자기 내려왔는데, 순간 천지간을 백색광으로 가득채운 뒤 둔중한 뇌성이 콰르릉 발아래를 울렸다. 그 소리를 신호로 약속한 것처럼 검은 구름들이 대번에 무너지듯 밀려왔다. 명수는 서둘러 짐을 챙겨들고 노모를 부축하여 길을 내려간다. 숲이 사납게 울부짖기 시작했는데 밑둥과 가운데 줄기는 아무런 미동도 없이, 산발한 가지와 무성한 잎들만 기이하게 한쪽으로 사납게 쏠리면서 바람을 타기 시작한다. 어디선가 개울물 소리가 또 들린다. 개울이 있을 턱이 없는데… 그때 노친이 악! 하고 비명을 질렀다.

"수야! 섰거라, 배암이다!"

명수는 하마터면 발을 헛디디고 넘어질 뻔 했다. 바위 무더기 사이로 몸통이 제법 굵은 녹사 한 마리가 긴 허리를 말면서 이쪽을 노려보고 있다. 명수는 대뜸 돌을 찾아 들고 그 녹색 뱀을 향해 찍듯이 내던진다.

"죽이지 말그라! 죽이지 말그라!"

노모가 명수의 팔을 잡고 그 자리에 주저앉는다. 돌은 그 바람에 빗나갔다. 녹사는 흡사 전류에 감전된 듯 순식간에 일직선

으로 몸의 모든 힘을 모아 퉁기듯 날아올랐는데, 그 응축된 지나친 힘 탓인지 건너편 돌부리에 날아가 부딪혀서는 바로 몸을 또르르 말면서 굴러갔다. 목마른 잡초들의 서걱임, 우르르 달려드는 빗방울, 잦아드는 매미의 울음들이 그의 좁은 귓속으로 악다구니처럼 밀려든다.

"벌초 길에는 짐승을 안 죽이는 벱인기라. 벌레 하나라도 산 짐승이라카이!"

그 말에 저항하듯 명수는 두 번째 돌을 집어들어, 사람 쪽으로는 못 오게 위협하듯 녹사 부근으로 던졌다. 그 돌은 명수와 녹사 중간쯤에서 땅바닥 위로 잘게 쪼개졌다. 뱀은 다시 재주를 부리듯 홱하고 건너편 너들 지대로 몸을 날렸는데 착지와 함께 거짓말처럼 종적을 감추었다.

"잘 혔다. 죽이면 안 되구마. 너를 헤꼬지도 안 혔는데 와 죽이려 드노? … 우리가 왔다고 얼굴 보여준 거 아이가…."

노모가 명수의 허리춤을 우악스레 잡아당겨 몸을 추슬러 세웠다. 그리고는 다리를 절면서도 길을 앞서 재촉했다.

명수는 그날 오후 빗길이었으나 차를 몰아 읍내로 갔다. 좁은 곡각의 시골길에 비가 내려 읍내까지 거의 한 시간이나 걸렸다. 산을 내려갈수록 골짜기의 뭉게구름은 연막처럼 읍내에 이르기까지 퍼져 있었다. 비는 읍내에 이르러 더 이상 윈도 부러쉬를 작동하지 않아도 될 정도였으나 산 위에서 보다는 습기가 심했고 밤으로 바로 접속되려는 조짐으로 사위는 벌써 어두워졌다.

석재상은 읍내 초입에 있다. 이 군에서 단 하나밖에 없는 석재상일 뿐 아니라 명수가 태어나기 전부터 있었기에 찾는 건 전혀 어렵지 않았다. 외양도 거의 그대로였다. 길가에 견본 비석들이 줄지어 서 있었고 주변에 잡다한 재료석들이 흩어졌거나 몇 군데 무더기로 쌓여있다. 이 읍이 나날이 번창했다면 이런 석재상은 더 외곽으로 물러나 앉을 게 뻔했는데 적어도 이 읍에서는 군민이 급속히 줄어드니 그런 일은 없어 보인다. 석재상 넓은 마당의 돌들은 흡사 선사시대의 거석 유적지 마냥 빗물 드리우는 차창 속으로 비감스레 나타났다.

석재상 마당에 주차하고 내릴 때 갑자기 비가 후두둑 거세졌다. 머리를 들어보니 까맣게 뭉쳐진 먹구름 떼가 검은 화산재 마냥 상공을 지나간다. 명수는 우산을 펼치는 대신 마당을 성큼성큼 큰 걸음으로 가로질러 사무실로 뛰어갔다.

사무실인 듯 했으나 들어서자 작업실과 다름없어 보여 순간 명수는 당황했다. 아무도 보이지 않았는데 여기저기 가공중인 오석들이 흩어져 있었고 어디선가 돌을 조탁하는 소리가 날카롭게 들려왔다. 회전 송곳이 돌의 뼈를 쪼는 소리… 그러다가 잠시 소리가 사라진다. 그 틈을 놓치지 않으려고 명수는 '누구 안 계십니까?' 하고 크게 외쳤는데 그 음성이 채 끝나기도 전에 다시 그 따르르르 하는 조탁음이 사무실에 가득 찬다. 명수는 그 소리의 행방을 찾아 사무실 안쪽으로 들어가 보았다. 예상대로 사무실은 공장 작업장과 구분 없이 ㄱ자로 연결되어 있었는데 그 안쪽으로 젊은 청년 하나가 등을 보인 채 작업 중이었다. 다가가 보자 향로석 정도 크기의 조그만 오석 돌판에 전동 송곳으로 무슨 글들을 새기고 있다. 한쪽 사무용 책상 위의 컴퓨터 모니터에는 행서체에 가까운 서체들이 세로로 늘어져 글자 하나하나 전동 송곳과 협응하면서 움직이는 장면이 명수 눈에 들어왔다. 세상이 많이 변했구나… 명수는 문득 그런 생각이 들었다. 직접 망치와 정으로 돌에 글을 새기는 석수장이는 더 이상 없나보다.

본능인지 청년이 휙 몸을 돌려 명수를 바라본다. 갓 스물이 되었을까? 해맑은 얼굴이 명수를 향해 대책 없는 미소를 지었는데 이상하게 그 무방비의 맑은 선의가 애잔해 보였다. 왜 그런 생각이 들었을까? 그 나이의 자기도 저런 표정이었을까? 스무 살의 명수는 어떤 표정으로 세상 사람들을 바라보았고, 그 결과 되돌아온 어떤 고통 끝에 자신의 마음이 무너져갔을까, 하는 뒤바뀐 생각에 명수는 그 청년의 표정에서 자기 자신을 보았다. 청년이 자리에서 벌떡 일어났다. 이 읍내 사람이 아닌가 할 만큼 청년은 표준말로 싹싹했다.

"아, 죄송합니다! 주문받은 글이 있어서요. 돌 주문하시게요?"

"네, 뭔가 주문하려구요. 사장님은 안 계신가요?"

"계세요. 아버지 지금 방에 계시니 바로 모시고 오겠습니다. 저쪽 자리에서 좀 계시겠어요?"

명수는 청년이 가리킨 입구 쪽 사무실 소파로 되돌아 나왔다.

청년이 여러 종류의 차를 권했으므로 명수는 아무래도 좋다고 했다. 사무실 밖으로는 정말이지 한낮이 밤을 바로 당겨온 듯 캄캄했다. 명수는 청년이 가져다 준 종이컵 녹차를 홀짝이면서 사무실인지 공장인지를 천천히 둘러보았다. 여기저기 널부러진 화강암 덩어리들이 이상하게 개울이나 산야에 굴러다니는 돌과는 달라 보였다.

왜 그런지 하나같이 침묵 속에 많은 사연을 품은 모습이어서 명수는 마음이 불편했다. 워낙 이런 시골 석재상의 돌이란 좋은 기념비 보다 죽음과 관련된 용도로 다듬어지기 마련이고, 그래서 그런지 이미 그런 자세로 석재들 모두 마음을 여미고 서 있는 듯 보였다. 특히 새까만 오석을 쳐다보면 죽음의 그늘이 완연했다. 그렇다고 돌들은 죽어있는 것 같지도 않았다. 명수는 귓가로 소름이 쫙 돋았다. 이미 인간의 죽음이 그 돌들에 내려앉아 있을 뿐 아니라 예견되는 불귀의 객까지 숨을 고르고 대기하고 있음을 명수는 보았다. 그 놀라운 기운은 석재상 마당에 들어섰을 때부터 부지불식간에 명수에게 엄습해왔던 기운이었는데, 여기저기로 누워 있거나 서 있거나 비스듬히 기대어 있든 간에 이곳의 모든 돌들은 곧 찾아올 망자의 혼에 닿아 있었다.

순간 옛 사진관의 마그네슘 조명 등이 터지듯 갑자기 번개가 실내를 하얗게 각인하면서 번쩍였다. 천둥소리는 한참 뒤 마지못해 그 답을 알려준다는 듯 둔중한 깊은 소리로 울려온다.

청년의 아버지가 나타났다. 구부정한 몸이어서 이미 여든이 지난 분이 아닌가 할 만큼 노쇠해보였다. 명수는 벌떡 일어나 고개를 숙이고 인사를 했다. 그런데 말을 시작하자 음성과 눈빛은 전혀 그러하지 않아 명수는 속으로 뜨끔했다. 노인의 목소리는 젊은이 못지않게 쾌활했고 무엇보다 두 눈빛이 형형했다. 매사에 흥미와 호기심을 담고 있는 눈이다.

"어서오시소! 어디, 이 읍내 분이신교?"

그가 손을 내밀어 악수를 청한다. 명수가 손을 주자 마음에 든 장난감을 잡은 듯 마주 쥐고 자리에 명수를 끌어 앉힌다. 청년과 노인은 누가 봐도 매우 닮아 보였는데 신기하게도 해맑은 것까지 닮았다. 노인의 얼굴에 주름만 제거하면 바로 아들의 얼굴이었다. 명수는 이 부자의 피의 동질성에 눈이 시렸다.

마애암 초입의 사람인데 망주석 2개가 필요하다고 명수는 방문한 이유에 대해 직핍했다. 그러자 어디에 쓸 망부석인지를 노인이 공손하게 되물었다. 명수는 아버지와 형의 묘가 나란히 있는데 너무 석물이 없고 허전해서 지금이라도 세우고 싶다고 했다. 그러자 노인이 놀란 얼굴을 애써 무화시키듯 한동안 말없이 명수를 바라보았다. 아니 말이 목에 걸리기라도 한 듯 아, 하고 입을 벌리고 있었는데 두 눈은 긴가 민가 하는 미세한 흔들림에 파르르 떨리고 있다.

"…그, 그럼 자네가… 서울의 대학에 입학했던 그 학생이란 말가?"

노인이 감격해 한다.

"아매, 아버님이, 그래 정씨였지! 마애암 절골 저수지에서 그만 세상을 버린… 형이 그런 상을 당하고 달포쯤 지났던가? 그렇제? 아이구, 내가 이런 말 자네에게 해도 되는감?"

"…네. 괜찮습니다."

명수는 이미 어쩔 수 없다는 자포자기의 심정이 된다. 예상을 못했다. 이런 대화가 시작되리라고는. 그러나 어쩌겠는가. 이미 그 일들은 명수만의 기억이 아닌 모양이다. 그건 명수가 아무리 부정해도 소용없다. 부락과 마을 전체의 기억이었고, 더구나 읍민 전체의 을씨년스러운 기억이라면 그것으로 이미 명수의 손을 떠난 일이다.

"자넨 어려서 기억을 못할라나… 아, 내가 무신 소릴 하고 있는감… 세상에 자네가 우리 집에 오다니…."

명수는 대답 대신 고개를 푹 숙였다. 십수 년이 지났지만 충분히 짐작되는 이야기였다. 망각 속에 감금시킨, 감히 열어보고 싶지도 않은 망자들의 이야기였다. 고개를 숙이자 명수는 자신도 모르게 두 눈이 무거워져 저항하듯 고개를 쳐들어 사무실 천정의 어느 지점을 노려본다. 다행히 더 이상 눈물은 흐르지 않았다. 명수는 멍한 표정으로 노인을 응시한다. 그런데 노인은 보이지 않고 명수의 뇌리로 그날 중학교 2학년, 14살 소년인 명수가 저수지 방죽에서 수영복 차림으로 형에게 손짓하고 있다. 여름의 끝자락 어느 오후였고 더위의 잔열이 저수지 주변 숲을 훈증하듯 독한 안개로 가득 채우고 있다. 그 모든 것이 다시금 촛점을 잡자 또렷이 다가온다. 짓눌렸던 과거가 살아 움직이고 있다.

측백 잎들이 무더기로 썩어 무너진, 그 독한 제향으로 검은 숲… 그리고 그 그늘막 아래로 미동도 소리도 없이 누워있는 어두운 저수지. 명수는 형이 방금 몸을 숨긴 제방을 향해 손을 흔들었다. 그는 형의 손짓이 보이기 전에 혼자 웃으며 물의 망막을 헤치고 저수지에 뛰어들어 곧바로 직선으로 잠수한다. 그리고는 능숙한 손놀림으로 물의 중심으로 내려갔다. 형은 여자와 함께 경사진 제방 아래로 사라졌었다. 그러나 명수는 형이 지척에서 몸만 숨기고 애인의 가슴을 쥐고 있을 것이라는 걸 잘 알고 있었다. 가슴을 쥐고 여자의 입술을 자신의 입술로 조금씩 적셔나갈 것이고, 결국 형은 그녀의 입술을 열고 들어갈 것임을… 명수는 수중이 캄캄해졌지만 심장은 깊어지는 수압이 주는 고통이 아닌, 형과 그 여자의 예고된 성행위의 상상만으로도 터질 것만 같았다.

그 상상은 그에게 머리통의 혈관을 부풀게 했고 전율 비슷한 감각이 수직으로 몸을 찔렀다. 순간 호흡이 흩어지면서 명수는 부력의 시점을 놓쳤다. 몸이 자신의 의지와는 무관하게 맥없이 옆으로 회전했는데 허벅지 아래로 한 번도 겪지 못한, 무시무시한 와류의 쏠림, 텅 빈 수중 공간, 급격히 수온이 떨어진 냉수층을 만났다. 오싹한 한기가 그의 몸을 저수지 바닥으로 삼켰다. 명수는 막막한 심정으로 물속에서 기립하려 했는데, 몸은 요동칠수록 무엇인가 아래에서 잡아당기듯 심연으로 끌려 내려갔다.

명수는 순간 터무니없지만 영원처럼 안온한 고요를 느꼈다. 그 와중에도 그는 하늘을 향해 얼굴을 들려고 애를 썼는데 반투명의 하늘은 일렁이는 파동으로 그와 작별하듯 이미 빛을 상실하고 있었다. 급격히 적막해졌고 명수는 마침내 이렇게 죽는구나 하는 공포가 새로운 피부처럼 그를 뒤덮었다. 그것이 모든 것의 시작이었고 전부였다.

명수가 의식을 되찾아 눈을 떳을 때, 그는 형의 여자가 미친 듯이 제방 위를 팔짝팔짝 뛰며 울부짖는 모습을 보았다. 그녀의 소리는 인간의 소리가 아니었다. 명수가 정신을 차려보자 그녀는 산발한 맨발로 긴 제방이 몹시도 뜨거운 듯 거의 굴러가고 있었다. 그 직전 물속에 가라앉는 명수를 발견한 형은, 잽싸게 물에 뛰어들어 사력을 다해 동생을 제방으로 밀어보낸 뒤 힘이 바닥 나 자신은 다시 물속으로 잠겨버렸다. 여자는 명수를 손 내밀어 끌어올렸으나 정작 자신의 남자에게는 손을 뻗칠 수 없었다. 이미 형은 수면에서 사라지고 없었다. 밤을 도와 부락민들과 구조대가 형의 시신을 끌어올린 것은 자정 무렵이었다. 한 달 뒤 아버지의 시신이 그 저수지 수면 위로 등을 하늘로 한 채 떠올랐다. 아버지는 이틀 낮 이틀 밤 종적이 사라졌었는데 결국 사흘째 낮, 형이 익사한 그 저수지에 떠올랐다.

"에구구, 내가 잘못 말했구만, 손님 미안허네. 곡해해서 들진 말게나. 너무 오랜 일이라 기억에 없어졌나 했는데, 그만… 근데 이게 얼마만인감? 암튼 내가 자네 부친 상석을 했는데, 그때 봉분까지 끝내고 자네 모친이 향로석까지 할 처지는 안 되셨는지 아무 말씀 없길레, 내가 그냥 향로석은 좋은 화강석으로 덤으로 놓아드렸다 아인가베. 내 기억에 아마 둘레석은 결국 못했을 거로?"

"네. 둘레석은 없습니다. 향로석을 덤으로 해주셨다니 고맙습니다."

명수는 말끄러미 노인을 쳐다보면서 말의 분위기를 전환했다. 그는 망주석 2개의 크기와 디자인, 소요경비, 운반방법, 납품일시 등에 대해 계약을 끝냈다. 명수는 거듭 잘 부탁드린다는 인사말을 드린 뒤 사무실을 나왔다. 석재상 부자가 마당까지 나와서 그가 차를 몰고 떠날 때까지 기다려주었다. 멀리 산소리처럼 뇌성이 텅텅 울린다.

명수는 복잡한 심정으로 차를 몰아 마애암 골짜기를 향했다. 그 절골이 가까워질수록 명수의 얼굴을 어두워졌고 자기가 이번에 고향에 온 이유나 목적이 도대체 무엇인지 종잡을 수 없는 기분이 들었다. 아버지 무덤의 벌초를 위해 노모가 불렀음에도 명수는 고향에서 자신도 모르는 불가해한 시간 속으로 흐르고 있는 기이한 기분에 점점 사로잡혔다. 망주석 설치는 서울에서 내려올 때 조금도 생각하지 못한 일이다. 더구나 석재상 노인으로부터 형의 익사와 아버지의 죽음까지 회억하리라곤 상상조차 못했다. 그때 비록 중 2년생이었지만, 명수는 형과 아버지 죽음 이

후 자기 생이란 이미 죽음의 공간에 던져져 숨만 쉬는 시신일지도 모른다는 기억과 또다시 부딪쳤다.

"그 사람은 제 친자식 따라 간 거다. 니는 모르제? 우리도 궁금타… 이 골짜기 사람 모두가 궁금타! 니는 누구고? 니 애비는 누구냐고!"

중 3때, 통학버스를 놓쳐 밤을 도와 집으로 걸어오던 그 이듬해 어느 날, 마을 초입에서 갑자기 만난 노파 하나가 명수를 붙잡고 삿대질을 했다. 명수는 너무 놀랐으므로 유령을 본 것처럼 그녀를 피해 밤길을 정신없이 내달았다. 집에 돌아와 모친이 차려준 밥상에 손 하나 댈 수 없었다. 명수는 시름시름 앓았고 모진 신고 끝에 자리에서 이틀 만에 일어났으나 벙어리처럼 말문을 닫았다. 그는 이후 참으로 조용한 학생으로 학교를 열심히 다녔고 서울로 대학진학이 성공하자 그 골짜기를 그는 버렸다.

차가 마애암 골짜기에 이르자 뇌성은 그쳤으나 밤이었다. 낮의 열기가 식은 키 큰 교목들이 성큼성큼 차창으로 갑자기 마중하러 달려오듯 확대 되었다가 뒤로 사라진다. 저수지 입구가 나타났고 지천으로 썩은 낙엽더미가 소여물죽 냄새로 뭉개져서 코를 찌른다. 정물처럼 흔들림 없는 고요가 골짜기를 감싸고 있다. 명수는 땀을 흘리기 시작했고 아직 차의 냉방 스위치를 가동하지 않았음을 자각하고는 운전석 쪽 차창을 내렸다. 저녁 골짜기가 순간 칼로 베어진 한 단면처럼, 생생한 숨결, 냄새, 바람으로 변환되기 시작한다.

명수는 반대편 차창마저 내렸다. 그러자 반대편의 세계가 입체적으로 골짜기의 밤을 박수치듯 호응해서 보내준다. 밤바람이, 열린 두 차창 사이를 희번덕대면서 드나들었는데, 좁은 임도 탓인지 달리는 차체에 부딪는 휘어진 잔가지들이 날선 반동으로 연속적인 매질을 하고 지나간다. 명수는 뒷좌석의 차창도 모조리 내렸다. 밤 숲은 흡사 명수를 기다린 듯 더욱 소란스러웠다. 골짜기가 저수지 쪽으로 깊어질수록 높은 산협의 마루들이 서로 중첩되면서 어둠속에 몸을 숨기는 통에 차는 겨우 눈앞의 행로에 급급했다. 이미 사방의 원근은 캄캄한 어둠 속에 평면으로 단순화 되어버린다.

골짜기 중턱에 이르자 이상스레 바람이 진공상태로 말라버렸다. 스치는 초목은 무대 위의 소도구 마냥 움직임 하나 없이 침묵 속에 도열해 지나간다. 전조등을 켜고 방향을 잡아나가면서도 명수는 너무 더워 계속 땀을 흘렸는데 그럼에도 그는 에어컨을 켤 생각을 조금도 하지 못했다. 이미 바람은 죽었고 임도의 차바퀴 소리가 진흙길의 습기로 무거워졌다. 너무나 적막한 밤이 시작되어 이따금 후다닥 차 앞을 비켜나는 들짐승을 보고 명수는 정신이 다 달아났다.

마침내 전조등 속으로 저수지의 일부가 시커멓게 허리를 세운다. 명수는 그 검은 수면을 보지 않고 지나쳐 간다. 아니 그렇게 해야만 한다고 결심을 세워 버텨야 했다. 그냥 지나치자… 지나치면 된다. 그 곳, 그 물결, 일제히 무너지듯 저수지 경사면으로 밀려든 그 잡목의 제방을 눈길하나 주지 않고 지나쳐야 할 것…

그러나, 저수지가 한 눈에 내려다보이는 언덕에서 그의 발은 더 이상 움직이지 않았다. 가속을 중단하자 차는 뒤로 미끄러지기 시작했다. 맥없이 미끄러지다가 그는 퍼뜩 정신을 차려 차체에 브레이크를 걸었다. 차가 겨우 기우뚱 정차했다. 이 자리에서 벗어나야 한다. 명수야 벗어나라! 진땀 속에 그는 자신을 거세게 다그쳤다. 그래 지금이라도 달아나라… 달아나야 한다…. 아득한 시야 속에 갑자기 수십 마리의 작은 새들이 버려지듯 경사면 잡목 숲에서 저수지 제방 뒤로 한꺼번에 떨어졌다. 결국 명수는 저수지의 검은 수면을 보고야 말았다. 먹구름이 천지간 가득한지 밤하늘 한쪽이 아주 가는 틈바구니를 이루면서 그쪽으로만 별들이 빼곡했다. 갇힌 저수지의 검은 물들은 제방 쪽 가장자리를 치면서 스윽 입을 벌려 명수가 다가오기를 기다렸다.

명수는 자신이 패하고 있음을 직감했다. 그것으로 끝이었다. 그의 굳은 의지는 맥없이 무너졌다. 그는 차문을 열고도 한참을 운전석에 앉은 그대로 저수지를 노려보았다. 차에서 내린 명수는 임도를 벗어나 저수지 쪽 숲으로 비틀비틀 걸어 들어갔다. 잡초 사이로 숨어있던 물방울들이 그의 신발과 바짓가랑이를 적셨다. 명수는 구두와 양말을 벗어 던지고 맨발로 밤 수분에 촉촉한 잡초밭을 가로질러 제방으로 끌리듯 내려갔다. 월광이 힘겹게 벌어진 좁은 먹구름 사이로 저수지 반대편 수면 끝에 은빛으로 내린다.

명수는 그때 무언가가 자기 앞으로 다가서는 게 보였다. 나무나 바위도 아닌, 그렇다고 사람으로도 보이지 않는, 사람보다 각이 지고 훨씬 큰 검은 물체가 명수쪽으로 조금씩 다가온다. 며칠 전 군청의 측량기사가 언급한 바로 그 개축기념비였다. 명수는 무섬증을 누르듯 숨죽여 기념비에 가까이 다가가 휴대폰 불빛으로 읽어본다. 음각의 비문은 시원찮은 조명 속에서도 의외로 또렷했다. 마모가 거의 없이 말짱하다. 지금으로부터 보면 25년 전에 엄청난 수해가 있어 마침내 저수지 개축공사가 있었는데, 이 마애암 골짜기 전 부락민과 군인들, 관의 합심 노력으로 수해를 더 이상 입지 않기 위해 피땀 흘려 이 저수지의 높이를 제고하고 제방을 공고히 했다는 내용이 행서체로 일목요연하게 눈에 든다.

문장의 말미에 마애암 스님 한 분이 미리 그 큰 물난리를 예고하여 마을의 수십 명 인명을 구한 전설 같은 미담도 간략히 부기되어 있었는데, 그 스님의 법명은 기록에 빠져 있었다. 마애암 스님 한 분⋯ 명수는 그제서야 마애암에 스님이 있겠구나 하는 생각이 든다. 왜냐면 그는 마애암에 한 번도 가 본적이 없다. 자기 고향 부락 위 아스라이 먼 고봉 절벽에 제비집처럼 붙어 있는 암자 하나가 눈에 겨우 보이긴 했다. 어릴 때 마을 아이들은 심심하면 그 암자에 오르곤 했으나 명수는 전혀 움직이지 않았다.

왜 그런지 모친은 그곳에 가면 중에게 잡혀간다고 명수에게 늘 단속했었다.

비문을 다 읽은 명수는 이상하게 속이 뒤틀렸다. 심사가 꼬였고 급기야 이 기념비가 허울뿐인 껍데기라는 생각에 노여움이 솟구쳤다. 기념비의 그 어느 구석에도 형의 죽음은 기록에 없다. 아버지조차 수장된 저수지임에도 불구하고 그 돌덩이는 저수지를 잘 만들었다는 공치사의 입석에 지나지 않아 그는 이글이글 타는 눈으로 그 기념석을 쏘아보다가 탕 하고 주먹으로 그 기념비를 내려쳤다. 형은 어디에 있는가… 내 형을 잡아먹고 아버지를 삼키고도 한 마디 부가된 글조차 없다니… 명수는 각진 주먹으로 석비를 가격하기 시작했다. 연속된 세찬 가격의 고통이 명수의 척추로 대번에 환수된다. 손등이 피투성이가 되자 명수는 돌을 집어 들어 그 비문을 쾅쾅 내려쳤다.

어둔 저수지 어딘가 그 텅 빈 공간에서 그 소리는 허기진 울림으로 되돌아왔다. 형은 어디에 있는가… 더구나 한 달 만에 형을 따라 죽은 아버지를 생각하자니 가슴이 콱 막힌다. 아버지는 자진해서 형을 따라 이 물속으로 걸어 들어갔다. 명수는 그 사람이 바로 자신의 아버지였기를 얼마나 소망했는지 모른다. 중3 때 밤 귀가 길에서, 너는 도대체 누구냐고 자신을 위협했던 낯모를 노파를 만난 뒤로 명수는 스스로 아버지를 지워나갔다. 아버지와 전혀 닮지 않은 자신의 외모 보다, 주변 이웃들의 싸늘한 눈초리에 그는 스스로 말문을 닫아버렸다. 거의 벙어리가 된 그 이유를 그는 단 한 번도 어머니에게 말하지 않았다.

명수는 저수지 가장자리, 제방이 물에 잠긴 부분으로 자신도 모르게 미끄러지듯 내려갔다. 출렁이는 수면의 리듬이 명수의 두 발바닥을 반기듯 만지작대면서 헤살대기 시작한다. 신음과 같은 자탄의 한숨이 나왔다. 그토록 모질게 단속하고 버티고 또 외면했건만 결국 이렇게 끝날 수밖에 없는 건가… 밤의 저수지는 두 팔을 활짝 벌려 참으로 온전한 수온과 넉넉한 깊이로 명수를 받아들인다. 명수는 제방 경사면을 허리 숙여 내려갔다.

찰랑대는 수면이 발바닥과 복숭아뼈를 지나 종아리와 허벅지에 이르자 대번에 허리를 세워 그를 능숙하게 품고 들어간다. 그 일이 순조롭자 검은 물은 그의 가슴과 머리통을 대번에 삼켰다. 명수는 저수지 중심부로 끌려 들어가면서 고요히 눈을 감았다. 이것으로 끝이다. 명수는 유일하게 남은 자신의 온전한 일에 헌신했다. 희미해지는 의식으로나마 명수의 머릿속으로 모래가 뿌려지듯 단속적인 생각의 파편들이 명멸했다. 저수지가 자신을 진심으로 받아주는 듯 너무도 고요하여 물속의 지극한 어둠이 그토록 공포스럽진 않았다. 오히려 자신이 관조될 만큼 명수는 편안했다. 이때까지의 망설임이 삽시간에 녹아든다. 명수는 의도하진 않았으나 양팔을 T자로 벌린 채 기포를 몇 번 자신도 모르게 뿜으면서 죽 하강했다.

무엇이 먼저였을까? 문득 어디선가 소리가 들렸다. 빛이 내려왔던가? 한참 가라앉던 그의 주위가 갑자기 환하게 밝아졌다. 동시에 짜부라지던 명수의 허파가 그의 목적된 정신에 저항하여 미친 듯 요동치기 시작했다. 양 귀는 이미 무서운 수압으로 닫힌 지 오래였으나 계속 귓전으로 둔중한 타악 소리가 일률적인 높이와 속도로 들려왔다. 눈을 뜨고 위를 보자, 환각인지 빛의 기둥이 그를 감싸고 있었고 수장되던 그의 몸은 거꾸로 상승의 몸짓을 보이기 시작했다. 물속이 지천으로 밝아서 명수는 자신도 모르게 그 빛과 소리의 방향으로 두 손을 벌새의 날개짓 마냥 맹렬히 놀리면서 발버둥 쳤다.

그는 거의 맹목적으로 전신을 위로 솟구쳤는데, 그건 살아야겠다는 의지와는 무관했다. 그는 소리와 빛 쪽으로 그저 맹렬히 손과 발로 물을 긁었고 그런 비상한 움직임이 마침내 수면 위로 그를 퉁겨 올렸다. 수면에 떠오르자 그의 폐는 죽어가는 호흡을 위해 미친 듯 부풀었다. 다행히 물을 많이 먹지는 않은 듯 정신이 살아왔다. 하늘을 대하자 별들이 쏴아 하고 쏟아진다. 먼 북소리가… 어릴 때부터 들어왔던 마애암의 북소리가 둥둥둥둥 큰 울림으로 내려오고 있다. 명수는 그 북소리를 분명히 들었다. 그 소리는 물속에서 파동으로 다가왔고, 착각이 아님을 알리듯 지금 물 밖에서도 또렷하다. 이윽고 차츰 북소리가 사위어 지자 자신의 순번인 것처럼 높은 산정에서 세찬 밤바람이 불어 내렸다. 그 바람의 역린으로 밤 숲이 쏴아아아 하고 휘날렸다. 제방으로 기어 나온 명수는 죽은 듯이 드러누워 밤하늘을 오랫동안 올려다보았다.

물귀신 꼴로 겨우 집에 돌아오자 마루에 동그마니 앉아 그를 기다리던 노모가 느닷없이 말했다.

"애야 너 밤에 북소리 듣기더나? 나는 들었다. 달포 이상이나 없던 북소리가 들렸다 아이가!"

"네 저도 들었어요. 좀 전에 그 북소리 들었습니다."

하고 명수는 무거운 몸을 끌고 자기 방으로 들어갔다. 노모는 소리 없이 따라 들어와서는

"명수야, 암자에 다녀 오니라. 쌀이랑 호박죽을 내사 준비한 기라. 새벽에 나서거라."

명수는 노모를 바라보았다. 노모는 기력이 죄다 빠져나간 마른 짚단 상태로 벽에 등을 기댄 채 허리가 반으로 접혀 있었다.

"시주하시는 겁니까? 한 번도 안 가본 암자에, 왜요?"

"그냥 가거라. 노스님 한 사람뿐일 끼다."

노모는 그 말조차 뱉기 힘이 부친 듯 가쁘게 숨을 몰아쉬었다

"내일 아침 그냥 서울로 돌아가겠습니다. 꼭 원하신다면 기다 렸다가 언젠가 스님이 내려오시면 드리세요."

하고 명수가 자리에서 일어나자, 노모가 어디에서 그런 힘이 있었는지 몸을 홱 하고 날려 그의 발목을 덥석 잡고 쓰러졌다.

"가거라! 내일 날이 밝는 대로 암자에 가 보거라. 너도 어제 밤, 그 북소릴 들었다 안 켓나? 그 소릴 너하고 내만 들은 기라. 우릴 오라는 게다. 아무도, 아무도 그 소릴 못 들었다 안 카나. 웃채 초당 영감 할매도 내가 가서 물어보니 못 들었다 카더라.

니캉 내만 들었으니 그건 분명 우리보고 오라는 소리다. 암말 말고 내일 새벽 올라가거라!"

뼈만 남은 물갈퀴 형상의 손으로 아들의 털복숭이 발목을 움켜쥐고 노모가 바들바들 떨었다. 명수는 노모의 생이 거의 끝에 다다랐음을 직감했다. 홀로 정신줄 몇 가닥으로 버텨온 당신의 생명선이 완전히 낡고 바래서 이제 툭툭 소리내어 끊어지고 있음을 보았다. 노모는 마애암 아래에 한평생 터를 다지고 살았어도 시주는커녕 암자 근처에도 오른 적이 없다. 그건 명수도 마찬가지다. 명수는 노모를 한참이나 내려다보았다.

다음날 새벽, 명수는 백팩에 쌀과 호박죽통을 넣어 등에 지고 마애암을 향해 집을 나섰다. 시주만 속히 마쳐지면 오후 해가 떨어지기 전에 서울에 도착할 수도 있을 것 같았다. 명수는 해가 솟기 전에 산길을 서둘렀다.

부락이 발 아래로 깔리고 짙은 산허리의 초목들이 짐승의 털처럼 굽이쳐 흐르는 산마루에 이르자 기다린 듯 해가 스윽 하고 나타났다. 명수는 그때서야 자신이 수통조차 준비하지 않았음을 깨달았다. 시주거리만 달랑 들고 산을 오르다니… 그는 마애암 골짜기를 헤쳐 오르면서 점점 기분이 나빠졌다. 이러고 싶지도 않았고, 왜 이 시간에 이런 길을 올라야 하는지 납득이 되지 않았다.

노모는 한평생 종교와 무관했다. 부처는 물론 면소재지의 예

배당조차 가본 적이 없는 사람이다. 그런 삶이었으므로 명수도 내세니 천국이니 극락왕생 따위에 감흥이 있을 리 만무했다. 죽음에 대한 그의 인식은 극히 명료했다. 누구든 죽는 것이고 그것이 비록 지금이라 해도 그는 하등 이상할 것 없다는 투였다. 그에게 죽음은 늘 그의 피부와 맞닿아 있었다. 형도 아버지도… 심지어 입대 후 군영생활 중 목격된 동기들의 느닷없는 사망사고도 그러했다. 사역 중에 어이없이 작업차에 깔려죽거나, 어떤 후임은 함께 나란히 둔덕에 앉아 있다가 쏜살같이 아래로 내달려가 숨겨온 수류탄으로 몸을 산산조각 날리기도 했다.

마애암은 그 어디에도 없었다. 알려진 관광명소도 아니고 보니 산길 내내 안내 팻말이나 이정표 하나 보이지 않았다. 경사면에 바투 붙은 좁은 길은 불분명하게 수시로 갈라졌고 그러다가 낙엽 속으로 사라지기 일쑤였다. 명수는 비교적 사람의 발품으로 닦인 길을 택해 양편의 잡초를 제치면서 길을 열어나갔지만 워낙 급경사의 산록인지 물소리 하나 들리지 않는다. 바람조차 아침부터 폭염이 시작되자 사라졌다.

몇 번이나 길을 잃은 명수가 그냥 하산하는 수밖에 없는 건가, 하는 막다른 호흡으로 포기할 지경에 이르렀을 때였다. 명수 쪽으로 몸을 돌리듯 이끼로 덮힌 거대한 그늘막의 암벽이 명수앞을 문득 가로막았다. 그 바위벽을 가까스로 돌자, 정면으로 일광을 맞받아치듯 말짱하게 마른 벽면에 또렷이 양각된 큰 부처 하나가 나타났다.

마애불이었고 크기는 어른 키의 한배 반 정도였는데, 한 쪽 어깨에서 늘어뜨려진 가사가 몸의 중심부에 이르러 불분명하게 처리된 채 사라지고 없다. 가부좌를 튼 마애불 정면으로 아침 양광이 퍼붓고 있다. 명수는 마애불 앞에 서자 자신의 정 위치에서 마애불이 그를 내려다보고 있음을 알고 화들짝 놀랐다. 왜냐면 멀리서 마애불을 발견했을 때 부처는 산과 산이 연결한 무한수평의 봉우리들을 무연히 바라보고 있었기 때문이었는데, 그게 착각인가 하여 그가 다시 되돌아가 멀리 떨어져 부처를 보니, 예의 부처의 가늘게 열린 시선은 수평선 그대로, 산과 하늘이 만나는 그 접점에 가 있다. 그런데 다시 마애불 발 아래로 돌아가 올려다보니 부처의 시선은 어느새 각을 내려 명수를 보면서 참으로 오랜 만이구나! 하고 말을 하는 듯했다. 그런 마애불의 두 눈은 어쩐지 슬퍼 보였다. 그 슬픈 눈과는 무관하게 입술은 고요한 미소로 조금 벌어진 듯 했다. 명수는 그 부조화가 이상스레 마애불 본래의 얼굴인지 아니면 그간 세월의 풍화로 다소 뭉개진 마모의 결과인지 잘 알 수 없었다. 명수는 얼떨결에 고개를 숙여 감사의 마음으로 합장을 했다. 이제 길을 더 이상 헤매지 않아도 된다. 암자는 지척에 있을 터였다.

암자는 차라리 행랑채에 가까웠다. 마애불을 돌아가자 무시무시한 단애 아래 암자 하나가 제비집처럼 달랑 붙어 있었는데, 그 모습은 흡사 갑자기 쏟아지는 폭우를 피하기 위해 아주 잠깐 절벽 틈바구니로 몸을 숨긴 초라한 행려승 같았다. 작고 좁은 돌계단을 오르자 손바닥만한 마당이 나타났고 이미 여름 볕에 지친 독초의 매캐한 냄새들로 가득했다. 벽돌만한 법당 댓돌에 오르자 갑자기 소슬한 바람이 절벽 모퉁이에서 불어오자, 딸랑딸랑 하고 얇고 높은 풍경소리가 울려 명수는 법당 처마 끝을 보았다. 오려 붙인 듯 붉게 녹슨 허접한 양철 조각 몇 개가 종잇장처럼 이리저리 나부낀다. 산 고도가 이미 상당하여 암자 아래로 낮은 산들이 밀려가는 파도 모양으로 펼쳐진다.

여기가 법당이란 말인가. 댓돌 위로 올라 조심스레 기둥에 붙은 문을 밀쳤다. 먼지로 곰삭은 듯 보이는 단일한 회색빛의 작은 삼존불이 좌대 위에 좌정해 있었는데 실눈을 하고 앞을 바라보고 있다. 명수는 좌대 앞으로 가 삼존불에게 합장했다. 시주꾼으로서 그래야 마땅할 것 같았다. 역시 아무도 없다. 인적이라곤 오래 전에 끊긴 듯, 향로대의 향불도 이미 사위어 타고 남은 재만 곱게 빻은 골분처럼 소복하다. 어둑신한 법당 한켠으로 법고가 천정에서부터 수직으로 드리워진 줄에 달려 있다. 명수의 시선이 닿자 법고가 조금 물러서듯 흔들렸다. 착각이었을까? 바람 한 점 없는 법당은 침묵으로 명수의 시선을 감내하듯 보인다. 그 침묵이 너무 기이했으므로 명수는 법고로 다가가 북채를 양손에 나눠 쥐고 힘을 뺀 작은 동작으로 두들겨 본다. 북소리가 시작된다. 어쩌면 이 북소리를 듣고 노스님이 나타나 줄지도 모른다는 생각이 들어 명수는 손목 전체로 힘을 주어서 탕탕탕탕, 강하게

북을 타격하기 시작했다. 스님이 없다면 산 아래 마을의 노모라
도 이 북소리를 들을지 모른다.

한참을 두들기던 명수는 법당 입구에 뭔가가 나타났음을 알
고는 기겁했다. 너무 놀라 북채를 쥔 채 돌아보니 깡마른 늙은
개 한 마리가 그를 나무라듯 낮게 웅얼대면서 명수를 보고 있었
다. 명수가 다가가자 개는 더 이상 서 있기 힘든 듯 섬돌 위에 엎
드려 버린다. 가죽이 뼈만 덮고 있었는데 그 가죽조차 얇아서 앙
상한 개의 갈비뼈는 살이 발겨지고 남은 생선가시처럼 돋보인
다. 개는 더 이상 뜨고 있는 것조차 힘이 드는지 눈마저 감아버
린다.

명수는 이 개가 벌써 여러 날 아무 것도 먹은 것이 없음을 알
았다. 명수는 서둘러 호박죽통을 열어 개의 면전에 부어준다. 개
가 느리나마 반응을 보였다. 눈을 떴는데 백태가 가득한 개의 눈
은 이미 실명한 듯 했다. 겨우 청각과 후각만으로 마지막 살아버
티는 듯 보였다. 앙상한 피부는 성한데 없이 벗겨지거나 상처 딱
지가 덕지덕지 나무껍질 상태로 붙어있다. 개는 메마른 혀를 내
밀고 호박죽을 조금씩 핥아본다. 거의 임종의 표정이다. 명수는
가슴이 저려와 개의 목덜미를 어루만져 주었다. 이미 마애암은
폐사지와 다름 아니다. 명수의 북소리에도 인적은 없고 홀로 남
은 개는 거의 굶주려 죽어가고 있다. 이런 절에 노모는 어쩌자고
시주를 보낸 걸까.

호박죽을 아끼듯 느리게 먹는 개를 두고, 요사채라도 찾을 요

량으로 명수는 자리에서 일어섰다. 법당 뒤편 좁은 골목길 같은 어둔 공간이 사람 하나 들어갈 정도로 틈을 보이고 있다. 위로 보니 법당 뒤편의 기와처마가 암벽에 닿아 있어 무척 어두웠는데 그럼에도 불구하고 법당 뒷벽에 그려진 그림들이 나름 절 분위기를 보여주고 있었다. 동자승인 듯 무엇을 찾아가는 그림이었는데 소가 나타나기도 한다. 그 그림들의 인과를 살펴보기에 너무 뒤안이 어두웠다. 그 절벽 아래 소롯길을 꺾어 좀 더 안으로 들어서자 암벽에 움푹 파인 작은 틈바구니 속으로 쪽방 하나가 곧 눈에 들어왔다. 명수가 쪽방을 향하자 어느새 호박죽을 먹던 개가 나타나, 자신이 길손을 안내해야 마땅한 듯 비틀대면서도 앞장을 선다.

쪽방은 사방이 절벽에 갇힌 채 겨우 부서질 듯 낡고 작은 문짝 하나 달랑 달려 있다. 누렇게 바랜 문짝의 한지는 바람에 찢어져 이 쪽방이 흉가임을 굳이 숨기지 않는다. 문고리를 당기자 온전한 어둠 속에 잠겼던 그 쪽방은 외부의 빛에 소스라치면서 깨어나기 시작한다. 겨우 사람 하나 운신할 정도의 좁은 단칸방이었는데 이미 인적은 오래전에 끊긴 듯 먼지조차 바싹 말라붙어 매캐한 공기가 가득했다.

어둠이 눈에 익자 명수는 점점 자신의 두 눈을 의심했다. 그의 시야에 잡힌 방은 명수의 머리를 번개처럼 쪼개버렸다. 무섭증과는 전혀 다른, 처음 겪는 경악으로 명수는 쪽방 한가운데 그대로 얼어붙었다. 자신의 물건들이, 어릴 때 쓰고 버린 물건들이 흡사 유품처럼 그를 기다리고 있다. 더러는 선반에 올려져 있기도 했고 더러는 방바닥의 좌탁에 죽 나열되어 있다. 이미 명수의 기억에도 없는, 때 절고 허접한 장난감들이 줄지어 나타났고, 다 헤어진 명수의 운동화 서너 켤레와 버렸던 낡은 런닝, 티셔츠, 심지어 학기가 바뀌어 수거꾼이 가져가도록 마당 한 켠에 쌓아둔 초등학생 때의 낡은 교과서와 노트들까지 명수와 조우했다. 중학교를 졸업하고 버렸던 동절기 교복이 벽 옷걸이를 감싼 채 걸려있음을 보고 명수는 입을 다물지 못했다.

그는 굴러 떨어지듯 그 쪽방에서 달아났다. 자신의 모든 것이, 옛 시간의 갈무리가 다 낡은 유품으로 모여 있다. 두 눈에 불꽃이 튀었고 양 관자놀이로 혈관이 부풀어 올라 터질 것만 같았다. 그런 명수를 우울한 눈썹으로 올려다보던 개가 몸을 돌려 어두운 암벽 아래의 풀섶 사이로 사라진다. 명수는 자신도 모르게 구르듯이 그 개를 따라 갔다.

그 소롯길은 쉼 없이 양쪽 절벽에서 떨어지는 물방울들로 질척했고 독충들이 명수의 종아리에 마구 달라붙을 만큼 음습했다. 개는 문득 걸음을 멈추고 종이바닥처럼 허옇게 마른 혀를 내밀어 낙수를 맛본다. 그러다가 흘깃 명수을 올려다 본 뒤 생각이 난 듯 길을 앞장서서 내려간다. 길이 ㄱ자로 꺾이자 명수 앞에 조그만 암굴이 컴컴한 입을 벌리고 나타났다. 개는 암굴의 입구에서 명수가 다가오기를 기다리듯 멈춰 서서 그를 바라본다. 명수는 와들와들 몸이 떨리기 시작했다. 무슨 일이든 저 암굴에 가서는 안 된다는, 내부의 격렬한 아우성이 그를 잡고 뒤흔든다. 명수가 망설이자 개는 그 자리에 늘상 그랬던 것처럼 배를 깔고 거의 바닥 수준으로 납작하게 엎드리고는 조용히 그를 응시했다. 아마 개는 이 장소에서 바로 그 자세로 죽음을 기다리고 있었나 보다.

밖의 눈부신 빛다발 탓인지 좁은 암굴은 너무 어두웠다. 명수는 핸드폰을 후랫쉬 삼아 동굴 안을 살피며 들어갔다. 동굴 내부는 사람하나 겨우 설 정도의 높이였지만 폭은 제법 운신을 할 정도의 너비는 보였다. 입구에는 볼품없는 불전함과 향로 다탁 외엔 아무 것도 없었다. 이십여 보폭 더 헤쳐 들어가자 암굴 끝에 다다른 듯 섬돌 단이 하나 높아졌고 물건 꾸러미 같은 그 무언가가 막힌 벽에 기대어 있다. 순간 명수는 피를 뒤집어 쓴 듯 뒤로 벌렁 나자빠졌다.

겨우 정신을 차리고 명수는 몇 걸음 다가갔다. 물건 꾸러미처럼 보인 그 물체는 사람이었는데 벽에 등을 기댄 채 명수를 바라보고 있다. 뼈가 드러난 왼손의 갈퀴에는 아직 염주가 걸려 있다. 이미 부패가 심해 피부가 약한 입과 눈덩이 주변 살갗은 이미 벗겨져 얼굴의 백골화가 상당했다. 걸친 먹빛 무명 승복은 멀쩡했는데, 이미 오래 전에 스님은 아사한 듯 뼈만 남은 시신을 허전하게 덮고 있다.

무언가 벌어진 입으로 말을 하고자 하는 죽은 자 얼굴을 유심히 들여다보던 명수는, 그 시신의 오른 손에 쥐인 다 낡은 사진

한 장을 발견했다. 시신의 백화된 손가락에 쥐인 낡고 바랜 사진 속의 사람은 바로 명수였다. 초등학생 명수가 운동회 때 뭔가를 먹으면서 활짝 웃고 있는 얼굴이었는데, 멀리서 당겨 찍은 듯 흐렸으나 분명 어린 명수였다. 들판에 혼자 남은 들짐승이 낼만한 기묘한 소리를 지르면서 명수는 그 자리에 무너졌다.

세상 속으로

내 나이 스물 살에 이르면서, 나는 세상이 나를 망치기 위해 악을 쓰고 있다는 쪽으로 생각을 굳혔다.

물론 그 나이가 될 때까지 내가 놀고 먹은 것은 아니다. 돈도 안되면서 이상스레 힘을 소진해버리는, 취업인지 실업인지가 모호한 이런저런 일들을 두루 거쳤는데, 그런 일들은 대개 나의 머리보다 노동을 요구했고 예금 잔고는 거짓말처럼 남아 있지 않았다.

왜 그런지 모르겠다. 그냥 시골집에 눙쳐 앉아 일없이 노인처럼 소일하거나 열나게 서울에서 붕붕거리거나 간에 그 어느 것이든 돈이 되지 않았다. 나는 그 해괴한 결과를 두고 곰곰이 깊은 생각에 잠긴 적이 있다. 어째서 그런 요술스런 결과가 내 몸을 매개로 해서 일어날 수 있단 말인가? 분명히 돈은 벌었으나 갈라진 가뭄의 황토 속으로 허약한 빗물이 스며들 듯 순식간에 사라졌다.

그러던 언젠가, 자취집 부엌에 쪼그리고 앉아 분리 수거용 비닐 봉투가 찢기도록 쓰레기를 다져 넣다가 문득 머리 속이 맑아질 만큼 기특한 생각이 떠올랐다. 아, 그렇다! 서울은 지금 나를 뜯어먹고 있구나… 비교적 연한 부분의 살부터 뜯기 시작해서 조만간 뼈를 깨끗이 발라낼 만큼 게걸스레 나를 먹어치우고 말 것이다 하고.

그런 우울한 서울 생활을 계속하고 있을 무렵 사촌누이가 불러 나는 그녀의 집으로 갔다. 사촌누이는 서울 변두리의 어느 복개천 변에 살면서 조그만 서점을 갖고 있었는데 그녀는 나에게 그 서점을 맡기고 싶다고 했다. 고향에 있을 때 우리는 피차 그렇게 가깝지도 그렇다고 멀지도 않은 고만고만한 사촌간이었지만, 서울에서 내가 심한 신고를 겪는다고 판단했는지 여하튼 누이는 날 불렀다.

사촌누이를 막상 서울에서 보기는 그날이 처음이었는데 솔직히 나는 좀 놀랐다. 고향에서의 그 누이가 아니었다. 물론 처녀 때완 당연히 다르겠지만 그녀에게는 이미 초등학교 저학년 사내아이가 둘 딸려 있었는데, 좋게 말해서 과묵한, 내 관점대로 말하자면 꼭 도둑놈 같이 생긴 시커먼 얼굴의 매형과 서로 죽지 못해 살고 있었다.

누이의 서점은 생각보다 퍽 작아 다행스러웠다. 나는 천성이 게으르기 때문에 가능한 협소한 공간에서 축약된 일을 가내 수공업적으로 꼼지락대고 싶었으므로 그 규모는 안성맞춤이었다. 서점 안쪽에 칼잠 정도 족히 즐길 수 있는, 좀 더 미래지향적으로 보자면 관하나 맞춤으로 들어갈 만한 공간의 쪽마루를 발견하고는 바라던 곳에 마침내 내가 왔구나 하는 안도의 기분까지 들었다.

사촌누이가 서점 경영의 몇 가지 요령을 무표정하게 중얼거렸다. 주문처와 주문 방법, 책의 배열과 문을 여닫는 시각, 대금 결재 방식 등…. 그러다가 누이는 사는 게 도대체 무엇이란 말인가 하는 투의 멍한 표정으로 이렇게 덧붙였다.

"장사 안돼, 그냥 현상 유지만 해. 올 겨울에 처분할 테니까."

누이의 서점과 길 하나 사이로 하여 천주교회가 마주하고 있었지만 기이하게도 신앙 관계의 책은 단 한 권도 없었다. 아니, 천주교나 개신교를 떠나 그 흔한 명상록조차 찾아볼 수가 없었다. 흡사 길가의 가판대가 아닐까 할만큼 시사주간지 몇 권과 연예계의 잡다한 정보로 어지러운 여성 월간지, 아이들의 만화책, 초·중·고 학생의 참고서류가 전부였다.

하루하루 지날수록 나는 모태 속의 태아가 자기만의 우주 속을 유영하듯 좁은 서점 속을 부유했다. 누이의 말대로 장사는 영 아니올시다 였다. 어떤 정도의 수준이 현상유지란 말일까? 일률적으로 아침 9시쯤 문을 열고 밤 8시경 문을 닫는 그런 상태를 두고 한 말은 아닐까? 하루 매상이 조석간 신문 열댓 부와 대여섯 권의 단행본, 두 서너 권의 여성지가 고작일 뿐인… 나는 내 밥벌이도 안 되는 일거리에 얹혀 그냥 기식하는 꼴이 되어 갔다. 솔직히 그건 내 취향이 아니었다. 비록 내가 게으르긴 했지만.

나는 며칠 간격으로 대금 결재를 위해 누이 집을 방문하곤 했는데, 누이의 어쩐지 부풀면서 상해가는 얼굴을 볼 때마다 기분이 참 복잡했다. 누이는 서점 경영 상태에 대해선 전혀 개의치 않았다. 수입금을 받고 그 중 일부를 내게 용돈조로 집어줄 뿐 무심했다.

처음 누이 집을 방문했을 때 딱 한번 매형을 봤을 뿐 이후 그 자를 본 적이라곤 없다. 방안에 있음에도 거실로 나와보지 않는지 모른다. 그러나 누이의 누렇게 부풀린 얼굴에서 나는 매형의 존재를, 아니 그의 분명한 부재를 강하게 느꼈다. 언젠가는 누이의 얼굴에 시퍼런 멍자욱이 보였었다.

나로서도 별 수 없었다. 나는 서점에 칩거하여 하루하루 배달되는 여러 신문사의 조석간을 구석구석 비교 검토해서 읽거나, 스포츠 신문과 여성 월간지에 어지럽게 소개되는 최신 연예계와 스포츠계 소식으로 머릿속을 찬란하게 채워나갔다. 별 수 없지 않은가? 시골집으로는 죽어도 가기 싫었고 게다가 연말 입대일은 병무청으로부터 정확히 통보된 터였다. 그 상태에서 내가 뭘 어쩌구 저쩌구 할 게 사실 아무 것도 없었다.

나는 서점 창유리를 통해 지나가는 사람들을 오랫동안 바라
보곤 했다. 사람들은 모두 종종걸음으로 하루 내내 바쁘게들 왕
래했다. 꼭 호출기로 무슨 부름을 받은 양 바장이며 오고 갔다.

한때 나도 그랬었다. 서울에 올라 온 후 2년 남짓 동안 나 역
시 길에서 항상 분주했다. 시골 고등학교 졸업의 학력이란 서울
에선 간단하게 무학자로 통했다. 그들 시골 출신은 다용도의, 그
러나 소모품에 불과한 품팔이로 분류되었고 사실 그렇게 소비되
었다.

나는 지난 2년간의 서울 생활로 내 자신이 정말 하잘 것 없는
품삯꾼임을 뼈저리게 체험했다. 내가 대학 진학을 포기하고 사
회로 나오자 이 세상의 모든 고용주들은 주린 자처럼 내 몸의 모
든 혈관에 빈 바늘을 꽂아 선혈을 뽑아내었다. 그 경험이 너무
지독하였으므로 나는 겁에 질려 어딘가로 도망치려 발버둥쳤다.

어느 금형 공장에 몇 달간 있을 때 실제로 쇠망치로 머리를 얻
어맞기까지 했으며, 재개발 아파트 단지에서 철근을 운반할 때
하마터면 레미콘 더미 속에 묻힐 뻔한 적도 있었다. 모두 날 죽
이려 환장한 사람들이었다. 나는 내가 살아남을 수 있는 길이 몹
시 좁고 가파른 벼랑길임을 직감했다. 아, 무서운 세상이다!

이 동네 복개천 소방도로는 시내버스가 다니는 제법 큰 대로
와 연결되어 있었는데, 그곳으로 진입하려는 자가용 차량들로

늘상 그 소방도로는 정체된 차량으로 틈이 없었다. 큰 간선도로에 내걸린 신호등이 복개천 챠량들의 진입을 마지못해, 아니 생각날 때만 겨우 몇 대씩 허용하곤 했다. 이 더운 여름 날, 느러터진 시간의 흐름 속에 줄지어선 차 속의 운전자들은 죄다 죽을 맛으로 죽치고 있었다.

그러던 어느 날, 놀랍게도 그들을 상대로 뻥튀김 쌀과자 봉지를 들고 장사에 나선 궁색한 남매를 보게 되었다. 나는 첫 눈에 그들이 남매임을 알아챘다. 남매 모두 두 눈들이 자신들의 양 귀를 지향하는 바람에 눈 사이의 거리가 지나치게 멀어 있었고, 침이 늘상 흐르는 입 주변과, 걷기 어려울 만큼 비대한 몸, 허둥지둥 상대를 놓쳐버리는 풀린 촛점의 시선으로 정차된 차 사이를 비집고 다니면서 뻥튀김을 팔려고 안간힘이었다.

대부분의 정박아들이 그러하듯 나이를 가늠하기 어려웠다. 아마 10대임은 분명해 보였다. 두 발목이 홱 돌아간 남동생은 다 망가진 휠체어에 앉혀 있었는데, 뻥튀김 봉지를 치켜들고 완강히 닫힌 운전석 창을 탕탕치는 일을, 누이는 그런 남동생을 밀고 다니면서 거의 속삭이는 수준으로 물건을 사 달라고 말하는, 아니 말하는 시늉만 하는 역할을 분담하고 있었다.

가끔 그 쪽 길을 걸어 갈 때마다 나는 그 두 남매와 마주쳤는데 나는 그들이 거의 죽어가고 있음을 알았다. 엄청난 폭염 아래 그 남매는 자신들의 얼굴이 검붉게 부풀어 오르고 있음을 모르는 것 같았다. 그 남매는 왜 자신들이 매사에 굼뜨며 시선이 흐려지며 의식이 가물대는지를, 그리고 왜 이토록 뻥튀김이 팔리지 않는지를 모르는 것과 같이. 뜨거운 아스팔트 지열이, 폭염이, 굶주림과 갈증이 그들 남매를 죽음으로 간단히 이끌고 있었다.

그들을 본 날이면 어김없이 나는 열사병에 시달렸다. 맥없이 더위를 먹어 헛구역질까지 하면서 나는 죽은 듯 늘어졌다. 그들 남매의 풀린 네 눈동자가 거머리의 흡반이 되어 내 머리통에 착 달라붙어 양껏 나의 뇌수를 뽑아나갔다. 나는 맥없이 그 눈동자 거머리들이 떨어져나갈 때까지 널부려 있었다. 살려줘… 이젠 그만 아아, 살려줘… 나는 여름 내내 혼미했다.

누이 서점에도 몇몇 단골은 있었다. 여성 월간지를 기다리는 아가씨나 아줌마들, 아침마다 스포츠 신문을 부지런히 뭉쳐가는 근처 목공소 직원들, 한 시간쯤 꾸물대다가 겨우 만화책 한 두 권을 고르는 인근 초등학생들이 그들의 전부였다. 그러나 책 대여점이 시장통에 세포 분열하듯 생겨나는 바람에 그나마 여성지 단골과 어린 만화광들은 떨어져 나갔다. 길 하나 사이로 있는 천주교회의 교인들은 누이 서점을 거의 백안시했다. 그 정도가 너무 심하였으므로 누이가 무슨 생각으로 이런 장소에 서점을 얻었는지 참 어이가 없었다. 아니면 서점 개업 때 무당을 불러 재수 굿판이라도 벌였던 걸까?

아 참, 며칠 전부터 성당 신자 고객이 하나 생겼다. 아니 고객인지 뭔지 그 사람은 우리 서점에 없는 책만 찾았고, 내가 그런 책은 없다고 하자, 그렇다면 어떻게 좀 구해줄 수 없느냐면서 찾는 책들의 명세서를 건네주었다. 그는 일요일 오전미사를 올리고 나올 때마다 우리 서점에 들르기 시작했다. 마흔? 쉰? 아니, 예순? 나는 그 남자의 나이를 통 종잡을 수 없었다. 나이를 짐작할 수 없는 손님은 대하기 힘든 법이다. 그 이유를 꼬집어 말할 수 없지만 기분도 찜찜했다. 그는 몹시 힘이 없어 보였는데 두 눈이 쾡 했고 실제 말할 때에도 발성하기보다 소리를 목 안으로 끌어넣는 듯 했다.

그가 찾는 『인성人性과 신성神聖』, 『안티 크리티시즘에서 본 쾌락』이니 하는 제목의 책들은, 짧은 내 독서 실력으로도 얼핏 신앙관계 책처럼 보여 성당의 구내 서점에서 구하시면 되지 않느냐고 하자 그는 성당에 구내 서점이란 없으며 그냥 성물 판매소가 있는데 기본 교리서나 찬송가, 미사 전례집은 있는데 자기가 구하고자 하는 책들은 반기독교 서적이라 아예 없다는 둥 아리송송한 말을 더듬더듬 했다. 그리곤 변비기가 있는 사람 마냥 한참을 내 앞에서 꾸물대다가 서점에서 나가주었다.

그런데 그가 요청했던 책들은 의외로 쉽게 구해졌다. 거래처 청년이 그 출판사 책들을 간단하게 납품해주었다. 일주일 뒤 그에게 그 책들을 넘겨주었는데 그가 나에게 생각보다 많은 수고비를 주어 당황스러웠다. 그는 매우 고마워했고 가끔 이런 부탁을 해도 되느냐고 예의 뜸을 들이면서 말했다. 나는 그렇게 하라고 했다. 그는 매우 황송해하면서 어쩔 줄 몰라 했다. 나는 그가 신앙심이 매우 깊은 교인인가보다 했다. 반 기독교적인 책까지 연구해두는 것을 보면.

영순이가 서점을 찾아온 게 아마 말복 날인 듯 하다.

그날은 아침부터 더럽게 더워서 나는 거의 환장할 뻔했다. 어째서 이 여름은 이 모양일까…. 새벽에 깨어나자마자 머리통이 지끈거려 시장통의 밥집까지 내려갈 힘조차 없었는데, 그날은 서점을 찾는 손님이 단 한 명도 없었던 기록적인 날로도 기억에 남는다.

선풍기를 내 쪽으로 고정시켜 둔 채 오전 내내 서점의 쪽마루에 늘어져 있을 때 영순이 전화가 왔다. 고향에서 같은 종고綜高를 나온 영순이다. 나는 의외의 기분이 들었다. 졸업하고 처음 듣는 그녀의 음성이었다. 자기는 지금 나와 같은 서울에 살고 있으며 일전에 고향엘 갔다가 내 거처를 알게 되어 전화를 하는 거라고 하면서 오늘 저녁에 시간이 나는데 개장국을 사주고 싶다고 했다. 그녀의 갑작스런 전화에 얼떨떨해져서 그러고 싶으면 그렇게 하라고 말해주었다.

느닷없이 영순이가 왜 나를 만나고 싶어하는지 알 수 없다. 서울 생활에서 꼭 그래야만 한다고 작정한 것은 아니지만 나는 고향 사람을 가능한 피하고 있었다. 왠지 그들을 만나면 불행한 한 때를 공유했던 공범자 기분이 들었다.

영순이가 왜 나를 만나려 할까? 우리는 별로 좋아하거나 딱히 가깝게 지낸 적이 없다. 그냥 같은 부락 한 학년 위의 오빠로, 그리고 한 학년 아래의 여동생으로 버스 통학 때마다 시시껄렁하게 노닥거린, 추억에도 미달하는 색 바랜 기억밖에 없다. 말 그대로 평범한 사이였는데 평범한 사람끼리 끌린다는 것은 무생물끼리 끌리는 것만큼 해괴한 일이 아닐 수 없다.

그러나 커피숍에서 영순이를 본 순간 나는 깜짝 놀랐다. 영순이는 전혀 평범하지 않았다. 저 여자가 영순이란 말인가 할만큼 그녀는 마술 상자에서 홱 바뀌어 나온, 엉뚱하다기 보다 매우 쇼킹한 여자로 내 앞에 돌연변이로 앉아 있었다. 요란스런 화장과 형광물질로 직조된 도발적인 옷차림, 게다가 염색된 빨강머리 꼬락서니까지 하고서는…. 그런 영순이는 날 만만하게 바라보았다. 세상살이의 중요한 요령을 방금 손아귀에 쥔 듯한 그녀는, 말을 많이 하기보다 잘 듣는 자 특유의 부드러운 관용의 표정까지 짓고 있었다. 나는 벙벙해져 말을 더듬기까지 하면서 지금 뭘 하고 사느냐고 묻자 그녀는 그냥 먹고 살만 하다고 말했다. 참 많이 변한 것 같다고 내가 말하자, 넌 하나도 변한 게 없다고 그녀가 응수했다.

나는 늦은 저녁밥으로 개장국 한 그릇을 깨끗이 비웠다. 이젠 전화 번호도 서로 알고 했으니 자주 만나자 어쩌구 하면서 우리는 헤어졌다. 복개천 변을 혼자 걸어오면서 나는 세상이 이상해지고 있구나 했다. 요 몇 년 동안은 여름 겨울 없이 지구가 더워지고 있었고 혜성들이 뜬금없이 날아와 지구와 충돌하려 근접하곤 했는데 나는 내가 잘못 되었는지 영순이가 잘못 되어 가는지 분간이 안 되었다.

날이 갈수록 서점의 경영은 지리멸렬해졌다. 꼭 그러길 바란 것은 아님에도 불구하고 예상대로 되어간다는 생각이 들었다.

사촌누이의 집은 서점으로부터 몇 구역 떨어져 있었다. 상가와 주택이 혼재된 더럽고 소란한 오르막길을 꽤 오래 걸어가야 했다. 대개 그런 골목의 집들은 1층을 두세 개의 점포로 개조해 세를 놓고 있었는데 그 1층 점포를 생계의 주요 엔진부로 하여 2층의 집주인들이 용케 생존해나가는, 상호 기생인지 공생인지 암튼 묘한 구조를 그 동네는 보여주고 있었다. 고만고만한 점포들을 다리의 흡반처럼 활용하면서 얼굴을 대기 위로 올리고 있는 문어같은 서울의 주상 복합 집들. 그들 중의 한 부분인 누이의 집도 1층을 세 칸으로 질러, 미장원, 과일상점, 문방구 등으로 임대해서 살아가는 중이었다. 건물 옆구리께로 붙어 있는 좁은 철재 난간을 오를 때, 나는 난파선에서 구조선의 외줄 사닥다리를 잡은 난파선원들 심정을 이해할 것 같았다.

먹고 살 수 있는 것만으로도 축복일 수 있는 삶이겠는데 누이는 전혀 그렇지 않은 듯 했다. 퍼렇게 멍든 누이의 얼굴을 여러 번 볼 때마다 나는 인간 삶의 지하에 내려온 기분이었다. 한 때는 누이가 저 고통을 혹시 즐기고 있는 건 아닌가 했다. 왜 이혼을 하지 않을까? 매형이 이혼을 극력 피하고 있단 말인가? 나의 초보적인 추리는 매번 그 수준에서 스르르 힘이 빠져버린다. 누이는 초등학교 저학년인 조카들을 거의 방심의 상태로 방목하는 듯 보였다. 안색과 표정이 매우 어두운 두 아이는, 그러나 용케 생명을 유지하고 있는 짐승들이라면 본능적으로 지니고 있는 예민한 동력 탓인지 이 방 저 방을 부지런히 왔다 갔다 했다.

나는 누이에게 단행본 취급을 중단해야겠다고 했다. 회전율이 너무 늦어 두 세 달 뒤 내가 입대할 경우 반품처리가 어려울 수 있다고 덧붙였다. 누이는 흡사 무녀가 주문을 암송하듯 그렇게 하라고 들릴 듯 말 듯 대답했다. 내친 김에 나는 아이들 만화를 염가로 처분해버리고 주로 조석간 신문과 주간지 중심으로 가게를 꾸려 나가야겠다고 했다. 누이는 그렇게 하라고 더 힘없이 중얼댔다. 그녀의 보호령이 다 죽어가나 보다.

영순이는 가끔 서점으로 전화를 했는데 그 가끔이란 게 모조리 한밤중이어서 나는 몹시 괴로웠다. 새벽 2, 3시의 심야 시간에 그녀는 나를 깨워놓고 온갖 헛소리를 쏟아댔다. 흡사 전화요금 심야 할인을 노린 사람처럼 낮에는 단 한번도 전화를 하지 않았다. 맨 정신으론 내가 생각나지 않는 모양이다. 오늘따라 그녀는 자기가 종고 다닐 때 공부를 참 잘한 나를 얼마나 좋아했는지 모를 것이라는, 일관된 주제의 내용을 극히 알아듣기 어려운 혀 꼬부라진 소리로 소란을 떨었다. 그녀가 날 사랑했다니 참 신기했다. 도무지 그럴 이유가 없었다. 물론 나는 공부를 참 잘한 편이었다. 시골 종고 수준에선. 그러나 그 추억이 나를 얼마나 병신으로 만들었음을 그녀는 모를 것이다. 대학 진학을 꿈도 꾸지 못한 시골 종고 우등생이 서울에 얼마나 많이 상경해 있는지를…. 그런데도 그녀가 날 좋아했다니 지난 고교 시절을 억지로 되돌려 생각해봐도 그럴 듯한 아무런 일도 떠오르지 않는다. 나는 그녀가 날 놀리고 있다고 여겼다. 술 손님에게 시달린 끝에 다소 뇌가 망가진 게 아닌가 싶기도 했다.

그러나 어떤 날은 질질 짤면서 널 사랑했었다고, 고 1 때 크리스마스 카드를 직접 만들어 니네 집 문틈에 넣어두기도 했는데 어쩌구 하다가, 지금 그 서점으로 가고 싶은데 택시로 어딜 가자고 하면 되느냐는 둥 너무너무 나를 귀찮게 했다. 그렇게 무작정 전화통에 붙들린 채 나는 선하품으로 짓물러진 눈꼬리께의 무의미한 눈물을 손등으로 찍어내면서, 그녀의 하루가 힘겹게 봉합되고 있구나 하는 것을 굼뜨게 감지할 뿐이었다.

서점은 그 교인 아저씨가 자주 나타나 의외로 많은 책들을 주문해주어 그나마 수입이 좀 올랐다. 인간의 호구지책에는 어쨌든 운이 좀 따르나 보다.

매번 그는 서점 내부의 어둠에 갑자기 들어선 탓인지 두 눈을 아슴슴해 하다가 용케 내 얼굴을 발견한 듯 활짝 갠 얼굴이 되어 나에게 말을 건네곤 하였다. 그는 거의 주일 단위로 열 권에 가까운 책들을 주문해주었고 그 값만큼의 수고비를 내게 주었다. 초기엔 그 수고비 액수가 너무 과하다 싶어 사양했는데 그가 워낙 강권했을 뿐만 아니라, 뭐 이 점원 생활도 곧 끝날텐데 싶어 넙죽넙죽 받아먹었다. 내게 폐를 끼치는 관계로 수고비와 별도로 언젠가 술을 사고 싶다고 그가 말했고 나는 시원시원한 거래처답게 그러시라고 했다. 그러고도 그는 서점에서 오랫동안 서성댔다. 가끔 내 눈과 마주치면 소년처럼 얼굴을 붉히며 미소를 보내는 바람에 내 기분은 영 말이 아니었다.

그가 나간 뒤면 서점에 특이한 향수 냄새가 일정 시간 동안 잔류하곤 했다. 나는 그 방향제의 은은하면서도 묘한 향취에 한동안 몽롱했다. 나른한 가수면 상태에 잠기면서까지.

잠귀가 어두운 편인 나는 언제부턴가 천주교회의 새벽 기도 소리에 잠이 달아나기 시작했다. 신새벽의 어둠을 뚫고 가만가만 진군해오는 낮고도 한스런 그 기도 소리는 내게 그 때까지 한 번도 느끼지 못한 이상한 세계의 존재를 암시했다. 뭐 그렇다고 해서 구원이니 천국이니 하는 세계가 아니라, 좀 설명키 어려우나 함부로 건드렸다간 앙화가 미칠지도 모른다는 다소 엉뚱한 외경심을 갖게 했다. 미사 시간이 끝나고 신자들은 그러한 표정을 짓기로 다 함께 결의라도 한 것처럼 한결같이 깊은 자책, 슬픈 자기 연민의 얼굴을 하고 아직 어둑신한 신새벽의 서점 앞을 유령처럼 지나갔다.

머칠 뒤 서점 문을 일찍 닫을까 말까 망설이던 초저녁 무렵에 그 교인 아저씨가 나타났다. 자가용 시동을 켜 둔 채 차에서 내려서는, 지나는 길인데 술 한 잔 사고 싶다고 했다. 나는 밤에 달리 할 일도 없었고 여튼 거래처의 호의였으므로 그의 차에 동승했다. 차는 동네 복개도로 위를 미끄러져 내려갔다.

"이런 음악 어때요? 좋으세요?"

그가 카 오디오의 볼륨을 높이자 입안에서 살살 녹을 것 같은 선율이 차 속을 은은하게 공명시켜 나갔다. 어느새 휘황하게 번득이는 한강변 건물들의 빛다발 속으로 차는 상쾌하게 질주했다.

나는 그날 밤 많이 취했다. 그는 전망이 매우 좋은 술집으로 나를 데려갔는데 흡사 우주선에서 은하계를 내려다보는 것 같은, 지상과는 전혀 연결고리가 없는 듯한 몹시 높은 위치의 레스토랑인지 카페인지 하는 술집이었다. 그토록 으리으리한 곳은 난생 처음이었다. 그는 내 술잔에 술을 조금씩 따루었는데 눈에 뵈는 양이 별 것 아니어서 부어주는 대로 마셨다. 그러나, 곧 취기가 화염처럼 올라 혀가 스스로 사라진 것처럼 나는 횡설수설했다. 도대체 무슨 말들을 지껄였을까? 그는 온화한 미소로 시종일관 나를 응시했다. 나는 그의 나이를 도무지 짐작할 수 없었다. 나는 점점 내 멋대로 되어, 이 따위 술로 날 천주교회로 끌고 갈 생각일랑 아예 말라고 윽박질렀고 예수쟁이는 질색이라고 고래고래 악을 썼다.

아아, 어떻게 그 호텔에까지 가게 되었을까? 어떻게 그 호텔 방 침대에 쓰러져 그의 숨가쁜 호흡을 내 귓가로 느끼게 되었을까?

시간이 진공 상태로 정지되고 사위가 적막한데 문득 나는 내 피의 흐름이 귓가로 역류하고 있음을 감지했다. 그가 내 뺨을 거쳐 목덜미, 가슴께로 입을 맞추고 있었다. 그 뜨거운 호흡 소리가 내 입술을 덮었을 때 나는 그의 얼굴을 두 손으로 우악스레 밀쳐냈다. 술이 대번에 달아났다. 나는 주먹으로 그를 사납게 쳐올리면서 죽일 듯이 노려보았다. 밝은 불빛 아래에서 본 그 남자는 노인에 가까운 초로의 주름진 얼굴이었다. 나는 경악했다.

"…사랑해… 널… 많이 사랑한다…."

와들와들 떨면서 그가 애원했다.

기가 막혔다. 그는 내가 그 서점에 처음 왔을 때부터 나를 사랑했다고 하였다. 단 하루도 빠지지 않고 날 지켜보았는데 전혀 나는 눈치를 채지 못했다는 것이다. 그는 장성한 자식들이 있는 기혼자지만 한번도 아내를 사랑한 적이 없다고 했다. 나는 자리에서 벌떡 일어났다. 그는 침대 위에 쓰러져 겨우 상반신만 조금 비켜세운 자세로 제발 사랑하게 해달라고 나에게 애원했다. 정말 전 생애를 담보로 나를 갈구하는 듯한 그의 절망적인 눈빛을 보고 나는 질겁했다.

"…나, 죽을지 몰라… 정말 죽어버리고 싶어… 한 번만… 아아, 제발 오늘 한 번만이라도 곁에 있어줘⋯ 미안해요⋯ 정말 미안해⋯."

나는 기분이 개떡이 되어 호텔 방문을 사납게 여닫고 나와 도망쳤다. 착각이었을까? 그 남자의 비통하게 울부짖는 울음이 내 등 뒤를 종종걸음으로 따라왔다. 붉은 사각 터널같은 그 호텔 복도 끝에 엘리베이트가 있었다. 18이란 램프에서 문이 열려 나는 어이가 없었다. 도대체 어떻게 18층까지 왔었단 말인가?

바깥은 차가운 밤바람으로 살을 에는 듯 했다. 나는 호텔 건너편 대로에 서서 그 호텔을 올려다보았다. 몇몇 방에 불이 켜져 있었으나 그 중 어느 불빛이 그 사내의 방인지 구분되지 않았다. 나는 어두침침한 차도 가장자리에 서서 축대 아래를 내려다보고 바지 지퍼를 내려 소변을 갈겼다. 배설된 소변의 온기만큼 추워진 몸이 부르르 한바탕 진저리를 친다. 재수 더러운 밤이다.

그의 사망 사실을 내가 알게 된 것은 그로부터 며칠 뒤 오전 천주교회 마당에서 그의 관이 골목으로 들려 나올 때였다. 나로서는 드물게 보는 장례미사여서 그냥 무심코 서점 문 앞에 서 있었는데, 천주교회 마당을 돌아 고인의 장자가 아득한 표정으로 영정사진을 안고 내 쪽으로 걸어왔을 때 나는 하마터면 악! 하고 비명을 지를 뻔했다. 분명히 그 남자였다. 초로의, 온화하면서도 어딘지 모르게 쓸쓸한 눈매의 그가 고요히 나를 응시하며 지나간다. 모두들 안녕! 잘 있어요. 난 죽었답니다⋯ 소름이 쫙 끼쳤다. 그가 죽었다. 정말 죽었다. 이것이 사실이란 말인가? 나는 심한 쇼크 상태가 되었다. 도대체 말이 되지 않았다. 왜? 무엇 때문에? 정중한 슬픔의 표정으로 우아하게 지나가는 유족 뒤로, 비실비실 자력에 이끌리듯 나는 몇 걸음 관을 따라갔다.

흰 국화 송이들이 그의 관 위에 놓여 있었는데 나는 그때만큼 꽃 한 송이가 그토록 차갑고 시리게 느껴진 적은 없었다. 낮은 한숨 소리로 중얼중얼 연도하며 따르던 교우들 몇몇은 그가 교통사고로 비명횡사했음에 대해 안타까워했다. 며칠 전 야밤에 대로를 횡단하다가 대형트럭에 치였다고 했다. 나는 그가 자살했음을 직감했다. 나는 격심한 혼란에 빠졌다. 내가 그를 죽였는가? 그는 정말 나 때문에 죽었을까? 어떤 사실을 혼자만 알고 있음은, 역설적으로 허구에 집착하는 정신착란 현상일 수도 있다. 나는 미칠 것만 같았다. 그럴 리 없다, 더구나 겨우 나라는 인간 때문이라고는….

천주교회 게시판에, 교우 박 미카엘의 선종 소식을 알리는 글이 상가喪家의 약도와 장례미사 일시와 함께 벽보로 게재되어 있었다. 순간 나는 이상스레 노여워져 몸을 홱 돌려 그곳을 벗어났다. 설명하기 어려운 분노로 눈앞이 다 어질어질 했다.

야밤에 전화질하는 영순이의 음성은 점점 더 알아듣기 힘이 들었다. 그녀는 좁고 촘촘한 폰 구멍에 취기를 그대로 꾸겨 넣듯 고래고래 악을 썼다. 나는 나도 모르게 그런 그녀의 전화에 미친

듯이 맞고함 치기 시작했고 영순은 매우 놀란 듯

"오빠, 왜 그래? 너두 술 먹니? 왜 그래 갑자기?"

했다. 나는 정말 미친 것처럼

"너 정말 날 좋아하니? 좋아하냐니까? 말이 말 같지 않니? 말 안 해? 날 분명히 좋아한다고 했었잖아? 씨팔!"

하면서 지랄발광 했다. 나는 정말 미칠 것 같았다. 아니 완전히 미쳐지지 않아 더 미칠 노릇이었다. 나는 대상이 누구든 씹어대고 싶었고 그럴 때 걸려든 영순이는 기겁을 했다.

입대를 보름쯤 앞두고 나는 서점을 그만 뒀다. 내 정신 상태가 심상치 않아 보였는지 사촌누이도 말리지 않았다. 예의 백치의 늪과 같은 두 눈에 누이는 처음이자 마지막으로 눈물을 보이면서 말했다

"니 눈에도 내가 사람 꼴로 안 보이니? 내가 그 인간에게 버림받아도 싸게 보여? 이게 사람이 사는 꼴이니?"

고향에서의 보름은 고문에 가까웠다.

겨울 고향은 내가 떠날 때와 마찬가지로 버려진 채 생존이 정지된 무기질의 땅으로 누워 있었다. 늙은 부모는 뒤안을 쓸고 지나가는 대숲의 세찬 바람 소리를 토굴같은 침침한 방 안에서 부엉이 마냥 무감동하게 듣고 있었다.

그 끔찍한 고향의 적요 탓인지 내가 두고 달아났던 서울의 속삭임이 끊임없이 내 머리 속을 교차하면서 넘나들었다. 술에 취

해 울부짖는 영순이의 목소리에 나는 밤마다 시달렸다. 어떤 날은 날 부둥켜안으려고 노랑 머리카락을 산발한 채 그녀가 달려오기도 하였다. 너무 놀라 잠에서 깨어보면 새벽 박명의 어둑한 웃목에 예의 멍투성이인 사촌누이가, 아니 뻥튀김을 치켜 든 예의 그 정박아 남매가 나를 물끄러미 보고 있기도 했다.

강원도로의 입대 전날 밤 나는 서울로 올라왔다.

누이의 서점은 두터운 커튼이 쳐진 채 자물쇠가 채워져 있었다. 문득 천주교회로부터 밤 미사의 입당 성가가 꿈결처럼 들려오기 시작했다. 미사가 막 시작된 모양이다. 잠긴 서점, 울려 퍼지는 성가 소리… 그 동네의 예의 그 기묘한 일상은 재생되고 있었다. 그것으로 모든 것은 점검된 기분이 들었다.

누이의 집에 가보았다. 열린 문을 조금 밀자 누이에 대한 매형의 폭력이 얼핏 졸리운 듯 단조롭게 진행되고 있었다. 메리야스 상체에 아래로는 파자마만 걸친 매형이 규칙적으로 누이의 이쪽저쪽 얼굴을 패고 있었는데, 그럴 때마다 누이는 거의 베개처럼, 무저항 무표정의 둔중한 양감과 질감으로 방향을 달리하면서 쓰러졌다. 오랜 세월동안 내려오는 둘만의 어쩔 수 없는 제의祭儀가 아닐까 착각할 만큼.

매형이 현관에 들어선 나를 흘끔 보았다. 그러나 그뿐, 매형의 폭력은 강도와 빈도에 있어 조금의 변화도 없었다. 나는 매형의 팔목을 잡아챘다. 나 스스로도 상상을 넘어서는 힘으로 그리

고, 그 힘을 넘어서는 엄청난 고함소리로

"… 때리지 마, 그만 해! 그만 때리란 말야!"

매형의 팔이 꺾이면서 홱 내 쪽으로 회전되었다. 인간의 얼굴이 저럴 수가… 아니, 인간이므로 저런 얼굴이 가능할 것이다. 탐욕과 폭압을 늘상 습관처럼 행사해온 자가 흔히 보여주는 유들유들한 비웃음까지.

"죽고 싶냐? 이 촌놈 새캬!…너, 안 놔? 이 손 안 놔?"

매형의 남은 한쪽 손이 눈 깜짝할 사이에 주먹이 되어 내 안면을 후려쳤다. 눈앞이 피빛으로 천지사방 퉁기는 듯 했다. 매형 팔을 잡는 대신 나는 그의 목을 두 손으로 뒤에서 묶어 단숨에, 그것도 최선을 다해 조았다.

나는 쉰 목소리로 소릴 질렀다.

"왜 때리는 거냐, 왜?… 사람을…"

그의 두 눈알이 대번에 튀어 나왔다. 굵게 부푼 그의 목 정맥 줄기를 내려다보면서, 어쩌면 그를 죽일 수 있다는 자신감으로 기분이 순식간에 상쾌해졌다. 간만에 세상이 살만하게 느껴졌다.

누이의 외치는 소리를 내가 거의 듣지 못한 모양이다. 누이가 마침내 내 몸을 끌어당기고 어깨를 밀치고 내 손가락을 뜯어내려고 몸부림쳤다. 매형이 혀가 말리는지 입을 붕어 모양으로 만들었고 퉁겨나온 두 눈알은 허공의 어느 지점을 뜻 없이 응시하는 듯 했다.

"죽이겠다!… 사람을…, 그만 해… 그만!"

누이가 발광하는 바람에 나는 나가떨어졌다.

"…나가!… 어서 나가, 빨랑…"

나는 그 집을 나왔다. 내 얼굴 어디선가 피가 흐르는 모양이다. 피맛이 입술께로 느껴졌다.

청량리 역 광장의 포장마차에서 나는 연거푸 깡소주를 마셨다. 하루종일 허기진 뱃속을 소주는 몹시 화가 난 듯 사납게 할퀴면서 내려갔다. 역 광장을 지날 때 시선이 마주치는 모든 인간들을 죽일 듯 눈빛으로 쏘아보면서 나는 가능한 천천히 걸어갔다.

차갑게 흩날리는 눈발 속을 강원도행 밤 기차가 거의 수직으로 달려갔다. 나는 계속 깡소주를 마셔대었다. 운전칸과 연결된 맨 앞 칸 승강구에 앉은 탓인지 기차는 진동 폭대로 마구 흔들렸다. 승강구 아래 쪽 문틈으로 싸락눈 가루가 휘몰아치듯 지나갔다.

옆 반대편 승강구 쪽에, 나처럼 입대하는 머리 모양새의 어린 사내 하나가 세상의 모든 근심을 얼굴 가득히 모은 채, 흡사 거울 속의 자신을 응시하듯 나를 오랫동안 바라보고 있었다. 내가 뭐라 한 소리 하려고 몸을 일으켜 세우자 그는 잽싸게 사라졌다. 꼭 뭐라 한 마디 하고 싶었는데 그게 뭔지 생각이 나지 않았다.

기차는 어딘가 여윈 겨울 강 위를 지나는 모양이다. 굉음이 순간 가벼운 금속성으로 경쾌해지면서 허공으로 떠올랐다. 겨울 강이구나… 얼어붙은 겨울 강, 그 쪽에서 부는 차가운 밤바람을 쐬고 싶었다.

그러나, 기차가 강 위 교량에서부터 땅 위로 안착하는 듯 차량 소리가 둔중한 음향으로 전환될 때, 갑자기 쇳조각이 찢기는 듯한 소리를 지르며 기차가 레일 위를 끌려갔는데, 흡사 예고된 것처럼 기차 선두 부분이 픽 하고 무언가와 부딪는 것 같았다. 그 반동의 힘이 내 몸에까지 느껴졌고, 거짓말처럼 내가 선 승강구 유리문에 어떤 작은 덩어리가 쿵 하고 부딪다가 순식간에 뒤로 홱 사라졌다. 기차가 급정거하자 승무원들이 우르르 내려 후랫쉬 불로 이리저리 어둠을 자르며 뛰어갔다.

"아예 죽으려고 했다니까! 레일 위에 서서 기차 쪽을 빤히 노려보고 있었단 말야!"

"머, 머리가 없어! 어디 간 거야, 몸통뿐인데!"

승무원들 소리가 휘날리는 눈발 속에서 카랑카랑했다. 일단의 승객들이 뛰어내렸고 나도 그 뒤를 따랐다. 기차의 후미 쪽에서 시체의 머리가 발견되었다. 후랫쉬 불빛 속에 들어온 머리 부분은 너무 심하게 망가져 남자인지 여자인지 조차 가늠하기 어려웠다.

나는 순간 그 얼굴이 영순이가 아닐까 했다. 아니면 사촌누이거나…. 나는 나도 모르게 그 시신의 머리 부분을 당겨 얼굴을 확인하려 했다. 남자였다. 아까 승강구에서 그림자처럼 서 있던 그 어린 입대병과 비슷하게 보였으나 아니었다. 승무원 하나가 사납게 나를 밀쳤다. 나는 강변 호텔에서 내게 사랑을 호소했던 그 초로의 남자 얼굴을 겹쳐 본 듯한 충격을 받았다.

"사람, 죽었어! 사람 죽었다구!"

나는 실성한 자처럼 소릴 질렀다.

"이 작자, 술 처먹었구만… 똑 같이 뒈지고 싶어? 저리 비켜, 취했다구! 미친 놈들이 한 둘이 아니라니까!"

역무원들이 나를 강제로 기차에 밀어 넣었다.

"…사람이 죽었어!… 사람이 죽었다구!"

한참 뒤 기차가 다시 움직이기 시작했다. 눈발이 소용돌이치며 승강구로 밀려들었다.

그는 나를 사랑했을까?… 초로의 그 사내는 정말 나를 사랑한다고 했다. 잠든 세상의 중심을 향해 열차는 차갑게 달려갔고 나는 소리죽여 울기 시작했다.

밤의 넋

겨우 퇴근길의 러시아워를 헤치고 아파트 지하주차장에 차를 집어넣고 집 거실 소파에 늘어져, 내게 전개된 하루 동안의 중학교 교사생활에 분을 삭이고 있을 때 어머니로부터 전화가 왔다. 어머니는 여든의 나이임에도 불구하고 내 휴대폰의 그 많은 숫자를 용케 찍어 통화를 하곤 하는 바람에 나를 참 많이 낙담케 했다. 노인네마다 겪는 그 흔한 치매도 올 조짐이 아직 없다.

"…야야, 그 곳까지만 날 데리고 가 다고. 오늘사 남해댁 소식을 알았다 아이가. 내 우찌 그냥 있겠노? 올 때사 마 우찌됐건 내 혼자 올낀께 갈 때만이라도 니 좀 와서 태워다고. 니 성은 오늘도 야근인갑다 갱필아!"

어머니는 몹시 기다렸다는 듯 숨쉴 겨를도 없이 마구 말을 쏟았다. 나는 너무나 피곤하였으므로 한 마디의 대꾸도 하지 않았는데 그것이 오히려 어머니를 더 고무시킨 듯, 어머니는 신명이 나서 그 지겨운 꿈 이야기까지 들려주기 시작했다.

"내사 마 꿈 야기는 안 할라꼬 했다만 간밤에 꿈에서 말다, 남해댁이 어찌나 불쌍한 꼴로 앉아 날 보고 있는지, 마 다 죽은 시체아인가베. 아픈 꼴로 하염없이 머리를 풀고 있더라. 갱필아 지발 날 니 차로 좀 데리다 주라, 남해댁 집에까지만 말다…."

이럴 때마다 나는 내 차를 팔아치우든가 어디 끌고 가서 박살을 내고 싶었다. 차를 가진 게 무슨 힘겨운 사역이나 느닷없는 호출의 거미줄에 얽매인 것과 다를 바가 없으니 말이다. 평소와 달리 나는 어머니와의 말싸움을 포기했다. 가는귀까지 먹은 노인네를 설득시키기보다 그저 원하는 장소까지 태워다 주는 것이 덜 피곤할 것 같았다. 나는 오로지 그 이유로 차를 되몰고 나갔다.

우리가 주소지의 시영 아파트 단지 입구에 도착했을 때 이미 어둠이 내리고 있었고, 선뜻한 차거움이 가을이라기보다 이미 완연한 겨울의 시작임을 일깨워주는 듯 했다.

2단지 504호. 어머니 손에 쥐여져 있는 주소라고는 단지 그것뿐이었다. 그러나 웬걸 입구에서 보니 2단지 속에만 해도 무려 동이 6개였는데, 나는 2단지 504호가 아니고 혹시 2동 504호가 아니냐고 어머니에게 거듭 물었다. 그 물음 끝에 어머니는 "내사 그 시숙 양반이 적어주는 대로 받아 온긴데 와, 머가 안 맞는 기가?"하고는 오히려 내 얼굴을 빤히 올려다보며 푹 꺼진 양 볼을 우물댔다.

하기야 2동 504호인들 모슨 도움이 되랴. 2단지인 것도 불확실한 듯 보인다. 나는 맥이 풀렸고 사전에 좀 더 충분히 점검하지 않고 그냥 어머니를 따라 나선 것이 후회가 되었다. 어머니가 철이라곤 하나도 없어 보일 때가 있는데 지금이 그랬다.

"와, 이걸로는 몬 찾는 기가? 예까지 와가꼬는 눈 먼 장님이라도 찾겠구마, 와카노?"

이렇게 말하고 늘상 이곳에서 살고 있는 주민처럼 아무 망설임 없이 어머니는 단지 주차장을 가로질러 앞서기 걷기 시작했다.

나쁜 일은 계속 겹친다는 속담대로 일이 꼬이려고만 드는 지 2단지 전체 정문 수위실에는 거주민의 인적사항 기록을 가지고 있지 않았다. 간단히 각 동별로 위임되어 독립적으로 관리되고 있다고 퉁명스레 덧붙여줄 뿐이었다. 그때부터의 고생은 설명조차 하기 싫다. 정문 수위실에 그냥 기다려 주기를 그토록 당부했음에도 불구하고 어머니는 나를 따라나섰다.

"백지장도 맞들몬 낫다 안 카더나, 앞서거라. 퍼떡. 내 걱정말고."

어머니는 우리가 6개 동 전체를 돌아야 한다는 일이 얼마나 중노동인가를 전혀 짐작하지 못하고 있었다.

"차라리 집에 갑시다. 이건 곤란해요. 몇 동인지도 모르고

504호만 가지고는 말이 안 되죠! 내일이든 모레든 밝은 날 다시 옵시다. 아니면 그 시숙이라는 양반을 다시 만나 똑똑히 알아내시든지요!"

나는 악을 썼다. 급기야는 내가 왜 504호를 지금 야밤중에 애써 찾아 방문해야 하는가 하는 기본적이면서도 당연한 의문에 사로잡혔다.

"그 시숙 양반이 어데 사는 지 내사 모린다. 오늘 낮에 저자거리에서 이십년 만에 만났는데 남해댁 주소나마 받아낸 것도 어덴데 그카노!"

"전화번호도 모르시고요?"

"모린다."

나는 맥이 탁 풀렸다. 우라질 남해 할망구. 어찌하여 그 할망구는 아직도 살아 있어 이런 고생을 시키고 있단 말인가…. 어머니만 해도 그렇다. 내가 기억하는 한 어머니와 남해댁 사이가 남달리 좋았던 것도 아니었다. 이유는 꼭 집어 말할 순 없으나 어머니는 남해댁을 싫어한다기보다 상종해서는 안 되는 무슨 이물체 처럼 냉랭한 거리를 두고 지낸 듯하다. 그런 어머니가 그녀가 살아 있다는 소식 하나로 이렇듯 퇴근길의 나를 되돌려 세워 그녀 집을 찾게 하는 것은 이해가 되지 않는다.

시영 아파트는 죄다 붕괴 직전이었다. 완전히 슬럼화된 빈곤의 악취, 찢어지게 우는 아이의 울음소리, 여자들의 악다구니, 상가 문방구 앞에 쭈그려 앉아 전자게임에 정신이 팔린 초등생들…. 아아 미친 할마시! 나는 문득 내 뒤를 좇아 휘이휘이 오고 있는 어머니를 노려보며 이렇게 생각했다. 도대체 이 밤에 이게 무슨 고생이란 말인가. 어째서 여느 때처럼 적당한 핑계를 대지 못 하고 저 할망구에게 여기까지 끌려오게 되었는지 분통이 다 터졌다. 내일 학교로 들이닥칠 장학지도 준비에 하루가 정신없었는데 문제는 교육과정부장으로서 당일 수업공개 업무까지 동시에 진행시켜야 하는 가중된 업무로 나는 계속 초조와 짜증에 시달렸다. 게다가 지금에 와서 갑작스레 남해댁은 또 무슨 남해댁이란 말인가? 정말 무슨 악령에 씌인 밤 같다. 나는 마른 침을 칵하고 돋구어 계단 저 편으로 뱉었다.

 지금 생각하면 그저 우습고 어처구니없는 일로 여겨질 뿐이지만, 남해댁과 함께 했던 그 당시 피난민 생활에서 아버지가 남해댁에게 보여준 그 특이한 술 행패는 지금도 또렷한 장면 장면으로 뇌리에 판각되어 있다. 이미 고인이지만 아버지는 부산 부둣가의 난민 막벌이 노동꾼으로 앙상한 몸 하나로 이 세상 모든 하중을 받아내며 가족을 먹여 살렸는데, 술만 드셨다 하면 평소의 그 양같은 심성은 돌변하여 우리 식구는 여간 고생하지 않으면 안 되었다. 두 얼굴의 아버지 중 어느 것이 진짜인 지 너무 헷갈려서 나는 가벼운 정신분열 상태로 성장했다.
 더 이해하기 어려운 점은 아무리 과음하더라도 동네 입구에 이르기까지는 평상시와 다름없는 보폭과 보행속도, 화평한 얼굴을 유지하다가 고지대 우리 동네에 접어들자마자 흡사 전류의 양극과 음극이 순간적으로 뒤바뀐 듯 사람이 돌변했다.

"이 씨부랄 자슥들아! 이 쌍노무 자슥들아!"

그 폭포수 같은 욕설을 신호로 아버지는 대번에 두 다리가 엉기듯 걸음이 풀어지고 눈에 초점이 사라졌으며, 열 손가락을 다 사용해서 허공의 먼지와 싸우는 꼴로 힘겨운 보행을 하는 것이다. 아버지가 공격목표로 삼는 대상은 거의 순서가 정해져 있었다.

그는 먼저 이북에서 피난 온, 몇 대의 편물기계로 예닐곱 명의 일꾼을 부림으로써 우리 마을에서 그나마 가장 사람답게 사는 듯이 보이는 대동 편물집 늙은 사장을 공격한다. 아버지는 발로 그 집 가게방 문을 꽝꽝 차대면서 고함지른다.

"나와봐라, 이 씨부랄 이북 새끼야! 니만 잘 묵고 잘 살믄 다가! 이 자슥아 퍼뜩 나오거라, 니 낯짝 좀 보자, 이 종간나 새끼! 이 빨갱이 새끼가 어데서 행세고, 행세가!"

아버지의 그 야비한 고함 소리는 어린 내 심장을 유리 파편으로 긋는 듯 했다. 또 시작이구나. 아아 아버지는, 도대체, 왜 등의, 문장이 채 되지 못하고 절단된 토막토막의 낱말들이 내 머리 속에서 길을 잃고 갈팡질팡했다.

아버지의 두 번째 공격목표는 대동 편물 건너편 다 쓰러져가는 적산가옥에 살고 있는 빠끔이 아버지다. 빠끔이는 내 국민학교 동급생이다.

"빨갱아, 이 빨갱아. 니는 머한다꼬 여게 살고 있노 말다. 썩 나서거라. 이 빨갱이 인민군 새캬."

빠끔이 아버지가 귀순한 인민군이라는 소문은 옛날부터 동네에 널리 퍼져 있었다. 그는 거의 나다니지 않았는데 언젠가 한번 우연히 그를 본 나는 다른 무엇보다 두 눈이 말 그대로 빠끔해서 기분이 참 안 좋았다. 저 남자가 빠끔해서 빠끔이도 빠끔하구나.

지나친 과음 탓인지 아니면 우리 형제의 난폭한 부축 탓인지 아버지는 힘이 쉽게 빠졌다. 그러나 집 마당에 들어서서는 자신의 마지막 공격 대상인 집주인 남해댁 안방을 향한다.

"야 이 더러븐 데이신타이! 데이신타이!"

단지 그 두어 마디가 공격의 전부였다. 그리곤 무슨 확인 부호마냥 에잇 퉷! 하고 침을 그 집 방 문 앞에 뱉았다.

그런 날 밤이면 어머니와 우리 형제는 대동 편물집과 빠끔이네 집을 돌며 내내 사과하며 다녀야 했다. 이미 익숙해진 터라 대동 편물집 노인은 아버지 술 주사의 고함 소리가 들릴 때면 흡사 공습을 만난 듯 잽싸게 가게문을 걸고 방마다 소등까지 하는 기민성을 보여 주었는데, '정말이지, 술을 고만 드시야 안 되갔시요? 내레 하루 이틀도 아니고서리 죽갔시다!' 그 한 마디가 그 아저씨 반응의 전부였다. 지금은 그 분도 고인이 되셨지만 나는 아직도 그를 호인이라 생각한다.

빠끔이 아버지는 물론 나타나지 않는다. 대신 빠끔이 엄마가 빠끔하게 여닫이 창문 틈서리로 얼굴을 내보이면서 기호지방 출신 특유의 애리애리한 말소리로, "이해가 안돼요. 정말이라니깐요! 술 안 드실 땐 그렇게 착하고 순하신 분이…. 아유 이살 가야겠어요, 이 망할 동네를 떠야지 정말!" 하고 곧잘 흐느끼는 바람에 아버지에 대한 우리 형제의 적개심은 화염이 되었다. 왜 아버지는 술만 취하면 그들을 단죄하려 드는지 알 수가 없었다. 맨정신일 때는 그럴 수 없이 굽신대며 싹싹하기까지 하면서 말이다. 빠끔이네는 우리가 그 동네를 떠난 지금까지 그곳 고지대에 살고 있다.

정작 우리 세 식구의 큰 걱정은 집주인인 남해댁의 반응이었다.

그녀는 그 당시 쉰이 갓 넘었을까 했음에도 어찌된 셈인지 아주 팍 늙은 노파 꼴을 하고 살았는데, 아버지의 그 섬뜩한 한 마디의 술 주사에 곧바로 반응을 보인 적은 한 번도 없었다. 밤이 깊어 아버지가 술기운이 가시면서 "내 찬물 좀 도고." 하며 비틀비틀 일어나 앉을 때 어떻게 그 기척을 알아챘는지 마당 건너 편 미닫이 방문이 척 갈라지면서, "갱필이 아베요! 이리 좀 건너 와보소. 내가 우애서 더러븐 년인지 알아볼 낀기라. 내사 그런 소리 듣고 몬 산다이!" 했다.

나이와 무관하게 이미 머리가 희끗희끗한 옹골찬 귀신 하나가 우리 방 쪽을 잡아 먹을 듯 쪼아보는 것이다.

"남해댁을 본 기라. 병이 골수에까지 뻐쳐서 다 죽어가는 몰골이더마. 파뿌리 겉은 머리를 산발하고 목도 한 줌도 안 되게 닭모가지 맨쿠로 주름지고 비틀어져서리…"

또 다른 어느 단지 아파트 입구에서 우리는 잠깐 쉬게 되었는데 예의 그 꿈 이야기를 어머니는 늘어놓았다. 나는 왜 어머니가 오늘날까지 그녀를 꿈속에서조차 심심찮게 만나는지 의아했다. 두 분이 조금이라도 친하게 지냈다면 또 모를 일이다. 신기한 일은 그렇게 냉랭하게 지내다가도 남해댁이 아픈 기색이 있으면 어머니는 만사를 제쳐두고 거의 사노비에 가깝게 그녀를 극진히 돌보아주는 일이다. 그렇다고 천성에 없는 표정까지 밝게 지으며 싹싹하게 그러는 것은 아니지만 말없는 가운데 충직하게, 신고를 혼자 겪어내는 남해댁을 조석으로 살피며 정성을 다하는 점이다. 그러다가 병이 호전되어 이전의 카랑한 노인으로 남해댁이 원기를 회복할라치면 어느 사이 어머니도 예전의 여인, 상호 싸늘한 간격의 거리를 분명히 재고 있는 눈매 차가운 사람으로 돌아가는 점 역시 괴이했다. 어머니의 남해댁에 대한 그런 기괴한 애증을 나는 이해할 수 없었는데 대략 남자는 잘 알 수 없는 여자들만의 기기묘묘한 심리전 쯤 되는 게 아닌가 할 뿐이었다.

간밤 꿈 이야기를 들려 줄 때 어머니가 보여주는 사뭇 긴장되며 진지한 모습은 언제나 나에게 기분 나쁜 느낌을 주곤 했다. 이때까지 줄곧 커오면서 나는 심심찮게 어머니의 꿈타령을 듣고 자랐는데 꿈을 현실보다 더 생생히 전하는 어머니의 얼굴 표정은 방금 차거운 지하수에 머리라도 헹구고 나오신 듯 일변하면서 무서운 귀기까지 내쏘며 현몽된 내용을 나직나직 들려주었다. 나는 그 음성, 그 눈길의 무서운 빛으로 하여 언제나 원치 않는 신탁을 듣는 기분에 사지가 뻣뻣해졌다.

어머니는 가까운 일가붙이의 길흉을 거의 꿈으로 먼저 알아맞혔다. 경험상 길사보다 흉사 쪽이 족집게로 집어 올려지듯 거의 정확히 예언되었다. 지지리 못 살기만 했던 우리 친척들의 갑작스런 사고, 어이없는 죽음, 엄청난 손재 따위들이 수면 중인 어머니 머릿속으로 찬연한 활동사진이 되어 나타난다는 것이다.

이런 저런 이유로 나는 어릴 때부터 세상이 싫었다.

우리 집은 못 살아도 너무 못 살았다. 그 빈곤의 전통이 내 세대에서 끝난다는 보장이 도대체 없었으므로 그러한 계속된 극빈은 어린 나를 어마무시한 중압으로 질식시켰다.

그 옛날 단칸방이나마 방의 안벽에 색 바랜 보자기만한 사진틀이 하나 걸려 있었던 게 생각난다. 물론 지금은 그 중의 단 한 장도 남아 있지 않았다. 간직할 이유도 없거니와 무엇보다 그럴 만한 사진이 아니었다.

화사한 바깥 양광 탓으로 더 깊게 어둑신한 방 천정 아래의 그 사진틀에는 이미 누렇게 변색된 외가 친척들의 단체사진 한 장이, 서로 어깨를 다투어 나서는 꼴로 찍혀 있었는데, 나는 매번 어머니로부터 그들이 나와 어떠한 촌수 관계인 지를 설명 들었음에도 불구하고 전혀 그 피의 그물을 덮어쓰려 하지 않았다. 나는 그들과는 무관한 다른 세계의 사람이고자 분투 했으므로.

그들 기립한 채 사진기를 노려보던 남자들은 극도의 궁핍과 영양의 결핍에도 불구하고 어떤 불가사의한 임무에 몹시 고양된 듯 한결같이 독립군 같은 표정을 하고 있었다. 그와는 대조적으로 여자들은 한쪽으로 다소곳이 유순하게 쓸쓸한 눈길로 서 있었는데 그 사진들 중에서 내 기억에 아직도 또렷이 남은 얼굴이 있다. 외가 사진에서 외삼촌 두 분과 큰 이모, 어머니, 막내 이모가 함께 한 장짜리 사진에 모인 것으로, 어머니 뒤로 숨듯이 살폿 드러난 막내 이모의 얼굴이 그것이다. 겨우 열다섯이 되었을까 하는 그 얼굴은 몹시 여위었지만 생애에 사진을 처음 찍는 양 생생한 기쁨이 얼굴 전체로 가득했다. 너무 어머니와 닮아 있어 나는 매우 놀랐다.

"막내 이모다. 저 갑선이 이모는 해방되는 해에 죽었다."

쌍둥이처럼 꼭 닮은 게 신기하여 그 얼굴에 대해 물을 때마다 되돌아오는 어머니의 답변은 냉혹 간단했다. 그 설명이 전부였으므로 나는 지금도 갑선이 이모를 요약해주는 그 짧디짧은 연보를 외운다. 그날의 대화 끝을 어머니는 자신이 얼마나 가난하게 자랐는가에 대한 다음과 같은 추억으로 갈음했다.

"…보릿고개가 따로 있는기 아잉기라…. 언젠가 쌀 딩기도 다 떨어지고 너무 묵을 끼 없어 다 죽어갈 때, 오매가 한밤중에도 가지에 있는 시커먼 된장 한 덩이를 바가지에 퍼담아 우릴 데불고 하염없이 밭으로 나가더마. 다 말라붙은 밭고랑을 헤매더이 우찌 찾았을꼬, 상추 잎을 모아서 된장을 싸가꼬 우리 입에 꼭꼭 넣어주더마…. 이기 밥이다, 묵거라 오래오래 씹어 묵거라 하믄서도 오매는 그것도 자식 멕인다고 참고 안묵고 있더마…. 내 그때를 생각하믄…."

가슴 한쪽이 콱 미어지는지, 금새 빨간 토끼 눈이 되어 어머니는 한동안 멍하니 있었다.

우리의 고생은 천만다행으로 5동에서 끝이 났다.

거짓말처럼 2단지 5동 504호에 남해댁이 살고 있었다. 고맙게도 그 5동에는 수위 영감이 붙어 있었고, 입구 안쪽 계단 아래로 들어앉은 좁은 수위실에서 그는 막 끓인 뜨거운 라면 다발을 젓가락으로 냄비 뚜껑에 옮기는 중이어서 나는 참 기뻤다. 사람이란 대저 음식을 먹으려 할 때만은 너그러운 법이다.

"있구마요, 명줄이 고랑고랑 오늘 니일 하는 모양인디, 그 할멈이 맞을 게구만…. 맞소. 아마도 남해가 고향이고 자식도 없으라."

남해댁의 남편 얼굴은 잘 생각나지 않는다. 그때 그는 연근해 조그만 저인망 어선을 타고 이 바다 저 항구로 옮겨 다닌 어부였으므로 일 년에 한두 번 얼굴을 볼까 말까 했다. 그래도 무척 유순한 분이라는 인상은 남아 있다. 무엇보다도 말이 없었고 남해댁이라는 드센 아내에게 짓눌린 듯, 아니면 이것저것 세상사에 대해 수많은 생각의 우물이 깊은 탓인지 조용하면서도 심약해 보였던 중늙은이 남자였다. 그래서 그런지 고자라는 소문이 파다했고 두 사람은 평생 슬하에 자식이 없었다.

언젠가 시동생이 돈을 융통하러 왔다가 대판 남해댁과 싸우게 되었는데, 그 무지막지한 싸움의 와중에서 아저씨가 한 일이라곤 마당에 나와 어두운 낯빛으로 우두커니 시간만 죽이는 일이었다.

"보소, 행수요! 그래도 사대봉지사는 지가 지낼 터이고 성님 내외가 눈 감으몬 그 지사도 우리 손으로 맵밥을 올릴낀데, 이건 혀도 너무 안 한교? 도대체 행수 시동생 사이가 이기 먼기요잉! 그 몇 푼 돈이 머라꼬 홀치 쥐고서리…. 참말 남사시럽구마이!…. 아따, 이 허리춤일랑 놓고 이약을 혀도 헙시다, 지발!"

그때 남해댁은 거의 눈이 까뒤집힌 채 다 늙은 시동생의 바지 앞부분을 두 손으로 움켜쥐고, 흡사 시동생의 바지를 필사적으로 벗기려 발버둥치는 꼴로 거품을 뿜으며 악을 쓰는 중이었다. 시동생이 도대체 얼마의 돈을 요구해서 저런 고생을 당하는가는 알 수 없으나, 가끔 그녀로부터 용돈을 얻어 썼던 나로서는 찬물을 뒤집어 쓴 듯 왕소름이 다 돋았다.

사실이 그랬다. 그 당시 국민학교 상급반이었던 나는 늘 전교 최우등을 다투고 있었는데 종종 남해댁의 빈 다락방으로 공부하러 가곤 했었다. 그 이유는 단순하다. 우리는 다락도 없는 단칸 셋방살이였다. 게다가 밤에 잠든 식구들의 발치에서 나무궤짝을 책상 삼아 앉아, 사칙연산을 종합한 산수 문제나 개기월식의 천체운행도의 파악, 버금딸림화음의 오선지상에서의 구성같은 고매한 내용을 공부해나갈 맛이라곤 도저히 나지 않았기 때문이다.

또 인간적인 이유로는 철공소에서 형이 야간작업이라도 하고 늦게 귀가할 경우 아주 낮은 광량의 불빛에도 잠을 못 이루는, 이해 안 되는 바는 아닌, 수면 부족으로 몹시 괴로워했으므로 내 나름 궁리해 낸 것이 집 주인인 남해댁의 빈 다락방이었다. 사실 나는 아버지와 형의 노동의 세계로부터 그런 삶의 참상을 몸소 느낀 바 있어, 무슨 댓가를 치루더라도 나만은 꼭 그들과는 다르게 잘 살리라는 옹골찬 결심을 하고 있던 터였다. 그럴 즈음 남해댁의 놀고 있는 빈 다락방이 기적처럼 머리에 떠올랐던 것이다.

물론 누가 시켜서도 아니다. 자기 운명은 자기 스스로 개척해야 한다는 소년다운 오기로 나는 어느 날 갑자기 책을 챙겨 들고 그녀의 방문을 두들겼다. 문이 열린 뒤 나는 내가 왜 그녀의 방문을 두들겼는가에 대한 설명을 명쾌하게 행했고 다행히 쉽게 이해가 되었는지 그녀는 예상 밖으로 "오냐, 내사 괜찮다 아이가. 그래, 니 마음대로 공부하고 싶으믄 하고, 가고 싶으면 가거라." 하면서 활짝 웃음까지 지어 보였다. 물론 어머니는 내가 그녀의 집으로 공부하러 가는 것을 탐탁히 여기지 않았다. 가능한 내가 집에서 공부를 할 수 있도록 애를 썼고 그것이 여의치 않을 때만 마지못해 허락했다.

그 다락방은 나에게 천국이었다. 나는 그 방을 짧지만 풍요로운 내 어린 꿈의 산실로 참 요긴하게 사용했다. 더구나 내가 그 다락방에 더 끌릴 수밖에 없었던 이유는 짬짬이 넣어주는 그녀의 맛있는 일본 양갱과 푼돈의 범위를 다소 벗어나는 용돈 때문이었다. 동란 직후의 어려운 시절에 어디서 구했는지 모르겠지만 짙은 흑갈색의 감미로운 그 양갱 뭉치 맛은 지금도 잊지 못한다. 내가 그 양갱을 맛있게 갉아 먹는 동안 그녀는 삵괭이같은 내가 이뻐 죽겠는지 내 엉덩이를 톡톡치면서 "에쿠 내 새끼, 에쿠 내 새끼." 하며 자지러지곤 했다. 알맞게 술이 올라 드물게 기분이 좋은 날은 방바닥에 드러누운 채 "아 아노 가오데, 아 아노 고에데 대가라 다노무또, 쓰마야 공아…." 하는 다소 슬픈 단조의 일본 노래를 곧잘 불러 아직도 그 가사의 일부를 내가 기억할 정도다. 물론 내용은 지금도 모르고, 알고 싶지도 않다.

"똥갈보 아지매다. 대동아전쟁 때 끌려 나가 쪽발이 일본군하고 붙어 묵은 기라. 내 다 안다 아이가. 온 몸에 더러븐 병이 쫙 퍼져 있을 끼다."

언젠가 형이 그렇게 말을 한 적이 있다. 두꺼비처럼 과묵하고 어질게 눈만 잘 껌벅이던 형이 그런 말을 했을 때, 그 말의 뜻보다 타인에 대해 의외일 만큼 그가 쉽게 내보인 감정적인 발언이어서 놀랐다.

"갱필아 니 말다, 내 아들 되믄 우떻켓노? 내사 마, 니를 양자 삼을라 안 카나. 니 생각은 어떠노?"

한 번은 남해댁이 다락에 올라 와 공부하는 나를 요모조모 오랫동안 뜯어보다가 그런 말을 했다. 내 이름은 경필인데 어느 누구도 그렇게 정확히 부르는 이는 없었다. 갱필이가 뭔가, 갱필이가… 나는 기분이 나빴다.

"양자가 먼데요?"

"그냥 내 아들 되는 기다."

"우리 어매는 우짜고요?"

"거기사 그냥 놓아 준 어매고, 앞으로는 내가 니 어매 되는 거 아잉가베? 우떻노?"

그날 밤 집에 돌아 와 남해댁의 양자가 되겠다는 말 한 마디로 나는 어머니한테 참 늘씬하게 맞았다. 그리고, 더 이상 남해댁으로 공부하러 갈 수 없게 되었다. 다음 날 어머니는 그녀와 대판 싸움을 벌였는데 그래도 분이 풀리지 않는 지 어머니는 이사를 계획했고 또 실행했다. 그 이사가 꼭 양자 사건 때문인지는 지금도 자신이 없다. 어쨌든 우린 남해댁의 세입자 신세로부터 독립해 나왔다.

이사 가는 날 남해댁은 큰 길까지 따라 내려와 나를 잡고 울었다. 내 손에 꽤 많은 양갱 뭉치를 쥐어주면서 그녀는 거의 대성통곡했다. 그날만은 어머니도 모른 척 나와 그녀의 남사스런 작별을 내버려 두었다. 나는 왜 어머니가 나를 양자로 보내지 않고 잡아 두고 생고생 시키는지 도무지 이해가 안 되어 남해댁의 목을 끌어안고 서러움에 거워했다.

"누고?… 누군데 찾능교?"

악취였다. 인간의 배설물과 육신이 함께 썩어가는 역겨운 냄새가 아파트 문이 열리자마자 숨을 틀어쥐는 투망이 되어 나를 감금했다.

"아이고 우찌 사능교, 아저씨요! 갱필이 어맵니다, 갱필이 말입니더!"

"으잉? 머라카는지 내사 마 귀가 어두버서…"

"갱필이, 갱필이요! 삼십 년 전에, 마당 집에서 같이 안 살았능교! 대동 편물집이랑, 빠끔이네랑 살 때 말입니더!"

그제서야 남해댁 남편은 무언가 알아차린 듯 했다. 그러나 노인 특유의 지레짐작일 뿐 얼굴의 모든 주름들이 애매모호한 갖가지 방향의 골짜기를 이루고 있었다. 산송장이 바로 저런 것이구나. 아저씨 뒤의 남해댁을 본 순간 나는 시체가 잠시 소생해서 주변의 환경물과 교호반응 중인 것 같은 착각에 빠졌다. 무슨 이유인지 그녀는 얼굴이 몹시 마뜩찮은 표정이었다. 용심이라 말하기에는 어딘지 모르게 살의가 느껴질 정도였다.

그녀는 완전히 노망이 들어 우리가 누구인지 전혀 알지 못했고 또 관심도 없어 보였다. 벽에 기대어 절반 쯤 드러누운 꼴로 걸쳐 있었는데 내리깔던 눈을 치뜨고 우리 쪽을 노려 볼 때 나는 가슴이 대번에 얼어붙었다. 그건 기분 나쁜 느낌을 넘은 공포였다. 그 시선은 우리 몸속에 깃든 악령을 끌어내기라도 하듯 요기로 왔는데, 조소에 가까운 미소까지 지어 보여주어 모골이 송연했다.

"아이고 아지매요! 인자 날 몰라보는 갑다! 갱필이도 같이 안 왔능교! 남해 아지매, 날 모르겠능교, 으잉?"

나로서는 그녀가 우리 모자를 알아보지 못하는 게 여간 다행스럽지가 않았다. 그냥 이대로 서로 모르는 채 달아나고 싶은 게 솔직한 마음이었으니.

"그 사람, 정신 나간 지가 이태가 넘었지러. 아무도 못 알아본다카이."

어머니는 가까이 근접해서 그녀를 찬찬히 살펴보았고 성긴 백발의 머리칼을 쓸어 올려 보았고 주름껍질 뿐인 뺨을 만져보았으며 맥풀린 남해댁의 두 손을 모아 쥐고 흔들어 보기도 했다. 그러나, 그 모든 짓거리가 부질없어서인지 어머니는 매우 상심한 얼굴로 물러나 앉았다.

우리는 모두 말이 없었다.

낡은 형광등은 삭을 대로 삭아서 빛을 내기보다 주위의 빛을 천천히 빨아먹고 있는 듯이 보였다. 몹시 두께가 두터운 아날로그형 텔레비전이 칼라임에도 불구하고 거의 푸르스럼한 빛 일변도로 화상을 비추고 있었다. 독도 지킴이 활동이 뉴스에 나오는 중이었다. 일본 역사교과서 왜곡사건으로 독도 문제까지 연일

시끄러웠다. 얼마간 말없이 망연자실 앉아 있던 어머니가 부리나케 일어나 남해댁이 덮고 있던 이불을 홱 걷어내었다. 그러자 그녀의 벗은 아랫도리가 기다린 듯이 나타났다. 하반신이, 말라비틀어진 두 다리가 엉성하게 연결된 채 드러났다.

며칠 동안 그렇게 방치된 것임에 틀림이 없으리라. 할멈은 배설물 위에 놓인 꼴이었다. 부분적으로 굳어 가고 있는 위에 새로운 배설물이 그녀의 뼈가 드러난 앙상한 엉덩이 아래에서 굳고 있는 중이었다.

"교회 사람들이 와서 할낀데 마 놔두소, 갈아주도 소용 없다카이 그라네. 그냥 두소."

"교회 사람이라꼬요? 이 성님이 교회도 댕기 능교?"

아랫도리께의 더러운 깔개를 잡아빼면서 어머니가 큰 소리로 되물었다.

"교회 믿으몬 초상도 치라주고 메자리도 하나 얻는다 케서 등록 안했능교. 우리사 마, 밖을 잘 나댕길 수 없다카이 그 예수쟁이들이 심방 안 오능교. 노래도 부르고, 똥도 치아주고 다 한다아잉교."

어머니는 잽싼 솜씨로 대야에 더운 물을 마련해 수건을 적셔 남해댁의 아랫도리를 솜씨좋게 닦아 나갔다. 그리고 깔개 천을 새로 찾아 기저귀처럼 접어 채워 주었다.

어머니가 남해댁을 일사분란하게 보살피는 동안 너무 맨숭하게 그냥 앉아 있기도 뭣해서 나도 가까이 다가가 이불을 목 부분께로 올려 덮어주었는데, 그러자 맙소사 무슨 답례처럼 남해댁이 퉷! 하고 엄청난 양의 침을 내 얼굴에다 뱉었다. 너무 심한 분노로 나는 속이 타올랐다. 순간적이나마 그녀의 목을 죄고 있는 또 다른 나를 나는 직감했다.

"미쳤지러, 미쳤다카이!"

아저씨가 혀를 찼다.

"나가서 씻거라. 더븐 물이 아직 남아 있을끼다."

어머니가 침착하게 말했다. 그 얼음장 같은 눈길은 오히려 맹렬히 화를 내고 있는 나를 나무라는 듯이 보였다.

내가 부엌으로 내려가자 아예 말문을 닫은 줄로 알았던 노파가 놀랍게도 재빠른 일본어 욕설을 하기 시작했다.

"바가야로! 바가야로! …. 이누치쿠쇼오, 바가야로! …."

그 집을 나와 계단을 내려올 때 자정이 가까웠다. 이상하게 흔들려 보이는 어머니를 내가 부축하자 그녀가 어떤 골똘한 생각에서 퍼뜩 깨어나듯 놀란 얼굴이 되어, 니가 거기 있었니? 하는 표정을 지어보였다.

이미 밤은 깊어 있었고 바람이 심하였으며 기온조차 급강하여 몹시 추웠다.

아파트 단지 출구에 이르렀을 때 말없이 걸어가시던 어머니가 갑자기 왝 하고 가로수를 잡고 넘어지듯 주저앉으면서 토하기 시작했다. 내가 급히 다가가자 의외로 그녀는 나를 홱 뿌리쳤다. 그 충격인지 아니면 다른 의도인지는 알 수 없으나 어머니는 벌렁 그 토사물 위로 넘어지면서 "에고 갑선아! 에고 갑선아!…." 하고 울부짖기 시작했다.

"…니는 우애 죽었노, 니는 우애 죽었노 말이다. 갑선아…. 니 살았으몬 내 좀 보자이… 우리 식구 살릴끼라고, 에고 내 몬 살끼다, 불쌍한 내 동생, 갑선아!"

마침내 어머니는 내가 어떻게 손 쓸 틈도 없이 가슴을 쥐어 뜯으며 나뒹굴기 시작했다.

"우리 오매, 니 일본 놈들한테 빼았기고서는… 가슴에 못이 되가꼬 명줄대로 다 몬 살고… 아이고오 내 동생아아! … 니는 도대체, 어데서, 어떻게 죽었노… 아이고, 내 몬살끼다. 내 몬살끼다…."

나는 정신이 다 달아났다. 대로변으로 지나가는 각종 차량의 불빛이 울부짖는 어머니의 몰골을 흡사 기념 촬영이라도 하듯 순간순간 정지된 백색광선 속으로 잡아내곤 했다.

나는 어머니를 흔들어 깨웠다. 그러자 고개를 반짝 쳐들고 어머니는 나를 올려다 보았는데, 눈빛이 생솔가지 타는 듯한 푸른 빛 화살이 되어 내 정수리에 정확히 와 박혔다. 나는 악! 하는 비명과 함께 하마터면 어머니를 놓아버릴 뻔하였다.

사막의 달

귀에 아무래도 이상이 생긴 것 같다.

언제부터인지 확실하지는 않다. 근래에 들어 외부의 모든 소리는 차단되고 머리속에서부터 땅울림 같은 둔중한 소리, 혹은 날카로운 금속성 같은 소리들이 들리곤 했다. 몸이 피곤한 탓이라고만 할 수도 없이, 수면 시간을 제외하고 거의 일률적인 주기성을 가지고 그 이명현상은 반복되어 나타났다.

오늘 6교시 수업 때도 나는 가늘디 가는 철사가 머릿속을 휘젓는 것 같은 환청 때문에 한동안 두 눈을 감고 손으로 교탁을 짚어 이를 악문 자세로 여러 번 수업을 중단하지 않으면 안 되었다. 수업을 마치고 교무실의 내 책상 위로 전달된 학급별 성금 납부실적 난에 담임 날인을 할 때 다시 시작된 그 울림은, 공군

참모총장배쟁탈 학생 모형항공기 대회에 관한 유인물을 확인할 때 머릿속을 꿰뚫는 듯한 환청으로 되살아났다.

나는 머리통을 마구 흔들었다. 손톱 끝을 세워 머리카락을 쥐어뜯어보기도 했다. 사실 나는 이미 미치고 끝 간 데까지 가버린 여교사인지도 모른다. 웬일인지 갈수록 학교에서의 모든 일과가 몹쓸 전쟁 그 자체로 비친다. 수업은 그 중에서도 내가 맨 몸으로 부딪쳐 피투성이가 되는 가장 적나라한 시간들이다. 나는 매 수업 시작 때마다 전혀 승산이 없지만 종이 울렸으므로 링 위로 나가지 않으면 안 되는, 이미 패색이 완연한 권투 선수의 심정에 가깝게 손에 들린 출석부를 천근의 무게로 느끼면서 교무실을 나선다. 식은 땀과 그저 달아나고 싶은 공포에 얼굴이 질린 채.

교무실 내 자리 맞은 편 세면대 위로 사각진 거울이 걸려 있고, 그 거울 속에 천지사방으로 머리카락이 산발된 여자가 늘 맹한 꼴로 비치고 있다. 그 여자가 나라는 사실이 참 어이없다. 그 얼굴은 피부 가장자리를 따라 실 박음질이 된 듯 얼굴 전체가 팽팽히 조어 있고 두 눈알이 병자처럼 돌출해 있다. 거울 속의 나에 대해 경악하고 있을 때마다 주변 교사들은 몹시 심오한 표정을 지으면서 나를 힐끔 보곤 한다. 그들의 표정은, 역시 오늘도 발작이시군 하는 결론으로 그 방향이 서서히 펴지거나 오므려진다.

물론 아직까지 내 면전에서 막 대놓고 나를 욕하거나 몰아붙인 사람은 없지만, 그런 몰골의 나를 두고 동료 교사들은 걸핏하면 학생들을 마구, 그것도 자주 구타하는 미친 여선생이라고들 수군대는 모양이다. 그런데 그것이 어쨌단 말인가? 나로서는 사랑이 전제가 된 체벌 운운은 참 우스운 이야기다. 내가 학생들을 두들겨 팰 때는 죄송하지만 전적으로 감정적이며 참을 수 없는 신경증의 폭발과 전혀 다르지 않다. 여하튼 그런 분위기랄까, 묘하게 나만 제외된 듯한 교무실의 공기가 아직 크게 불편할 것까진 없다. 미쳤다면 그들이 더 확실히 미쳤을 거라는 게 내 신념이다. 그래서 가끔 열리는 직원 연수회 때 매질에 대한 나의 당당한 입장을 공식적으로 발표할까 하는 요량이 전혀 없는 것은 아니다.

물론 쉬운 일은 아닐 것이다. 나의 발언이 이 공립 중등학교 선생들의 그 나무껍질 같은 얼굴에 어떤 표정을 일으킬까 생각하면 사지에 힘이 쑥 빠져 달아난다. 게다가 교장 역시 나에게 참을 수 없는 감정이 있는 듯 했다. 참을 수 없다는 말은 용서할 수 없다는 것과 의미상 조금도 다를 바 없다. 그렇다면 내가 교장에 대해서 용서받지 못할 일을 저질렀다는 의미로 뒤집어 볼 수 있는데, 나로서는 그 연유를 얽어 맞추어 생각하기가 정말이지 난감하다.

군이 생각하자면 지난달의 민방위 훈련이 떠오르지 않는 것은 아니다.

그날 훈련은 이 도시 전체가 단시간 내에 안보위기를 어떻게 재빨리 극복하느냐 하는 뜻에서 불시에 있을 모양이었다. 2층 이상의 교실에서는 맨 아래층 뒤편 마당으로 학생들을 대피시키도록 당부되었고, 1층 교실의 학생들은 해당학급의 복도에서 대피하도록 아침 직원 조회 시 전달되었다.

5교시 수업은 3학년이었으므로 나는 1층에서 수업을 했다. 「시의 세계」라는 단원을 들고 나는 현대 시의 형식적 갈래를 먼저 판서한 후 책에 언급된 몇 몇 시를 낭랑하게 읽어 내려갔다. 그리고 나는 나 자신도 모르게 중학교 교과서의 그 나른하고 게으른 최면적인 정감의 세계로 빠져들고 말았다. 그러다가 느닷없이라고 말해도 무방할 만큼 다급한 민방위 본부요원의 말이 교실 스피커폰으로 중계되기 시작했다.

엄청난 쥐떼가 달리는 것처럼 천정 위로 소란한 발자국 소리가 교실을 뒤흔들었고 그 대이동의 소음이 각 층마다 연결된 계단을 따라 쏟아져 내렸다. 나는 적의 공습보다 눈앞에 드러난 내부의 혼란에 더 큰 공포를 느꼈다. 그런데 어찌된 일인지 아래층까지 내려 온 학생들이 마당에서 쫓겨나 죄다 복도로 밀려오고 있었다. 때문에 복도로 내려가던 나의 반 학생들은 되밀려서 교실에 갇힌 꼴이 되었다.

"무슨 일이니? 왜들 복도에 모여 야단이니?"

나는 아이들을 헤치고 그 좁은 복도에 밀려든 2, 3층의 학생들을 향해

"바깥마당으로 나가요, 모두들!"

하고 쇳소리를 내질렀다. 아이들의 올망졸망한 머리 사이로 언뜻 뒷마당이 보였는데 그 한가운데에 교장이 민방위 모자를 쓰고 호루라기를 불면서 아이들을 죄다 복도 안으로 쫓고 있는 모습이 잡혔다. 아마 대피요령에 대한 교장의 방침이 바뀌었거나 아니면 혼동 중일 거라고 나는 판단했다. 나는 잠깐 교장을 한심하게 생각한 뒤 우리 반 아이들을 교실 안에서 대기하도록 했다.

복도의 아우성은 시간이 지남에 따라 조금씩 가라앉았다. 이윽고 가상 적기가 운동장 쪽 하늘을 횡단해서 시가지를 지나갔다. 곧이어 스피커에서 본부 요원의 카랑한 음성이 되살아났고 이어 춘계 마라톤대회라도 중계하듯 해설 아나운서가 오늘의 훈련 상황에 대해 무어라고 단조롭게 종알대었다.

그때 교실 복도 쪽의 창문이 사납게 열어젖혀지면서, 교장의 예의 그 깡마른 얼굴이 민방위 모자의 녹색 그늘 속으로 조그맣게 축약되어 나타났다. 그는 조금도 움직이지 않고 수십 초 그런 직립된 자세를 보임으로써 내게 어떤 해명을 요구하는 것 같았는데, 해명할 것이 없을 뿐 아니라 교장이 그냥 별 의도 없이 그렇게 상대를 보고만 있을 수도 있다는 생각에서 나도 서서 그를 말끄러미 보았다. 마침내 피차 이상한 꼴로 오랫동안 노려보고 있음이 고통스러운지 깡마른 노인은 외마디 소리를 내질렀다.

"대피를 안 해요! 이 반은?"

"달리 대피할 곳이 없습니다. 교장 선생님."

나는 나도 모르게 우리 두 사람 사이의 팽팽한 공기 속에 숨죽여 호흡하는 많은 학생들이 강하게 의식되었다.

"모조리, 복도에, 다, 대피했는데, 이 반만, 교실에, 남은 채, 대피 장소가 없다니, 그게, 도대체, 말이, 됩니까?"

분노 탓인지 교장의 말들이 모조리 토막이 났다.

"복도에 나갈 수가 없어요. 처음 계획대로라면 2, 3층의 학생들이 뒷마당에 있어야 할 거 아니겠습니까? 복도만으로는 너무 혼잡해요."

"아니 그래서 그냥 있겠다, 그겁니까? 적의 공습이 있고, 이 건물이 폭삭 주저앉는데, 이 따위 대피가 어디 있어요!"

나는 대답을 해야한다는 노력만으로도 눈에 눈물이 솟구쳤다. 주책이로구나 이 따위 언쟁으로 눈물을 다 보이다니. 나는 나 자신이 순식간에 지겨워졌다. 그러나 눈앞에 버티고 선 교장이 더 지겨웠으므로 음성을 착 가라앉혀 한 마디 덧붙였다.

"교장 선생님, 그건 복도에 있어도 마찬가지 아니예요? 오히려 저 좁은 복도에 몰려있는 것 보다 교실이 넓고 안전합니다. 바깥으로 대피하지 못한다면 말이예요."

"허참, 김 선생!"

대뜸 그렇게 불러놓고 한참동안 어이없어 하다가 교장은

"오늘 공중정찰에서 학생들이 노출되면 문책이 따른다는 것을 잘 모르시는 것 같은데, 왜 그렇게 상황판단이 안섭니까? 교사를 1, 2년 하고 있어요, 우리가?"

한 뒤 소리 나게 창문을 되 닫아 버렸다.

그날 저녁 퇴근 준비를 하고 있을 때 교장이 우리 학급 창문 두 개가 닫히지 않았음을 냉랭한 어조로 통보했다. 내가 서둘러 학급 열쇠를 찾아들고 교무실을 빠져나올 때 대수롭지 않은 듯 그러나 가장 소름끼치게, '정신없는 여자야!' 하는 교장의 목소리가 내 등가죽을 일순간에 벗기는 것 같았다.

이런저런 이유로 나는 요사이 기분이 매우 저조하다. 담당학급 업무 뿐 아니라 내가 들어가서 가르치는 여러 개 반의 수업조차 손에 잡히지 않고 맨숭맨숭 겉돌고 있다.

갈수록 모든 일에 성마르고 초조해진다. 도대체 왜 이런 지 참 알 수 없다. 곰곰 생각하자니 학교 일뿐만 아니라 출퇴근 시간 우두커니 정류소에 서 있다가 노선버스를 여러 대나 놓치고 하는 일조차 일어나고 있다. 이건 완전히 넋이 나갔다는 이야기인데, 남편에 대한 요즈음 나의 태도 역시 참 기이한 꼴로 말려들고 있다. 요컨대 하루하루 시작되고 마무리되는 내 앞의 세상사가 괴로운 암호문의 연속으로 비친다.

남편과 나는 이미 피차 30대에 접어든 형편인지 그 옛날 처음으로 서로의 몸을 만지고 굶주린 듯 쥐어뜯듯이 탐닉했던 두 사람의 추억이 지금은 이상하게 한심스럽도록 슬프다. 묵은 잡지에서 한물 간, 몹시 유행에 뒤진 북한식 연애소설을 상기하게 할뿐 우리의 옛 추억은 닳아빠진 가루상태로 방바닥에 쌓여있다.

그렇다 하여 내가 남편을 사랑하지 않는다고 누가 떠들고 다닌다면 정말이지 밤을 새워서라도 그 사람에게 그 돼먹지 않은 오해를 풀어주고 싶다. 나는 남편을 사랑하고 있다. 신파적이지만 남편이 없는 나의 생활은 상상할 수 없다. 남편 곁에 있으면 나는 몹시 편안하고 그것이 지나쳐서 졸립기까지 한다. 그만큼 남편은 부드럽고 관대한 사람이다. 나는 남편의 그 나긋나긋한 성실성이 왜 이 때까지 그 남자를, 책 곰팡내가 인간을 식물처럼 곰삭게 만드는 시립도서관 사서 직에 십 수 년 동안이나 장기적으로, 그것도 빈곤하게 묶어두는 지 이해가 안 간다.

며칠 전 새벽의 일이다. 눈을 뜨니 창밖으로 비가 촉촉이 내리는 듯해서 나는 이 아파트 단지가 새벽 비에 젖는 모습을 상상하는 와중에(그날따라 이상도 하지) 아침마다 다시 시작해야 하는 그 똑같은 인생살이가 너무 두렵고 지겹게 느껴져 이불 속에 누운 그대로 한참을 지냈다.

남편은 등을 돌리고 있었는데 헐거운 런닝이 쓸려 올라간 바람에 굴곡진 척추 뼈의 연결막대가 여읜 피부 아래 희미한 새벽 기운 속에 드러나 보였다. 어느 이름 모를 야산의 짐승이 내 곁에 버려진 듯한 낯설고도 섬뜩한 충격에 눈물이 핑 돌았다.

시간이 자꾸 흘러 우리가 식사를 마치고 출근을 서둘러야 할 시각이 되었으나 나는 꼼짝을 하지 않았다. 당연히 남편은 몹시 허둥대면서 식사를 거른 채 출근을 했다. 방문을 나서면서 남편은 내가 계속 일어나기 힘들만큼 아프면 학교에 결근 전화를 대신해 줄 수 있다고 했다. 나는 달리 대답할 말이 떠오르지 않았을 뿐 아니라 이런 경우 나 자신을 표현한다는 게 구차스러워서, 걱정하지 않아도 된다고 간단히 대꾸했다.

　다음 날 아침도 나는 똑같은 정서 상태에 놓여 일어날 수 없었다. 사람이면 정말이지 어떻게 할 수 없는 경우란 있는 게 아닌가 한다만 아무튼 우리는 식사를 빠뜨린 채 출근을 했다. 조용했지만 남편은 뭔가 이상해지고 있다는 어두운 표정을 지었다. 그리고 그 다음 날 아침도 내가 눈을 뜬 채 멀거니 일어나지 않자 마침내 남편은 출근하기 직전에 매우 근접한 거리에서 나를 내려다보면서, 버림받은 사내같은 표정을 지어 보였다. 나는 별 군소리하지 않고 '일어날 수 없다.' 하고 말했다.
　그날 밤 남편은 자신의 평소 주량이 다소 넘은 상태로 귀가했다. 나는 남편 옷을 곱게 받아 걸었고 그이의 양말을 벗겼으며 파자마로 갈아입힌 뒤 자리를 보아 눕혔다. 남편은 별로 술주정다운 주정도 하지 않고 그저 내가 하는 대로 맡긴 채 순하게 대응했다. 나는 남편의 그 무기력한 분노, 억제된 감정, 조율된 중용이 참을 수 없었다.
　나는 남편 옆에 그냥 그렇게 한참 앉아 있다가 문득 생각이 나서 '저녁을 차릴까요? 하고 물었다. 남편은 고개를 좌우로 맥없이 그것도 노인마냥 무척이나 느리게 내저었다. 그리고는 벽의 한쪽을 응시하기 시작했다. 남편의 그 시선은 너무나 오래 필요 이상 집요히 한 쪽으로 고정되었으므로, 나는 그 남자의 시선이 조준됨직한 부분을 찾아보았는데 볼만한 것이라곤 벽 한가운데 암수 소켓이 결합된 곳이거나, 아니면 그 곁에 매달린 통합고지서 납부 영수증 철뿐이어서 참 싱거웠다.

마찬가지로 오늘 아침도 나는 일찍 눈은 뜨진 채 자리에서 꼼짝도 하지 않았다. 도무지 움직일 수가 없었다. 남편은 오랜 시간 동안 벽에 상체를 기댄 상태로 나를 내려다보고 있었다. 아직 어두웠으므로 남편의 표정이 구체적으로 어떠하였는지는 기억나지 않는다. 바람직한 얼굴 모습은 아닐 것이 분명했지만 나로서 달리 어찌할 일은 아니라 생각되어 나는 그냥 누워 있었다. 얼마쯤 그렇게 있었을까? 느닷없이 남편이 와락 내 위를 타고 오르면서 두 손으로 목을 죄기 시작했다. 아니 시작한 것이 바로 끝이나 다름없었다. 그만큼 남편의 두 손아귀 힘은 엄청나 나는 대번에 두 눈이 퉁겨 나왔고 혀가 가차 없이 안으로 말려들었다. 나는 반사적으로 하반신, 특히 발가락 끝부분이 휜 활처럼 허공으로 솟구쳐 나도 놀랐다.

두 눈이 캄캄해졌고 그 캄캄한 틈바구니 사이로 무수히 떠오르는 빛 가루 같은 것이 집단적으로 반짝거렸다. 그 반짝임 사이로 주입되는 음성부호인 양 남편의 목소리가 창을 때리는 싸락눈 소리가 되어 와락와락 들어왔다. 나는 너무나 놀랍고 고생스러워서 정신이 하나도 없었다.

내 눈에 사물의 모습이 제대로 보인 것은 남편의 손이 물러가고서도 한참 뒤였다. 그 몸부림 끝에서도 나의 두 팔이 처음 형태대로 방바닥에 그냥 널브러져 있는 것은 참 기이했다. 남편이 메마르고 까칠한 목소리로 '자기를 사랑하지 않느냐?'고 물었다. 나 역시 대답이 그 비슷하게 즉각적으로 나왔는데, 그가 잘 듣지 못했는지 다시 물었으므로 나는 제법 많은 침을 모아 식도 안으로 꼴깍 삼킨 후 확실하고 믿음성 있게 말해주었다.

"당신을 사랑해요. 정말이지 당신이 없으면 나는 당장 죽을 거예요."

내가 듣기에도 너무 축축한 음성이어서 나는 좀 부끄러웠다.

다시 눈이 떨리고 전압주입이 불규칙한 알전구의 필라멘트마냥 빛의 파편이 파르르 눈꺼풀 사이로 분산된다. 그 단계가 지남에 따라 나는 대낮임에도 불구하고 깊은 밤과 마주했다. 퇴근 시간을 멀고 아득하다. 나는 그 어둠의 윤곽이 조성해내는 움직이는 그림들을 만난다. 그 잔상은 언제나 같은 구도와 내용을 반복한다. 안개가 깔려있고 그 안개를 밟고 전진하는 탄탄한 군화의 대열이 나타난다. 그 집단의 상체는 안개에 가려 보이지 않는다. 실한 하복부, 굵은 나무 둥치 같은 허벅지, 쇠막대 뭉치처럼 땡땡한 종아리가 똑같은 색조의 유니폼에 감긴 채 어두운 내 망막의 그물에 나타난다.

낮게 질주하는 비행 금속체의 엔진음이 작열하고, 더러 의미심장함을 재인식시키듯 연속 기총소사의 튀는 발사음이 중요한 박자를 이루며 대각으로 흐른다. 뇌 주름의 깊고도 음울한 골짜기가 가늘게 떨며 공명한다. 나는 순간 가슴께로 둔중한 타격을 받고 맥없이 주저앉는다. 그리고 눈을 뜬 채 허약하게 쓰러진다. 온 전신이 무딘 통증으로 무겁게 늘어진다. 한없이 낮아지는 숨결… 7교시 시작을 알리는 벨이 가물가물 꺼져가는 의식의 저쪽 끝에서 울리고 있었다.

7교시 수업은 한 마디로 지옥이었다.

종례 직전의 마지막 수업인 탓도 있었겠지만 실장의 경례 구령이 끝나고 교과서를 미처 펴 들 사이도 없이 아이들은 제각각의 잡담과 휘파람, 분단을 건너뛰며 필기구를 던지고 받는 등 엄청난 혼란을 만들기 시작했다. 나는 우선 상당한 시간 동안 한마디의 말도 없이 일정한 각도로 시선을 고정시킴으로써 그들로 하여금 교사가 주는 무언의 경고를 깨닫도록 했다. 그러나 이상하게 평소에는 어느 정도 통하던 그 첫 번째 시도가 전혀 먹혀들지 않아 나는 대번에 이마께로 진땀이 배였다.

"조용히들 해욧! 조용힛!"

턱없는 고음의 쇳소리. 나는 출석부로 탕탕 두어 번 교탁을 내리치면서 그들에 대항할 힘을 쥐어 짜올리는 작업에 벌써 피곤해졌다. 그러면서도 교사들이 수업 분위기를 잡아나가는 그 틀에 박힌 순서를 나 역시 따를 수밖에 없는가 하는 비애에 속이 메스꺼웠다.

일단 이 시점에서 분위기가 잡히지 않으면 그날 수업은 위태로운 상태가 되고 만다. 교사는 핏대를 세워 애 녀석들을 윽박지를 것이며 녀석들은 일순간 모든 음모와 음험한 욕정, 발작적인 싸움질을 나의 시선 밖으로 숨겨내릴 것이다. 그래서 수업은 아예 허공으로 떠버리고 피차 가해자와 피해자의 입장이 수시로 바뀌는 어지러운 전투가 종이 울릴 때까지 반복될 것이다.

"왜들 이래, 정말 조용히 못하겠어요?"

나는 나 자신도 믿기지 않을 만큼 비명을 지른다. 그러자 아이들은 비로소 얼굴을 내 쪽으로 돌렸고 나의 뻣뻣한 표정을 보고 의외라는 듯 슬금슬금 책걸상을 바로 하고 허리를 세워 교과서와 공책을 열었다.

수업은 겨우 시작되었다. 그러나 나의 모든 신경 끝은 교과서 내용보다 학생들 개개인의 시선으로 정조준 되고 있었다. 머릿속으로 고압전류의 푸른 전광이 가득했다. 곧 창문 분단 끝으로 심상치 않은 징조가 느껴졌다. 끝 책상 학생을 중심으로 옆의 녀석들에게서 어떤 모의가 감지되었다. 그들은 상당한 시간이 지날 때까지 책상 밑으로 머리를 처박고 낮게 킬킬대면서 나의 신경조직을 갉아대고 있었다. 나는 그들이 눈치 채게끔 가볍게 두 번이나 이미 경고의 눈짓을 보내었다. 그러나 그 경고는 나 자신이 무안할 만큼 아무 효과가 없었다. 경험상 이런 경우 그들을 무시하고 수업을 계속하면 수업은 살아남을지는 몰라도 교사 자신의 정신위생은 너덜이 나 거의 실신상태에 이르고 만다. 지금 그들을 단속할 경우, 이때까지 참았던 자신의 분노가 어떻게 변형되어 폭발할지 나 자신도 짐작치 못할 정도며, 수업은 그야말로 파탄에 이른 채 끝이 날 것이다. 나는 억제된 분노로 눈앞이 다 캄캄했다.

그들을 용서할 것. 한 번만 더. 나는 침착하게 교과서를 다시 읽어 내려갔다. 판서를 할 때 나는 그들이 자리에서 일어나 주변 아이들에게 울긋불긋한 사진을 보여주는 것을 언뜻 포착했다. 이미 수업의 골격은 무너졌다. 나는 착 가라앉은 음성으로 말했다.

"세 명 앞으로 나와요."

나는 책을 내려놓았다. 순간의 고요가 팽팽하게 공기를 재단했고 그 긴장은 아이들 집단과 교사가 상호 동등한 무게로 대립하게끔 만들었다. 물론 그들은 나오지 않았다. 야유인지 조소인지 어쨌든 그 계통의 참기 어려운 웃음을 흘리면서 앉은 채 버티고들 있다.

"앞으로 나오라고 말했어요, 안 들려요?"

나는 내가 할 수 있는 최대한의 인내를 보여 줄 요량으로 반말을 삼갔다. 그러자 나 자신에 대한 모욕감과 그들에 대한 혐오로 머리칼이 다 쭈뼛댈 지경이었다.

"누구 말인데요?"

그 중의 한 명이, 정말 오늘따라 왜 이러실까 하는 투로 되물어온다.

"바로 너를 두고 하는 말이야. 너랑 그 쪽 학생 모두 말야!"

"우린 잘못한 게 없습니다! 야, 우리가 뭘 떠들었냐?"

이번엔 또 다른 한 명이 억울한 듯이 그러나 장난기가 완연하게 대꾸했다. 나는 교단에서 내려섰다. 그리고 정확한 보폭과 확고한 얼굴로 그들에게 다가갔다. 모든 학생들의 시선이 날카로운 긴장의 울타리를 이루면서 뜨겁게 포개어졌다.

"일어낫! 세 명 모두!"

일순 두려움 비슷한 것이 그들의 얼굴에 떠올랐다. 그러나 착각이었을까 할 만큼 그 표정은 금세 사라졌다.

"우린 잘못한 게 없습니다!"

가운데 녀석이 계속 눌러앉은 채 눈꼬리를 묘하게 치뜨며 쩨려본다. 그러자 그 저항에 힘을 얻은 나머지 한 녀석이 승냥이처럼 자기들 쪽으로 몰린 학생들을 향해 '이 새캬 뭘 봐, 꼴통 돌려 이 새캬!' 하고 이빨을 드러내었다.

나는 그들을 밀치고 책상 밑의 도색 사진을 잡아챘다. 뒤엉킨 남녀의 하반신이 눈에 잡혔다. 그러나 그것도 잠시 뿐, 순식간에 그들 중의 한 명에게 떠밀려 나는 창가 난간에 쿵하고 부딪쳤다. 녀석들은 내 손아귀에 쥐어있는 사진을 빼앗으려고 필사적으로 덤벼들었다. 나는 참을 수 없는 감정으로 눈물이 핑 돌았다. 그들 중의 한 명이 내 손목을 비틀었다. 나는 잡히지 않은 나머지 손으로 녀석들의 얼굴이 닿는 대로 사정없이 뺨을 후려갈겼다. 그래 나는 폭력교사다! 어쩔 테냐? 폭력을 쓴다. 나도 폭력을 쓴다고!

그 다음은 일이 어떻게 전개되었는지 정확히 기억할 수 없다. 대충 나는 녀석들과 엉긴 채 놈들의 얼굴 부위와 옷자락들을 닥치는 대로 후려갈기거나 쥐어뜯었고 그들은 나의 예기치 못한 저항에 초기의 침착성을 완전히 상실하여 우왕좌왕 되는대로 몸을 부딪쳐왔다. 완전한 난장판이었다. 몇몇 학생들이 옆 교실에 알리러 가는 지 교실 문이 거칠게 열렸다. 나와 뒤엉켜 있던 놈들은 약속처럼 책걸상을 넘어뜨리면서 한 무더기로 달아났다. 그 바람에 교실 뒷문이 복도 바닥에 소름끼치는 소리로 나자빠졌다.

"무슨 일입니까? 김 선생님, 무슨 일이 있나요?"

앞 반에서 수업 중이던 초로의 깡마른 수학 선생이 달려왔다. 이미 머리가 하얗게 센 할아버지 선생이다. 나는 대답하지 않았다. 나는 울지 않으려고 이를 악물었다. 얼굴 전체가 의문부호가 된 몇몇 선생의 얼굴이 더 나타났다. 내 몰골은 귀신 꼴이었다. 어디 하나 성한 데가 없었다. 그러나 놀랍게도 내 손아귀에는 아직 그 도색사진이 마구 비벼진 휴지 상태나마 쥐어있었다. 나는 모여 있는 교사 중 누구에게라 할 것 없이 그것을 내밀었다. 사진을 건네받은 한 명이 해묵은 보물지도라도 펴보듯 굉장한 탐구정신으로 그 사진을 펼쳤다. 나는 그들로부터 등을 돌려 교실로 들어갔다. 학생들은 하나같이 욕정에 굶주린 어린 수컷의 눈빛이었다.

직원 종례 때 관련 학생에 대한 징벌위원회가 내일 개최됨이 공고되었고 학생주임으로부터 나도 참석을 요구받았다. 녀석들은 수위실에서 붙들려 상담실로 옮겨져 있었으나 나는 가보지 않았다. 이어서 윤리주임이 일어나 전시 국민행동요령에 대한 주의사항을 전달했고 애국소년단 담당교사로부터 학생간부들 해군사관학교 탐방에 대한 발언이 있었다.

펼친 교무수첩 한쪽 끝에는 이번 주 내로 처리해야 할, 붉은 선으로 테두리가 된 사항들이 눈에 들어왔다. 불우이웃돕기 성금 재독촉, 독수리훈련 중 거동이 수상한 자 신고, 추계행군대회 때 각자 수통준비, 불량청소년 일제단속, 야간순회 지도교사 명부 참조, 두발조사 및 학생 소지품 조사… 나는 그 중에 꼭 처리해야 할 것을 선별해서 검정색으로 밑줄을 그었다. 그러나 그 항목들은 모조리 무언의 무게와 덩치를 만만찮게 지니고 있었으므로 나는 급기야 줄긋기를 포기하고 교무수첩을 덮어버렸다. 그리고 눈을 감았다. 감은 눈꺼풀 속으로 미세한 벌레 같은 게 가물댄다. 하나같이 전류에 뒤틀린 꼴로… 오늘따라 하루살이가 왜 이다지 고된지 참 알다가도 모를 일이다. 직원 종례는 밑도 끝도 없이 계속된다.

남편은 밤이 늦도록 귀가하지 않았다.

퇴근 후 내가 집에 돌아와서 한 일이라곤 냉장고에 넣어 둔 보리차 물을 한 모금 마신 일 밖에 없다. 그 후 나는 창가에 서서 황혼이 급속도로 몰려오고 밤이 다시 그 위를 캄캄하게 뒤덮어 가는 것을 냉정하게 지켜보았다.

남편이 늦는 경우란 거의 없었다. 거짓말 같지만 남편은 한 번도 외박한 일이 없을 뿐 아니라 내가 아는 한 친구도 거의 만나지 않고 살아가는 자급자족형의 인간이다. 남편의 일과에는 항상 건조하고 나른한, 삭은 먼지 냄새가 난다. 그런 섬뜩한 식물적 모습이 모조리 내 탓으로 여겨진 때도 가끔 있긴 했다.

대학에서 그 남자를 처음 만났을 때 그가 보여주었던 서정적인 몸짓, 그 서늘한 미소를 생각하면 지금도 나는 가슴이 대번에 미어져서 나야말로 남편을 망쳐버린 몹쓸 년이 아닌가 싶기도 한다. 그러나, 내가 학교에서 첫 애를 유산했을 때 나는 아이를 놓쳤다는 사실보다 남편과 시가에 대한 죄책감으로 적지 않은 충격을 받았지만 두 번째 애를, 그것도 또 교단에 선 채 유산을 당하고는 남편에 대한 화염 같은 분노로 온몸이 찢기는 듯 했다. 남편은 나의 휴직을 한 번도 권유하지 않았었다.

도대체 어디서부터 잘못되었을까? 남편은 지금 무엇을 하고 있을까? 만신창이가 되어 시궁창 같은 이 도시의 어느 길바닥에 엎어져 있을 것 같은, 아니면 혼자 밤이 깊어가는 공원 벤치에 앉았거나 변두리 소극장에서 고꾸라져 잠이 들었거나….

그러나, 기이하게도 남편 곁에 또 다른 여자가 있을 것이라는 의심은 한 번도 들지 않는다. 나 자신의 오기라기보다 그건 남편의 체질에 속하는 일이다. 동물적인 체취가 제거되고 오직 뼈와

가죽만 남은 사내. 그 뼈의 무리들이 버스를 타고 섹스를 하고 배설을 하는 뼈의 인간들… 남편에 대한 나의 상상은 구심점을 상실한 채 제멋대로 헛돌고 있다.

창가에서 물러나 자동응답 전화기의 녹음버튼을 눌렀다. 그러자 몹시 귀에 익은, 그러나 한사코 그 이름이 떠오르지 않는 여자의 칼칼한 음성이 기다린 듯 튀어나왔다. 같은 서울 변두리에 방치되듯 사는 큰 언니다.

"…그래 용건만 말할게. 돈을 우선 한 오백쯤 돌려줬음 해. 주식에 불이 붙었어. 왜 있잖니, 내가 이때까지 누누이 말해왔던 것 말야. 다시 상승세고 이 상태가 아마 보름은 유지될 거로 판단하고 있거든. 지금 하종가로 내려간 건설주를 이백주 쯤 잡아두고 싶어. 물론 네가 나서서 그렇게 하겠담, 내가 왜 이런 말을 다 하겠니? 넌 도무지 증시를 믿지 않을 뿐만 아니라, 도대체 세상이 어떻게 돌아가는 지 조차 무감각하니… 암튼 오백쯤 급히 돌려줘. 아까 학교로 전활 넣었더니 방금 퇴근했다더구나. 너희 학교라는덴 왜 그러니? 왜 그렇게 굳어있고 불친절한지. 알지? 오백이야, 그냥 오백 정도니깐 큰 신경 쓸 건 아니잖니? 딱 한 달만 돌려 쓸께, 응?"

"우째, 너희들 혀도 너무 혀는 거 아닌가 헌다. 곧 니 남동생 지산디 올해도 물이라도 한 사발 올려놓고 말이지라… 올해 망월동에서 합동기제를 올린다는 말이 들린다만, 머신가, 우리가 챙기고 장만혀야 할 몫이나 정성은 있어야 혈 벱 아닌감? 아무리

올케가 알아서 현다 혀도 아등바등 애새끼랑 고생이 얼마나 작심한디… 어찌 니가 남이여? 남이랑 말여? 에구 벌써 10년을 넘기는 동생 제사람시, 이젠 손 털고 까먹어도 되는 기여?… 워짜? 워쩔텨? 그날 시내 한복판에서 말시, 바로 내가 선 두어 발치 앞에서 그 애가 죽어 넘어 졌는디, 워짜? 여기 광주만 지사할텨? 올텨? 김서방은 바쁘다 혀도 니가 말시 이 에미에게 전화 한 통이라도 미리 낼 수 있는 거 아녀라? 워떠케 할텨? 내일이 제사여! 그 놈 제산디!"

어머니 뒤를 이은 남편의 음성은 몹시 졸립고 피곤하나 어쨌든 밝혀둔다는 투의 음성이었다.

"… 요즘 당신은 제 정신이 아닌 것 같더만. 그래서 전화하는 건데, 나 예비군 동원 훈련차 며칠 간 전방부대로 입소한다는 것 기억나? 아마 지금쯤 강원도에 있을 거야. 아침에 내가 그 이야기를 할 때 당신 눈빛은 내가 하는 그 무슨 말이든 아예 안중에 없는 눈빛이던데, 이상한 생각까지 들더군. 당신이 마침내 미친 것이 아닌지, 아니면 귀가 콱 먹었거나… 어쩌면 이 녹음도 내가 올 때까지 틀지 않을 수도 있겠군…"

나는 버튼을 눌러 껐다. 느닷없이 뿌연 가랑비가 내 가슴에 내리기 시작했다. 동시에 속이 몹시 갑갑해졌고 숨이 막히도록 더워서 죽을 것만 같았다. 나는 단숨에 아파트 계단을 뛰어내려가 택시를 잡았다. 택시기사가 행선지를 물었을 때 참 난감했다. 한참이나 머뭇댄 후 어디든 좋으니 가까운 바다로 가달라 부탁

했다. 택시는 곧 차선을 바꾸어 속력을 내기 시작했다. 차가 부두 도로로 꺾였을 때 작전 판을 내 건 군 트럭의 행렬이 곧 눈에 들어왔다. 그 트럭들이 스칠 때마다 강렬한 주황빛 헤드라이트가 택시 내부를 완전히 발가벗겨 놓고 지나갔다. 트럭 위에는 십수 명의 완전 무장된 병사들이 밤 추위에 굳고 지친 딱딱한 표정으로 시가지를 무표정하게 바라보며 실려 가고 있었다. 중심가 사거리마다 모래진지가 구축되고 있었고 야전전투잠바를 걸친 중무장 병력들이 배치되어 있었다.

"이번엔 독수리 훈련이라더군요. 요 앞에는 무슨 합동군사 훈련이라든가 했었지 아마."

운전기사가 지나가는 말로 한 마디 했다. 나는 그 말을 무심하게 들었다. 군용트럭은 어마어마한 울림을 내면서 계속 이어졌다.

택시는 아무도 없는 철 이른 해수욕장의 간선도로에 나를 내려놓고 서둘러 달아났다. 바람이 강했고 어두워 눈에 잡히지는 않았으나 모래펄의 끝부분께로 바닷물이 밀리는 소리가 규칙적으로 들려왔다. 나는 도로를 건너 가게에서 소주 한 병과 땅콩 봉지를 사들고 축대 아래 모래톱으로 내려갔다.

달이 떠 있었다.

나는 구두를 벗고 스타킹을 허벅지에서부터 말아내려 가방에 집어넣은 뒤 모래 위를 걸었다. 밤 모래의 차가움이 수직으로 찌른다. 칼칼한 유리 위를 걷는 듯한 상쾌한 감촉. 나는 바닷물이 얇게 번지는 부분을 따라 걸으면서 병 주둥이를 세워 소주를 마셨다. 대번에 목구멍께로 불꽃이 느껴지고 진저리가 쳐진다. 그러다가 온 몸으로 열기가 번지면서 눈앞이 아런하게 젖는다.

나는 조금씩 울기 시작한다. 술 탓인지 발 밑의 모래가 꺼지다가 믿기 어려울 만큼 되솟아 오른다. 해안도로 너머로 도시의 불빛이 밤바람에 가늘게 흔들리고… 울고 싶고, 웃고 싶고, 몹시 달콤해지기도 한 그 끝없는 모래밭… 사막 위의 달이 내 머리 위에 있었다.

총

열차는 움직이지 않았다. 남행 위치를 종잡을 수 없는 시골 간이역이었다. 선로 변경을 위한 5분간의 정차라는 안내방송이 있은 지 상당한 시간이 지났을 터이다.

나는 제대병이었고 그 탓인지 세상을 관조하는 듯, 그러면서도 앞날에 대한 막연한 불안으로 차창 밖의 텅 빈 수확이 거의 끝난 가을 들판을 우울하게 내려다보았다. 그때 어디선가 농악의 날나리 소리가 가늘게 흔들리듯 들려왔다. 그 소리는 차츰차츰 역사 쪽으로 접근해왔는데 어느 먼 북방대륙의 황량한 들판을 연상케 하는 그 느닷없는 호적소리가 가슴을 찔렀다. 이윽고 농악대의 선두가 역사 너머의 골목길로 보이기 시작했다. 낮은 시골역의 사철나무 울타리 너머로 마을 영기와 대풍의 큰 기를 앞세운 울긋불긋한 종이 가화의 모자들이 넘실대며 지나간다. 꽹과리 소리가 쩽강쩽강 금속성으로 날아왔다. 거의 동시에 여러 무더기의 소고 음이 땅바닥을 집단적으로 두들기듯 깔려왔다. 지각한 듯 허리가 가는 세요장고의 명쾌한 울림이 따땅 따당 땅 하고 귓전을 때렸다.

왜 이런가. 언제부터 나는 시골 두렛꾼에 불과한 저 농악무 소리에 온 몸이 죄이는 두려움을 감추지 못하는 걸까.

차창과 등받이 사이에 몸을 꽉 웅크려 끼운 채 나는 말 그대로 진땀을 흘리고 있었다. 속이 몹시 메스꺼웠고, 입안이 칼칼하게 메말라 혀가 죄다 안으로 말려들어 간 듯했다.

언제부터인가는 확실하지 않으나 무척 어린 나이 때부터 시골 농악의 그 눈 시리도록 푸르고 붉은, 혹은 진노랑의 색띠가 나는 굉장히 무서웠다. 몸을 펄펄 날리며 펼쳐 보이는 그 요란한 색의 움직임은 기쁨의 율동이라기보다 살아있는 그 무엇인가를 잡아먹기 위해 보는 자들의 얼을 빼놓는 짓이라고 나는 파악했었다. 소고와 장고, 북이 이루는 그 단조하고도 명확한 공명음은 거의 주술적인 힘을 느끼게 하여 동리 사람들 틈에 끼인 채 나는 그 움직임, 표정, 소리의 마력에서 도저히 달아날 수 없는 엄청난 공포에 사로잡혀 거의 실신할 지경에 이르곤 했다.

어린 나이임에도 불구하고 나는 장고의 가죽이 소나 개, 말의 생피이거나 아니면 흔하게 아버지가 잡아와 속을 발겨낸 뒤 늘 집 뒤안 양지쿤 울타리에 사지를 못질해둔, 햇볕에 핏줄까지 오그라 붙던 토끼 가죽임에 틀림없을 거라고 나는 굳게 믿었다.

짐승의 마른 가죽을 두들기고 그 속의 공기를 공명시키면서 미친 듯 춤추는 일단의 소리묶음이 지금 다가오고 있는 것이다. 나는 달아나야 했는데, 두 손아귀 가득히 땀만 내밴 채 속으로만 속으로만 비명을 내질렀다.

상쇠는 거의 날듯이 춤추며 내려앉곤 했었다. 모두가 술에 취해 있었고 적당히 방종된 음탕한 기운이 도도했었다. 나는 지금도 생생히 기억한다. 그들 중에 한두 명이 으레 총을 들고 있었음을. 그는 엉터리 딸기코 안경을 끼고 고주망태가 된 채, 둘러선 구경꾼에게 함부로 총구를 들이대거나 이것저것 조준하면서 춤을 추곤 했다. 나는 그 대포수의 가방끈에 목이 꺾여 늘어진 꿩을 상기했다. 꿩은 늘 죽어 있었는데 그 헝겊묶음처럼 말라빠진 조류는 대포수의 몸짓에 따라 맥없이 머리를 내저으며 깊은 시름에 잠긴 듯 보였다. 꿩이 아니면 장닭이었고, 장닭이 아니면 입가에 핏자국이 말라붙은 두어 마리의 토끼거나 했다. 거짓말처럼 죽은 짐승들의 눈꺼풀은 몹시 얇고 부드러워, 내 손끝이 닿기만 해도 눈알이 반짝 가볍게 드러낼 것 같았다.

가슴 뛰게 하는 농악대의 소리가 귓전으로 잦아들면서 캄캄한 죽음이, 번뜩이는 색깔이, 뚝뚝 듣는 피의 생가죽이 머릿속을 휘저으며 날아다녔다. 달아나야 한다, 영민아, 달아나라… 농악대를 본 날 밤이면 나는 거의 예외 없이 가위눌린 채 허공을 쥐어뜯으며 악몽에서 깨어나곤 했다. 죽은 꿩의 머리가, 맥없이 감긴 닭의 눈꺼풀이, 거꾸로 매달린 토끼의 흔들림이… 그 포수의 총구가 나를 망치기로 작정한 것처럼 나의 정수리를 노리고 있었다.

열차가 움직이기 시작했다. 농악의 무리가 역의 생울타리 바깥으로 비껴나고 있었다. 열차가 속력을 빼자 순식간에 그들은 사라지고 어딘지 모르게 애처로운 소리로만 내 귀를 쫓다가 마침내 그것조차 들리지 않았다. 갑자기라고 해도 좋을 만큼 구획정리가 정연한 들판이 펼쳐진 부채처럼 나타났고, 가을 하늘 아래 멀리 노을을 발갛게 되쏘는 산의 억센 줄기들이 텅 빈 들판의 끝에서 기차와 나란히 내닫고 있었다.

나는 일부러 제대 귀향 일자를 아버지에게 알리지 않았다. 최근까지도 아버지는 편지로 그날이 언제인가를 물어왔었다. 나는 적당히 사단 전투력 측정이니, 엉뚱한 행정반 감사 운운하면서 정확한 기일을 말해주지 않았다. 나는 아버지가 기다림으로 해서, 더구나 그 정확한 시일에 맞추어 광주역에까지 마중 나올 수 있다는 상상만으로도 어쩐지 답답했다. 그만큼 나의 귀향은 오롯이 나만의 시간이고 싶었다. 도대체 환영받을 만한 그 무엇이 있었던가? 나의 군복무 시간들이, 그 시간들은 이미 죽었거나 아니면 잿가루 상태로 가라앉아 있을 뿐이다. 혹은 너무 지나치게 햇볕에 노출된 탓에 완전히 바래졌거나 아니면 암흑 속에 부당하리만큼 오래 유기되어 무력한 눈거풀만 벌린 시간일 터인데 말이다.

그런 와중에서도 거의 강박된 것처럼 나는 늘 아버지의 총을 생각하고 또 생각했다. 아버지를 빨갱이로 간주했던 그 확증의 총, 그 총은 아직도 있을까?

아버지의 그 총은 아직도 집 어딘가에 분명히 숨겨져 있을 것이다. 운이 좋으면 몇 발의 탄환까지 찾아낼지도 모른다. 그 총을 찾아내기만 한다면, 그리고 그 만만찮은 중량을 손아귀 전체로 느낄 수 있다면… 아아 내가 태어나서 처음으로 총을 만졌을 때의 그 황홀했던 감동을 느낄 수 있을까?

그리고, 또 어떻게 할 것인가? 그 총은 아버지의 분신, 아니 아버지 그 자체와 다를 바 없다. 나는 단 한 번도 아버지와 그 총을 분리시켜 독립적으로 이해하거나 연상해 본 적이라곤 없었다. 나는 늘상 열린 총구 앞에서 그와 동거를 해온 셈이다.

아버지는 빨갱이였다. 고등학교 졸업반 때까지도 나는 그렇게 믿고 있었다. 그 성장기 동안 단 하루도 아버지가 빨갱이라는 단정에서 나는 해방되지 못했다.

아버지는 도무지 말이 없었고, 한 번도 우리 공화국이 되어가는 일에 대해 긍정적인 말을 하지 않았다. 그런 아버지는 총 한 자루를 비밀리 간직하고 있었는데, 내가 처음으로 아버지에게 엄청난 구타를 당한 것도 그 총 때문이었다. 그 이후 그와 동거하는 한 꼭 지켜야 할 몇 가지 준칙조항 중 으뜸이, 아버지가 독점으로 쓰는 다락방의 출입금지였다. 그리고 사변 때의 폭격으로 오랜 세월 앓다가 죽은 어머니에 관한 것, 또 자신이 그 전쟁에 다리 한 쪽을 어떤 경로로 버리게 되었는가에 대한 질문 금지.

물론 아버지가 공개적으로 그런 조항의 준수를 요구하거나 교육시킨 기억이라곤 없다. 그럼에도 금기사항으로 뇌리에 깊이 새겨진 것을 보면 아무래도 형에 의한 반복학습의 결과인 듯하다. 형은 누구보다도 신중하며, 특히 아버지에게 몹시 상냥하며 조신하였으므로 아우인 내게도 여러모로 몸조심을 시킨 듯하다.

아버지의 권총을 처음 손에 쥐었을 때 나는 첫눈에 이건 가짜가 아니다 하고 직감했다. 봉창으로 먼지가 자욱이 떠오르던 다락방이었고, 나는 초등학교 저학년이었으며 새가슴마냥 몸 전체로 거친 호흡을 하고 있었다. 열린 가죽가방 속에 탄환통도 보였으나 그건 이상하게 관심 밖이었다. 이건 진짜다, 진짜 총이다! 나는 다락에서 뛰어내려 바깥으로 내달았다.

나는 동네 아이들 속에서 손쉽게 영웅이 되었다.

"이것 진짜 총이여! 진짜 총이란 말여!"

나는 몇몇 아이들만 선별해서 총을 만져보게 했다. 그들은 총의 실팍한 중량에 감동한 그윽한 눈빛이 되어 몹시 조심스레 다루었다. 개중에는 겁을 집어먹고 아예 가까이 오길 거부하는 아이도 있었다.

"이 병신아, 넌 병신이여!"

나는 전능한 힘을 부여받은 자 특유의 내려다보는 시선으로 그 아이를 경멸했다. 그때 몰려 있는 아이들 무리 너머로 나를 바라보고 있는 아버지를 발견했다. 아버지는 창백했다. 그는 곧 그 자리에 주저앉을 것처럼 보였다. 나는 그날 밤 인간이 매를 맞아 죽을 수도 있음을 아버지로부터 배웠다.

내가 그런 총을 다시 찾을 수 있을까.

아버지에게 있어 이미 그 총은 무슨 의미가 있는가. 그리고 내게는? 그 총에 무슨 보상, 무슨 보복의 힘이라도 있단 말인가. 나는 제대일이 다가옴에 따라 어떤 음모에 가까운 계획을 세우기 시작했다. 그 음모의 한 줄기로 나의 제대 귀향일을 아버지에게 속일 것. 게다가 가능하다면 아버지가 집에 없을 동안 잠입하듯이 귀향하고자 나름대로 궁리하고 또 궁리했다.

내가 아버지 총이 아닌, 또 다른 살상용 총을 맨 처음 만지게된 것은 70년대의 말 고등학교 1학년 때라 기억한다. 아마 여름 방학을 며칠 앞둔 뜨거운 7월이었을 것이다. 그때 사립이었던 우리 학교는 일학년이 대상이 되어 세 반씩 격일로 일일 병영 입소를 실시해오고 있던 터였다. 대개 그 병영 입소는 학교 수업이 무더운 날씨 관계로 맥이 풀리고 우리 역시 여름 방학을 앞둔 지겨움에 두뇌가 텅텅 비어갈 때로 그 일정이 잡혀졌다. 우리는 학교생활의 마지막 활력을 충전시키듯 가벼운 흥분 속에서 자매부대가 제공한 국방색 군용버스에 분승하여 시내를 빠져나갔었다.

자매부대는 시 외곽을 벗어나서도 무논 사이의 국도를 상당히 달려야만 했다. 우리는 열린 차창으로 달려드는 마른 흙가루를 뒤집어 쓴 채, '너와 나', '진짜 사나이', '자이안트' 같은 행군용 노래를 반복해서 합창하곤 했다. 우리는 연방 말라드는 입술을 침으로 적시면서 교련모를 벗어 쥐고 상하로 씩씩하게 흔들었고 조금씩 조금씩 흥분하기 시작했다. 이미 상당한 고도로 오른 여름해가 거의 수직적인 각도를 이룸에 따라 저마다 땀을 뻘뻘 흘렸는데, 진갈색 얼룩무늬 교련복 상의를 이미 벗어던진 축도 더러 눈에 띄었다.

우리가 도착한 자매부대는 기대했던 것보다 훨씬 빈약했다.

첫 관문인 위병소부터 그랬다. 흔히 영화나 만화에서 보아왔던 그 위풍당당한 검문검색의 입구라고는 보기 어려울 만큼 한마리 키 큰 두루미를 가둬 키우는 나무 우리가 아닐까 싶었다. 대대장실이 있는 본부 건물만 단층 슬라브 건물이었고 사병 내무반 건물은 큰 원통 막대를 반등분하여 땅바닥에 나란히 눕힌 함석 퀀셋이었는데, 지붕의 검정 콜타르가 햇볕에 녹듯이 번쩍이고 있었던 것을 아직 기억한다.

부대 뒤안으로 무기고가 눈에 띄었다. 바깥 국도변, 다소 경사진 둔덕과의 경계 부분에 키 높은 미루나무가 숲을 이루고 있었는데, 그 미루나무의 숲은 여름의 짙고도 한가로운 음영을 조성한 채 간간히 부는 바람에 이리저리 머리채를 무감동하게 흔들고 있었다.

입소식이 간단히 끝나고 우리는 열을 지어 수통과 군모를 지급받았다. 그리고 난생 처음 실탄을 장전할 수 있는 총도 지급받았다. 무기고에 처음 발을 딛는 순간 나는 중등유의 그 역한 냄새와, 수컷임을 일깨우는 담당 사병들의 짙은 땀 냄새와 부식중인 금속의 칼칼한 산화철분 냄새를 거의 동시에 느꼈다. 햇빛은 무기고 입구에서 차단되어 내부구조를 가늠하기에는 상당한 시간이 필요했다. 두 사람의 사병으로 기억되는데 하나는 우리에게 총을 지급하면서 몇몇 결함 부분을 확인시켰고 나머지 한 명은 철제 책상에서 우리 각자의 교번과 총번 그리고 눈으로 확인한 결함부분을 메모했었다. 기이하게도 하나같이 그들은 졸리운 눈이었고, 땀이 죄다 피부 속으로 메말라 들어간 것처럼 전혀 습기를 느낄 수 없었으며, 인생의 깊은 고뇌에 넋이 달아난 듯한 수도승으로 보였다.

우리가 지급받은 총은 2차 대전 때 사이판이나 과달카날에서 미군이 일본군을 겨누었음에 틀림없을 1940년의 제조번호가 찍힌 엠완 소총이었다. 나는 심한 실망 속에서도 그 총의 무게가 어린 나의 상상을 훨씬 뛰어 넘는 것에 깜짝 놀랐다. 총신의 나뭇결은 세월을 두고두고 반복된 기름칠 덕분에 나무의 미세한 실핏줄까지 선명히 드러나 있었다. 나는 내 손아귀에 생포된 금속과 목질의 결합체에 숨이 막힐 지경이었다. 나는 야생의 들짐승을 다루듯이 총을 정밀한 탐구심으로 만져보았다. 조심스레 방아쇠를 조작해 보았고 어깨에 견착시켜 가늠쇠를 통해 눈에 잡히는 대로 목표물을 정조준하기도 했다. 나는 그 총에 매혹당

했다.

총을 지급받은 우리는 연병장에 모여, 장난감이 아닌 실지의 살상용 총을 지급받은 억제된 기쁨과 사내로서 인정받은 듯한 성인의식으로 하여 표정들이 신중해졌고 근엄하기조차 했다. 총은 내 교련복 하의의 재봉선과 나란히 서 있었다. 내가 녀석의 총구 부분을 꽉 움켜쥐자 총은 호흡을 일시 중단하고 있는 들짐승 같았다.

담당 교관인 젊은 소위가 단상에 올라왔다. 그는 흐뭇한 미소로 우리를 조망했다. 그의 눈엔 우리가 제법 쓸모 있고 의지해 볼만한 신병으로 보인 모양이다. 동지애적인 미소와 함께 그가 입을 열었다.

"총이 무겁죠? 안 그래요 여러분?"

우리는 유치원 생도처럼 유쾌하게 옛! 하고 일제히 화답했다.

"에, 하지만 익숙되면 이 정도 무게는 아무것도 아네요. 조금만 있으면 전혀 느끼지 못 할 거니까 크게 걱정할 것 없습니다아! 실은 학생제군 여러분께 가벼운 칼빈 총을 지급할까 했지만 이왕 훈련 받는 것 총다운 총이 낫겠다 싶어 엠완으로 바꾼 건데, 암튼 열심히 합시다요, 알겠습니까아?"

그날 그 교관은 걸핏하면 '학생제군 여러분!' 하고 일제 시대식의 집단 호칭을 상용했고 우리는 교관의 지시대로 오전 시간 내내 제식훈련과 수화요령을 배웠다. 오후는 총검술이었는데 정말이지 그때의 고통은 지금 추억하기조차 싫다. 기억에 남는 것은 뜨거운 태양, 연병장의 가물대던 지열, 가루로 흩어지는 백색 반사광, 미루나무 잎사귀들의 눈부신 반짝임 같은 토막 난 단상뿐이다.

우리 모두는 이 갑작스런 병영 훈련에 저항할 힘을 잃어갔고 저마다 엄청난 체력을 소모하면서 달리고 넘어지고 포복하면서 자신을 다그치는 괴이한 외마디 소리까지 내질렀다. 10분간의 휴식 때마다 우리는 앞을 다투어 식수대로 달려갔다. 물꼭지에 입술을 단단히 밀착시켜, 확장된 눈동자, 부풀어 오르는 목 언저리께의 푸른 정맥, 팔딱이는 목줄기 근육, 번들대는 땀의 뒤엉킴 그대로 차거운 지하수를 목숨껏 들이켰다. 그리고 우리는 식수대에 마련된 식용 소금을 호기롭게 한 입씩 틀어넣고는 다시 일광이 먼지처럼 자욱한 연병장으로 내달렸다.

태양이 기울고 병영을 둘러싼 겹친 산줄기의 색조가 보라빛 날염의 낡은 빛으로 저물 무렵 우리는 마침내 사격장에 도착했다. 훈련의 마지막 과정인 사격술 견학이었다. 사격장에 도착하자 곧 몇몇 차출된 조교들이 잘 연습된 연기자처럼 정형화된 소슬한 자세로 우리 앞에 나타났다. 그들은 어둠 덩어리 그 자체로 침묵하고 있었는데 우리와 똑같은 엠완 소총을 쥐고 있었다. 잠시 후 '앞에 총!' 하는 교관의 짧은 지시가 떨어지자, 믿기 어려울 만큼 정확히 일치된 각도와 방향으로 그들은 앞에 총 자세를 취했다. 우리는 풀밭에 주저앉아 오려붙인 듯이 그들의 동작 속으로 빨려들었다. 조교의 손에 들린 총은 이미 중량을 상실하고 있음이 분명하리라. 그들은 전혀 총 무게를 의식하지 않았고, 그런 초월의 무관심 속에서 모든 동작을 절도 있게 전개시켜 나갔다.

총검술의 제 유형이 끝나자 그들은 사격자세의 여러 형태를 취하기 시작했다. 나는 그들이 서서 쏴 자세를 보여주었을 때 말 그대로 감동했다. 높은 산정에서 눈 아래 아스라이 들녘을 내닫는 들짐승을 고요히 정조준하는 듯한 그 자세는 너무나 완전하고, 요컨대 몹시 남성적이어서 나는 거의 숨이 막혔다.

비스듬히 상체를 옆으로 비틀고 어깨 폭 만큼 벌려 딛은 두 다리의 그 미묘한 버팀 자세는 등줄기에서부터 허리 근육이 가차없이 내리뻗어, 국방색 좁은 바지에 터질듯 꽉 조인 엉덩이의 단단한 긴장을 강조시켰고, 영혼과 육신의 면밀함이 표적이라는 하나의 정점을 향해 비수로서 직진하듯 했다.

아아, 그리고 내가 총성을 처음 들었을 때, 그때의 그 복잡한 감정을 도대체 어떻게 설명해야 좋은가!

나는 사람이 만든 음향이 그토록 인간의 정신세계를 갈갈이 찢어놓을 줄은 짐작조차 못했다. 사격술 자세 소개가 끝나자 조교들은 일제히 '엎드려 쏴' 자세로 실탄을 장전했고 곧 25미터 표적을 향해 뜨거운 쇠뭉치를 날려 보냈는데, 탄피가 튀고 섬광이 완만한 호를 이루다가 건너편 암벽에 부딪쳐 천지사방으로 불꽃을 퉁기는, 그 모든 과정은 충격 그 자체였다. 총성이 울리자 주변 공기는 대번에 오그라 붙었고, 나의 신경 줄은 한쪽으로 잡아당기듯 뜯겨나갔다. 우리는 모두 입을 벌린 채 확장된 눈, 완전히 넋 나간 얼굴이 되었다. 내 발 밑의 풀잎, 눈앞의 관목 숲, 하늘의 별과 어둠의 산… 그 무엇도 움직이지 않았고 그 어느 것도 변한 것이 없음에도 불구하고 내 눈 앞의 모든 것은 이미 그 이전의 그 어느 것도 아니었다. 나는 내 어깨에 비스듬히 걸쳐진 엠완 총을 나도 모르게 풀밭 위로 내던졌다. 녀석은 어둠 속에서 이를 드러내듯 반짝 금속 부분을 차갑게 되쏘면서 어떤 불가사의한 미소를 짓는 듯했다.

그날 밤 집에 돌아와 부엌에서 대야에 물을 받아 세수할 때 아버지가 방문을 열고, '총도 만져 봤냐?' 하고 물었음을 기억한다. 나는 아무 대답도 하지 않았다. 나는 한참이나 방구석에 기대어 앉은 채 그저 앞에 무언가가 있으니까 본다는 식으로 아버지를 맥없이 바라보았다. '멀미를 먹었구만.' 아버지는 내가 상을 그냥 물리자 그것을 옆으로 치우고 예의 작업 용구함을 끼고 칼 연장으로 이리저리 나무 귀퉁이를 날리면서 목형을 다듬기 시작했다. 몹시 심란한지 아버지는 얼마 되지 않은 시간 동안 여러 개의 재료목을 거들내는 눈치였다. 한참 후 내가 총을 만져보았다고 하자 아버지는 잠깐 뜸을 들인 후 낮고 차가운 음성으로 '너 총도 쐈냐?' 하고 되물었다.

지금 생각해도 혼란은 매 한가지인데, 나는 우리 아버지의 얼굴만큼 표정해석이 힘든 얼굴도 없다고 본다. 사람이 그 표정을 숨김없이 상대에게 알려 줄 수 있는 가장 확실한 부분이 눈이라

할 때 아버지는 오른쪽 눈 절반이 6·25 사변 때의 전투로 짓이겨서, 하다못해 입술의 움직임이 그 기능을 대신해야 할 터인데, 죄송하지만 그 입술조차 한쪽 꼬리가 굳어버려 정말이지 상대가 어떻게 처신해야 마땅할지 항상 헷갈리게 했다.

"쏘아보지는 안혀도 쏘는 것은 보았는디."

아버지의 눈이 반짝 처올랐다.

"혀서 너도 쏘아보고 싶었어라?"

"그냥 소리가 컸어라. 아직도 귀가 멍한디…"

총성이 밤공기를 가르고 산골짝 골짝을 이동해나가는 그 적막한 울림을 나는 기억했다.

"어째, 너만이라도 말시, 영재 꼴이 안 나야 쓰것는디…."

아버지는 다시 이리저리 눈가늠을 하면서 조각도로 나무의 모서리를 얇게 날려 나가기 시작했다. 영재는 내가 중3 때 죽은 형의 이름이다. 하나밖에 없었던 형이었지만 내가 어렸을 때 죽었으므로 형에 대한 이야기를 하자면 좀 난감하다. 함께 각별히 나눈 추억거리가 없었기 때문이다.

기차 차창으로 이미 저녁 어스름이 내려와 있었다. 그 어스름을 배경으로 열차내의 풍경이 차츰 또렷이 차창에 반사되어 떠오르기 시작했다. 나는 차창에 비치는 예비군복 차림의 한 제대병 얼굴을 응시했다. 영재 형도 저 나이쯤 저렇게 생겼을까? 저 모습 어딘가에 형의 흔적이, 숨소리가, 살 냄새가 숨어 있을지 모른다. 형은 어떤 꿈과 환상을 인생에 걸고 살았던 것일까? 그의 짧고도 젊었던 생애가 목을 뜨겁게 했다. 흡사 대로를 질주하다가 갑자기 길이 쪼개지면서 나타난 단애에 다다른 듯한 참혹한 느낌으로 내 가슴에 와 닿는다.

이상하게 형의 모습이 잘 떠오르지 않는다.

내가 비밀리 보관한 사진첩을 뒤져봐야 아, 이 사람이었지 할 만큼 형에 대한 기억은 심하게 뭉개진 편이다. 그 사진 속의 형은 그 당시의 유행인 듯, 상반신을 약간 틀고 앉아 사진 왼쪽 가장자리께로 시선을 두고 있었는데, 하기야 동네 사진관의 실내 조명등 하나를 택해 시선을 맞추었을 터이지만 놀랍도록 깨끗한 생김이어서 그 사진을 꺼내 볼 때마다 나는 의외의 느낌이 들었다. 형은 가족 중에도 유달리 머리카락이 곱슬곱슬했고 다소 여윈 듯 키가 가볍게 솟은 인상을 주었으며 게다가 참 잘 웃었다. 그 미소는 당시 어렸던 내 눈에도 묘하다 싶을 만큼 사람을 끄는 그 무엇이 있었다.

형에 대한 나의 태도는 우호적이라기보다는 이중적인 적대감으로 시종했음이 솔직한 말일 것이다. 나는 형의 그 잘 생기고 학업에 특출한 모범생적인 모든 면에 대해 손아래 아우다운 성마른 조바심을 숨길 수 없어서, 형의 그 관용적인 슬픈 미소에 대항하듯 유치한 몸짓, 우스꽝스런 저항, 폭력적인 항변으로 형에게 곧잘 대들었다.

형을 기억할 때마다 형의 국민학교 졸업식 장면만이 비교적 또렷이 재생되는 것도 참 기이하다. 형의 국민학교 졸업식 때 나는 형이 전체 졸업생을 대표해서 답사를 읽고 쉴 새 없이 시상대로 자주 불려나가는 것을 보고 형은 참 귀찮겠구나 하고 생각했다. 그때 아버지는 외투 속에 나를 끼고 앉아서 형의 이름이 불릴 때마다 어린 나를 꽉 껴안곤 하여 눈이 다 튀어나올 뻔하였다. 식이 끝난 뒤 우리 세 식구는 학교 밑 시장 통 입구의 중국집에서 더운 우동을 시켜 먹었던 기억도 또렷하다.

형이 시내의 중학교를 졸업할 때 나는 국민학교 4학년이었다. 졸업식장의 학부형석에 도착하자마자 나는 아버지의 됨됨이를 좀은 파악한 나이였으므로 미리 좌석을 둘 잡아 가능한 아버지와 거리를 두고 앉았다. 아버지는 껴안지 못해 아쉬우나 나의 한쪽 손을 쥐고 식을 지켜보는 것으로 만족해야 했다. 나는 아버지의 손이 미심쩍고 속이 상했지만 참았다. 그날도 형은 많은 상을 받았다 그리고 졸업생 전체를 대신하여 초등학교 때처럼 답사를 읽었다.

형의 고등학교 졸업식에 대해서는 특별히 기억되는 일이 없다. 나 역시 학교생활에 물 든 탓인지 무엇보다 식이라는 게 딱 지겨웠다. 나는 형이 물려준 검정 교복과 단화를 신고 아버지와 나란히 앉아 식을 지켜보았다. 이번에는 아버지가 손잡는 것조차 나는 허용하지 않았다. 그 대신 아버지는 참 귀여운 내 새끼 하는 얼굴로 그 짜부라진 눈웃음을 내게 지어보여서 나는 자존심이 상했다.

졸업식은 엇비슷하게 높은 사람들의 축사로 맥없이 길어졌고, 시장이나 교육감 같은 인물이 바뀔 때마다 악대부들의 행진곡이 천둥처럼 터져 나오는 바람에 정신이 다 달아나곤 했다. 왜 음악이 그처럼 천둥소리로 터져 나와야 하는지 말이다.

형은 그날 학업성적이 매우 우수하나 가정 형편이 몹시 딱한 학생들에게 수여하는 상을, 그 상을 받도록 예정된 몇몇을 대표해서 수상했다. 형은 그 학교 동창회가 주는 탁상용 뻐꾹새 시계와 그 외 여러 가지 자질구레한 상장과 상품을 받았다. 나는 이 모든 수여와 접수 동작이 사전에 충분히 예행연습된 것임을 잘 알고 있었으므로 싱겁기 그지없었다. 나 역시 지난 해 초등학교를 졸업하면서 제법 괜찮고 굵직한 상들을 거두어 왔는데 예행연습을 몇 번이나 치룬 후였으므로 실지 졸업식 때는 짜증이 날 지경이었다. 그래서 나는 시상대에 선 형의 무표정한 얼굴이 이해가 되었고 또 마음에 들었다.

그해 늦겨울, 형은 서울로 올라가 대입시험을 치뤘고 합격되자 곧 우리 곁을 떠나 하숙생활을 시작했다. 그로써 형에 대한 나의 기억은 단절된다.

형은 대학생활과 서울의 이모저모에 대한 내용을 편지로 가끔 보내주었다. 나는 형의 편지를 받을 때마다 그 문장들이 마음에 차지 않아 경고성 답장을 퉁명스레 작성하여 보내주곤 했다. 정말이지 형은 그 당시의 내 수준을 너무 얕잡아 보았음에 틀림이 없다. 형의 편지는 거의 변함없이, 성균관 유생이 아직 초당에나 다니는 아우에게 글월을 띄우는 투의 고루한 내용이었으므로, 나는 답신으로 지금 생각하면 소름이 끼칠 정도의 초보적인 철학 용어를 복잡하게 조립한 사춘기 특유의 한심한 암호문을 보냈다. 일테면, 인생의 모호함과 죽음의 심층적 의미, 혼돈된 의식 세계의 불확실성 같은 말도 안 되는 어휘와 문장들로….

그러나, 아버지는 달랐다. 아버지는 형의 편지를 받을 때마다 지나치게 기뻐했고 급기야는 그 기쁨이 눈물로 변하고 나를 끌어안고 목을 부비고 밤늦도록 홀로 거나하게 소주를 자작하는 등, 우리 삼부자는 어째서 인생관이 이토록 제각각일까 하여 심란하기까지 했다.

군에 입대해서도 형은 마찬가지였다. 형은 대학교 2학년 중간에 영장이 나와 강원도 전방부대로 군 생활을 시작했는데, 그때의 편지 역시 내용이 참 한심했다. 요컨대 중동부 전선의 맑은 고산 기후가 자신의 심신에 미치는 영향에 대한 긍정적인 이야기로 편지의 절반이 할애되어 있었고, '새벽안개를 박차고 힘껏 연병장을 구보할 때, 아직도 잠 속에 빠져 있을 어린 너를 생각하고 이 형은 미소 짓는단다'하는 대목에서는 그만 목 놓아 울고 싶었다.

내가 형을 마지막 보게 된 것은 형이 입대한 지 일병도 되지 않아 특별 휴가를 받고 집에 왔을 때였다. 형은 자신이 소속된 부대가 베트남 전쟁에 곧 가담하게 되었다는 것과 몇 개월간 작전이 수행된 뒤 후속부대와 교체되어 바로 귀국하게 될 것이라는 점을 아버지에게 간단명료하게 전했다. 물론 아버지가 받은 정신적인 충격은 상당했다. 아버지는 한동안 말을 잊은 채 눈앞에 있는 형의 실체를 넘어 형이 사라지고 없는 텅 빈 공간을 보는 듯했다.

그 며칠 동안 집에서의 형은 놀랄 만큼 침착했다. 언행이 몹시 온화했으며 신비하리만큼 은은한 미소로써 고요한 명상에 잠기곤 했다. 일테면 형은 조발상태가 매우 단정한 젊은 구도자였다.

형이 휴가를 마치고 귀대한지 한 달 쯤 뒤 아버지와 나는 밤기차를 타고 부산으로 갔다. 야행열차는 몹시 더웠고 차창에 떠오르는 내 모습이 너무 애처롭게 지쳐보여 어린 나이에 내가 고생을 너무하고 있다고 생각했다.

좁고 끝없는 선로를 따라 기차는 밤새도록 쿵쾅대며 달렸다. 우리는 섬진강 하구를 건너 소백산맥의 이동 지방과, 멀리 지리산 영봉 아래 여러 산줄기와, 하천, 들판의 적요를 지나 새벽 무렵 마침내 안개가 낮게 깔린 낙동강 하구를 나란히 남행했고, 곧 부산에 진입했다.

우리가 부산 제3 부두에 도착했을 때 국군장병 파월환송식은 거의 끝나가고 있었다.

나는 난생 처음 배라는 것을 구경했는데, 미합중국 소유인 그 수송선의 엄청난 위용에 완전히 압도되어, 이 모든 놀라움 속에서 아버지를 놓쳐버리면 그야말로 끝장이라는 조바심으로 와들

와들 온 몸이 떨렸다. 나는 아버지의 손에 이끌린 채 사람들을 헤치고 그 거대한 수송선의 전면께로 나아가려고 악을 썼다. 부두 중앙의 가설무대에선 가수들의 파월군인 환송잔치가 해군 취주악단의 굉장한 연주와 함께 부두 전체를 들뜬 축제의 감흥으로 뒤덮고 있었다. 내 또래의 동원된 수천의 도시 중학생들이 손수건만한 태극기를 청소 때 쓰는 먼지떨이 마냥 소란스레 흔들어대며 목청껏 가수들의 노래를 따라 부르고 있었다.

도대체 이런 판국이었으므로 우리 부자가 수송선 갑판에 수천의 밤송이처럼 아래를 내려다보고 웃고 울며 모자를 흔들어대는 파월 장병들 중에서 형을 찾는다는 것은 애초부터 불가능했다. 때문에 우리가 준비한 피켓은 아무짝에도 쓸모가 없었다. 부산에 오기 전날 아버지는 부두 바닥에서 배 위에 있을 형을 찾기 쉽도록, 제법 큰 송판을 곱게 다듬어 화선지로 도배한 뒤 먹물로 「맹호부대 일병 김영재, 전남 화순」이라고 썼었다. 부두 전체는 엇비슷한 수백 개의 송판이 물결치고 만국기와 색 테이프로 뒤덮혀 무엇이 어떻게 돌아가고 있는지 종잡을 수 없었다. 귀청을 찢는 행진곡, 간드러진 여가수의 노래, 그리고 줄곧 출항을 예고하고 있는 바리톤 남저음의 엄청난 뱃고동 소리로 부두는 온통 난장이었다.

이 개미 떼처럼 아우성치는 부두 바닥의 사람들을 내려다보고 형은 무슨 생각을 하고 있었을까… 나는 헛되이 고개를 쳐들고 거대한 성채처럼 높은 수송선 난가의 파월병들 속에서도 형의 얼굴을 찾으려고 악을 썼다. 모두가 내 형같은, 고만고만하게 앳띤 장병들의 포도송이 같은 얼굴을 더듬으면서, 이게 끝장이다! 나는 이제 두 번 다시 형을 보지 못할 것이다! 하는 방정맞은 예감이 뇌리에 와 박혔다.

이윽고 수송선이 물살을 밀어나며 접안 부두를 벗어났다. 선수가 방향을 잡아 상체를 높게 치켜세웠다. 그 각도가 흡족했는지 수송선은 곧 속력을 높혀 부산 외항을 벗어났고 눈 깜짝할 사이에 대한해협으로 접어들었다가 곧 하늘과 바다의 애매모호한 경계사이로 사라졌다.

아버지와 나는 기차를 타고 그날 밤 고향으로 되돌아갔다. 그리고는 그것으로 끝이었다. 한 달 뒤 우리는 형의 전사 소식을 받았는데 몇 가지 간단한 유품이 조그만 박스 속에 담겨왔던 것이 기억된다.

나는 서울로의 대학진학은 포기했다. 나라는 존재가 아버지에게 어떤 의미인지를 나는 충분히 깨달았으며, 가능한 아버지에게 처음부터 자식이 나 하나밖에 없었던 것처럼 보이려 애를 썼다. 아버지는 잘 속지 않았다. 아버지는 사태를 객관적으로 받아들이기를 거부했다. 아버지는 형이 살아있는 것처럼 생활할 때가 드물지 않았다. 나는 아버지의 그런 상태를 굳이 말리려 들지는 않았다.

아버지는 미친 사람 같았다. 그해 80년 5월 내내.

그 당시 우리는 화순과 광주의 경계에 살았다. 아버지는 시내에서 돌아오지 않았다. 나는 야산을 타고 마을 뒤편 송림 숲을 헤치며 시내로 나가 아버지를 찾아다녔다. 학교 수업은 이미 거덜이 나 있던 터였고 끊긴 통학 버스길을 야산의 아슴한 고도에서 내려다보면서 나는 가슴이 탔다. 아버지를 찾아야 한다. 나는 그 생각만 했다. 사람들의 아우성, 확성기의 소음, 무서운 소문과 소문, 달리는 수많은 맨발의 달음박질 속에서도 나는 아버지가 꼭 이번에야말로 처형되고 말 것이라는 강박에 목이 죄이듯 했다.

도시는 그 전체가 인간의 열렬한 감정의 노도로 불붙고 있었다. 머리 위로 헬기가 낮게 스칠 듯 선회하면서 반짝이는 은빛 선무 전단을 살포하고 있었다. 나는 도청 앞 대로와 남도예술회관 길을 내달으면서, 이 경우 학생증을 버려야 할지, 아니면 죽어도 보관해야 할 지 도무지 갈피가 잡히지 않아 심란했다.

아버지는 어디에 있을까? 어디에서 그 절름대는 외다리를 곧추세우며 핏발 서린 눈을 들어 악을 쓰고 있을까? 아니면 그 총을 꺼내 쥐고 그 어딘가를 그 누군가를… 그 어떤 집단, 절망, 분노, 추억, 상처를 향해 쏘아대고 있을까? 아니 아버지는 이미 죽었을지도 모른다. 이런 경우, 아버지 같은 빨갱이가 가장 먼저 당했을 거라는 확신에 가까운 상상으로 나는 갈팡질팡 이 골목 저 구석을 정신없이 헤매고 다녔다.

밤에도 아버지는 돌아오지 않았다.

밤에 집 뒤 야산 송림 숲을 되돌아 올 때, 나는 많은 사람들이 야음을 이용해 시내로 들어가는 것과 빠져나가는 것을 동시에 관찰할 수 있었다. 그들은 어둠 속에서 부딪칠 때마다 상호 몹시 겁을 먹고 있었고 노인네들은 무슨 음식 보퉁이 같은 것을 껴안고 서둘러 내 곁을 지나쳐 갔다.

다음날 아침 나는 어제까지 다니던 그 야간 길조차 봉쇄되었음을 알았다. 마을의 대로로 엄청난 땅울림을 퍼올리면서 군의 중차량이 밀어닥쳤는데, 푸른 보리밭 아래 편편한 개활지에 임시 군막사가 가설되었고, 군인들이 무논 위의 저수지에 나와 일렬로 소변보는 모습이 눈에 잡혔다. 우리 마을뿐만은 아닐 것이다. 이미 도시는 포위되었을 것이고 나는 이미 그 도시에 있지 않았다. 그곳 도시에 내가 다니는 고등학교가 남아 있다고 생각되자 나는 눈물이 맥없이 솟아났다.

나는 그날 하루 내내, 다시 시내로 돌아가야 할지 아니면 그냥 주저앉은 채 아버지를 기다려야할 지를 작정 못하고, 마을사람들의 무리와 무리 사이에 끼인 채 집단적으로 움직이는 군단의 행렬을 지켜보았다.

그 다음날 밤 작전은 시작되었다. 아버지는 돌아오지 않았다. 동이 완전히 틀 무렵 작전은 끝이 났다. 정오에 이르러 사태가 진정되었음을 공식적으로 알리는 방송을 나는 들었다. 아버지는 그로부터 이틀이 지난 밤에 돌아왔다. 그리고 또 이틀을 단 한마디의 말도 없이 완전한 단식의 상태로 누워 있었다. 가끔 눈을 뜰 때마다 아버지의 눈빛은 희생자의 슬픈 사연을 담고 있는 듯했다. 그는 앙상했고 뼈뿐인 나무 삭정이었다.

그로부터 며칠 뒤 어느 날 밤 잠결에 나는 아주 낯선, 쇠가 쇠에 연결되는 마찰음을 들었다. 윗목에 벽을 등진 나를 향한 정면의 위치에 아버지가 총을 꺼내들고 탄환을 채우고 있었다. 아아 빨갱이 아버지! 나는 심장이 대번에 뒤틀리면서 와들와들 몸이 사정없이 놀았다. 아버지는 그런 나를 아랑곳하지 않고 거의 치매에 가까운 무구한 얼굴 그대로 총알을 끼우고는 다시 되쏟는 짓을 반복했다. 이미 깨어서 지켜보는 나를, 당신이 알면서도 무시한다는 깨달음이 얼마나 끔찍한 공포였던지 나는 식은땀을 흘리면서 죽을 것만 같았다. 어째서 아버지는 아직도 빨갱이 짓을 하고 있을까?

가을이었고, 신검을 받은 이듬해, 그러니까 대학교 3학년 가을 학기를 중단하고 그해 9월 나는 입대했다. 정직히 말하자면 고등학교 때의 일일병영 입소를 기억하고는 가능하다면 나는 입영을 피하고 싶었다.

학군단 앞, 화사한 플라타너스 숲 아래서 그날 교외선 입대열차를 타는 학부생을 위해 대학에서 제공한 스쿨버스에 우리들 입대생들은 올랐다. 플라타너스 숲 뒤 농대 실습전답이 눈에 들었고, 추수를 앞둔 조생종 벼가 초가을 오후의 낮은 바람에 끝없이 물결치고 있었음을 기억한다. 그 부드러운 흐름이 지평선 가까이 까지 이어졌는데, 그 끝간 경계선에서부터 가을 하늘이 우리 머리 위로 찬란히 넘어가고 있었다.

나는 그때 아버지가 학군단 국기게양대 계단 부근에서 나를 찾고 있음을 보았다. 아버지는 예의 웃음인지 울음인지 애매하기만 한 입술 모양새와 짜부라진 눈, 다리의 뒤뚱거림을 유난히 표나게 드러내며 게양대 주변을 우왕좌왕하고 있었다. 나는 그냥 버스에 눌러앉아 있었다. 아버지가 상이용사로 정부가 발주한 증명서를 갖고 있음을 나는 거의 고3 때에야 알게 되었다. 우연히 그 증명서를 보게 된 나는 아버지가 빨갱이가 아니라는 데 대한 안도감보다도 이런 증명서를 소지할 만큼 전쟁으로 정신적 상처까지 입었음이 분명할 터이고, 그 체험이야말로 아버지 후반기 인생의 성격에 독기에 가까운 요소로 작용하게 되어, 어쩌면 빨갱이와 거의 다를 바 없는 폭력적인 기질이 새로 조직되었을지도 모를 일이 아닌가 했다.

나는 그 언젠가 당신의 총을 친구들 앞에서 멋모르고 자랑했다가 늘씬하게 얻어맞았던 어릴 때의 기억, 아버지에 대한 말 그대로의 공포를 늘 전류에 감응된 것처럼 잊지 않고 있었다. 그 탓인지 아버지가 빨갱이가 아니라면, 그에 맞겨룰만한 독한 과거가 있을 사람임에 틀림없다 라는 망집에 가까운 믿음을 품게 되었다.

"그곳 훈련받는 훈련소에 전화번호라도 알 수 없으까이? 네가 훈련 중이더라도 말시, 안부를 알 수 있지 않을까 혀서 말인디…."

전날 밤 아버지의 말이었다.

차창으로 같은 과 학생들이 몰려와 창을 두들기며 뭐라 말하는 듯했고, 웃고 있었고, 더러는 V자를 그려 보이거나 노래를 우렁차게 불렀고, 또 몇몇은 카스테라 빵과 우유통을 넣어주기도 했다. 차가 움직이자 모두 한쪽으로 비켜서면서 구호를 외치며 운동권 노래를 어른용 동요조로 불러주었다. 차츰 그들의 모습이 버스 창밖으로 응축되어 줄어지면서 우리는 초가을 오후의 교정을 빠져나갔다.

훈련소에서의 생활은 몹시 고통스러웠고 지나치게 절망적이었다. 그저 이러한 곳은 한시바삐 벗어나야 한다는 조바심만 날이 갈수록 나를 흉하게 갉아 먹었다.

야간 경계훈련, 제식훈련, 정훈시간, 군가연습, 신형 총검술, 그 많은 체력단련, 유격훈련, 수류탄 투척, 총기수입, 야간점호, 일률적인 소등과 취침…. 연병장 거울 속에 비치는 내 얼굴은 이미 학생이 아니었고 인간이 아니었고 눈빛만이 불안하게 흔들리는 겁먹은 짐승이었다. 그 옛날 형이 갓 입대하여 나에게 보낸 그 낭만적인 편지 구절이 불가사의하게 느껴졌다. 나는 형의 그 숨겨진 냉정함과 잔인에 가까운 인내력에 소름이 끼쳤다.

어느 날 우리는 훈련의 마지막 코스인 사격훈련을, 서둘러 지급된 판초 우의를 뒤집어 쓴 채 받지 않으면 안 되었다. 새벽부터 뇌성과 함께 폭우가 쏟아졌다.

우리는 30명씩 교대로 사격선으로 불려나갔고, 차례가 되지 않았거나 이미 끝난 병사들은 야외 강의장의 루핑 천정에 퍼붓는 엄청난 빗소리를 머리에 인 채 동료들의 사격을 소리죽여 지켜보아야 했다. 최초의 총성이 울리자 그 첫 총성에 감염된 듯 집단적인 급작사격이 뒤따라 터져 나왔다. 그 후 다소 소강된 침묵, 그러다가 또 터지는 느닷없는 총성, 간헐적인 토막 총성, 긴 침묵, 다시 터지는 동시다발… 이미 그 총성은 내가 고등학교 때 들었던 그 최초의 감동과는 이미 거리가 있었다. 나는 그 소리가 참을 수 없었다.

마침내 내 차례가 되었다. 우리는 사격선에서 빗속을 가로질러 가서 표적지를 표적 판에 핀으로 고정시킨 뒤 되돌아와 한 클립의 탄환을 장전했다. 총이 손에 쥐어졌을 때 이 세상의 모든 이성과 관념은 분해되었다. 사격명령이 내려졌다. 최초 사격 때 나는 내 두 손아귀에 움켜잡힌 소총이 나의 모든 관절 조립부분을 퉁겨내는 듯한 충격을 받았다. 탄피가 뛰어올랐고 나는 내 자신도 모르게 급작사격을 가하고 있었다. 나는 땅바닥에 머리를 처박고 두 눈을 꼭 감았다. 내리 꽂히듯 빗줄기가 이마 위에 사정없이 쏟아졌다.

"우선 사격 끝!"

"좌선 사격 끝!"

"표적지 앞으로!"

우리는 다시 빗속을 가로질러 표적지로 다가섰다. 나는 내 표적지의 중앙 우측 상단으로 두 개의 관통된 탄환 흔적을 확인했다.

비구름이 여러 겹으로 뒤섞여 덮쳤는데 강한 비바람 탓인지 굵은 비의 흐름이 거의 수평 상태로 몰려왔다. 우리는 그 빗속에 중식을 배급받았고 지붕도 없는 계단식 간이 야외 사격교장에 쪼그리고 앉아 뜨거운 국물을 허겁지겁 마시면서 오한을 떨치려 애를 썼다. 비에 젖은 우리는 서로 이질적인 낯선 얼굴이 되어 상대편의 궁핍을 훔쳐보았으며, 그런 상대로부터 이상스레 마음을 놓을 수 없는 초조함과 불유쾌함, 이유 모를 적개심을 교환했다. 멀건 고깃국물이 빗물에 막을 이루며 굳어가는 것을 한참동안 꼼짝도 하지 않고 나는 내려다보면서 이후 나의 군 생활이 어떤 모습으로 내 등 뒤에 다가설 것인가를 차갑게 예감했다.

나는 전경으로 배속되어 갔다. 이 말을 과거체로 쓸 수 있어 기쁘다.

우리는 하루만에도 서울의 여러 지역으로 이동하기도 했고 몇날 며칠을 한 광장에서만 버티기도 했다. 시위의 양상이 시시각각 달라질 뿐 아니라 그들로부터의 거짓 정보가 상부의 판단 능력을 교란시켜 그 덕분에 우리는 늘상 이곳저곳의 화재지역으로 닦달질 당하는 소방수 꼴이 되기도 했다.

제대 말년에 이르러, 나는 피로로 거의 심신이 거덜 날 상태임에도 불구하고 우리를 향해 까맣게 몰려오는 시위 군중들, 그 무수한 돌팔매질과 화염병 속에서 혹은 그들을 향해 자욱하니 최루탄을 쏘아 올리는 동료들 가운데에 망연히 선 채, 이것은 아니다! 이것은 아니다! 라는 외침이 목구멍까지 비집고 올라오곤 했다.

작전버스에 실려 군중들 시이를 헤집고 나가면서 나는 여기가 수도 서울임에도 불구하고 아버지가 저들 아우성치는 시위대속에 있을 것 같은 조바심으로 입안이 다 탈 지경이었다.

시위는 해가 갈수록 시가전의 양상으로 진입했다. 그들 악착같은 시위 군중의 머리 위로 최루탄은 무슨 축복의 폭음탄처럼 터져나갔다. 아버지는 어디에 있는가. 내 이마가 그 누군가로부터 정조준 되고 있는 듯한 짜릿한 공포에 나는 아찔했다. 나는 지금 무엇을 하고 있는 것인가. 왜 달아나지 못하는가. 저들은 누구이며 나는 또 누구인가…. 나는 진땀이 배였고, 통풍이 시원찮은 방독면 속에서 기절할 것만 같았다. 우리는 적지 않은 밤을 교체되지 못한 상태로 도로변 상가 샤터에 기댄 채 잠을 자야 하기도 했다. 나는 죽고 싶었다.

기차에 내려서 본 도시는 변한 것이 없었다. 적어도 겉보기는 그랬다.

내가 떠날 때와 다시 돌아왔을 때의 시간적인 거리가 기이하리만큼 맞붙어 있었다. 그 정지된 시간, 그러니까 얼어붙은 채 조금도 나아가지 못한 시각 그 자체의 진공 속에 생존한 것이 아닌가 하고 여겨질 정도였다.

떠날 때와 마찬가지로 광주 역구내에는 그해 5월의 희생자 사진들이, 시신의 갖가지 모습들이 중앙 기둥 벽에 대자보로 붙어 있었고, 유가족협의회에서 나온 사람들의 내용 설명과 호소가 와랑와랑 울려나고 있었다. 역 광장은 예나 지금이나 많은 인파로 어지러웠다. 그들 찌든 일상의 황폐한 얼굴에서 나는 급작스런 멀미증과 함께 미래의 내가 저 속에 있으리라는 두려움으로 아찔하기까지 했다.

화순 방면의 버스를 타기 위해 나는 공용터미널로 갔다. 그곳에서도 떠날 때와 똑같은 모습이 재현되고 있었다. 그저 우왕좌왕하는 거처럼 보이는 행인들과 터미널 내의 기둥에 붙은 대형 희생자 사진, 세세한 대자보, 그날의 상황을 담은 비디오테이프 등이 쌓인 채 그들 갈구의 눈길들이 지나가는 사람들의 눈을 붙잡으려 부산히 움직이고 있었다.

"그려, 야는 내 아들인디, 그날 도청 광장에서 맞아 죽었어라, 뭔 말로 다 혀까이… 인자사 말한담시, 억장이 무너져 한 삼년간나 말문 닫아뻐져라. 지금 쪼매 숨통이 튀어, 요로컴시 나와 설랑 쪼께 떠들기도 한다만시, 에쿠 말 마시소…."

이상하게 그들 희생자협의회 부녀자들은 그들이 말하는 내용과는 다르게 몹시 편안한 얼굴, 그저 지나가는 농담이나 하듯 무참히 뭉개진 사진을 가리키며 느긋하게 웃기까지 했다. 순간 나는, 저렇게 머리가 바스라져 피를 흘리며 눈은 반쯤 치뜬 채 죽은 청년이 분명 저 아낙의 자식이란 말인가? 하는 의아심이 들었다.

세월 탓인가? 아니면 몹쓸 것이 인간의 망각이란 말인가? 아니면, 아니면, 살아남은 살붙이가 나름대로 터득한 생존의 미덕이란 말인가? 이미 그 무언가를 용서하고 있음인가?

나는 부끄러웠다. 나는 광주를 떠났으나 그 도시와 멀어질수록 오히려 더욱 그곳으로 강하게 당겨지는 듯한 알 수 없는 힘으로 가슴이 욱죄었다.

예견한대로 아버지는 집에 없었다. 그는 아마 인근 읍의 완구점을 돌면서 목각 인형들을 넘기며 다니는 중일 터이다. 밤은 이미 깊었고 가을 풀벌레 소리가 무수한 추억더미로 떠오르고 있었다.

나는 지급받은 예비군복을 벗어 서랍장 깊숙이 넣어 두었다. 그리고 바깥으로 나가 집 마당의 우물물을 길어 세수를 했고, 발을 담그고 하늘을 올려다보았다. 이미 예전의 별들이 아닌 새로운 수많은 별들이 밤하늘에 박힌 채 깜빡이고 있었다. 단 한 잎의 나뭇잎도 풀포기도 돌멩이도, 심지어 가볍게 흐르는 바람까지도 어제의 그것이 아닌 다감한 실체로 나를 둘러싸고 있었다. 그런 느낌은 사뭇 상쾌하기까지 했다.

나는 저녁도 먹지 않고 잠을 잤다. 굶주린 자 특유의, 애처로운 결핍 속에 빠져드는 잠은 거의 행복하기까지 했다.

새벽 무렵 나는 아버지의 총을 찾아내었다. 금기의 장소. 나는 아무런 주저나 두려움 없이 다락으로 올라가 유년 때 아찔한 추억을 주었던 그 총을 네 발의 탄환과 함께 찾아 쥐었다. 그 총은 더 이상 무겁지도 않았고 흥분도 안겨주지 않았다.

나는 들판으로 나갔다. 그리고 총을 겨누었다. 아직 어두운 박명의 막이 드리워져 있는 중첩된 먼 산을 향해, 가을걷이가 끝난 들녘을 향해, 누워 잠든 푸르게 싱싱한 새벽 강을 조준하여 쏘았고, 마지막은 붉은 깃털 꼴로 찬란히 번져 나오는 새벽하늘 언저리를 정조준해 쏘았다. 들판 가득히 놀란 새떼들이 힘찬 날갯짓으로 일제히 떠오르기 시작했다.

나는 논두렁길을 한참 걸어 강가로 나갔다. 강 수면이 햇살에 물비늘을 털며 일어서고 있었다. 나는 총을 그 불타오르는 강의 한 가운데로 힘껏 내던졌다. 총을 삼킬 때 놀란 듯 강 수면은 물살을 튕겼고, 서둘러 수면을 단속한 뒤, 강은 곧바로 온화한 물살, 찬란한 색조로 되살아났다.

나는 아버지가 돌아올 새벽 신작로를 문득 바라보았다.

가대기의 노래

"행님, 내사 행님이 그럴 분이 아니라꼬 맨날 케싸도, 어무이가 연락은 미리 꼭 해둬야 쓴다케서 이렇게 허는 수 없이 또 통지 안합니꺼, 알고 계신교? 오늘이 아버님 기일인 것 말입니더?"

　　의외로 수화기가 증폭된 소리를 전하는 바람에 처음 나는 동생이 읍내에라도 도착한 것으로 착각했다.

　　내가 아버지 제샛날을 잊을 수 있을까? 미안하지만 그것은 불가능한 일이다. 음력 이월 초사흘이 다가올 때마다 나는 그 며칠 전부터 나도 모르게 주변을 정리하는 이상한 괴벽이 나타나곤 한다. 교무실 내 책상 서랍이나 담당 캐비넷 속을 정리하는 것에서부터, 흩어져 어지러운 각종 영수증을 모아 철한다든지 오랜만에 하숙방을 대청소할 뿐 아니라, 심지어는 서랍장까지 비운 뒤 속옷과 일상복, 외출복으로 구분해서 정돈하기도 하였다.

항상 그랬지만 동생의 음성은 흡사 친구 사이에 헤어지면서 몇 마디 건투를 비는 음성처럼 약간 들떠 있었고, 피차 혈연적인 믿음은 분명하나 속마음을 트기에는 이미 나이를 꽤 먹어버린 야속스런 냉랭함을 느끼게 했다.

오후 수업을 뒷날 보강으로 돌린 후 나는 열차에 올랐다. 밀양에서 부산까지는 채 한 시간도 소요되지 않았다.

나는 지하철 공사로 마구 파헤쳐진 부산역 광장을 빠져 나오면서 어째서 내가 태어난 이곳이 이렇게 항상 낯설기만 한지 참 신기했다. 영도로 직행하는 노선버스가 많았으나 나는 군이 남포동 방면의 버스에 올랐다.

나만의 연례적인 순례가 시작되었다. 아직 그 통선 나룻배가 있다면… 남포동에서 내려 자갈치 시장 아래쪽 남향으로 걸어가면서 내 가슴은 사뭇 뛰기 시작했다. 아, 아직도 그 통선 나룻배가 있다면….

남항에는 대개 고만고만한 어선들이 상당수 정박해 있었는데 물살에 따라 흔들리는 마스트의 움직임이, 여러 가지의 십자가가 아지랑이 자욱한 들판에 묘지를 이루며 살아 움직이는 듯한 착각을 안겨 주었다. 통선 나룻배는 아직 운항 중이었다.

나는 부교를 건너 막 떠나려던 통선에 뛰어올랐다. 물살을 밀쳐내면서 배는 절반쯤 선미만을 회전시킨 후 이윽고 방향을 잡아 나갔다.

건너편 영도의 해안이 부풀어 올랐다 내리면서 점점 확실한 풍경으로 근접해 왔다. 섬이 다가올수록 나는 이상하게 그 섬 전체에서 나를 휩싸는 어떤 강렬한 음향을 느끼게 되었다. 나는 가슴이 크게 흔들리기 시작했고 천지사방에서 나를 부르는 어떤 울림소리를 분명히 들었다. 나는 소름이 끼쳤다.

그러다가, 나의 시야 속으로 거의 벌거벗은 채 '어허야 디야⋯' 가대기 노래를 부르며 짐을 부리는 일단의 노무자들이 나타났는데, 그들 주홍빛으로 달궈진 어깨 위로 대낮의 일광이 단조하게 내리쬐는, 그 바래고 오래된 내 먼 기억의 잔상이 꿈결처럼 다가왔다.

아버지에 대한 잡다한 추억 중 가장 최초로 부각되는 장면은 이십 수년이 지난 오늘까지 기이할 정도로 항시 동생과 관련된 국민학교 부분에서였다. 어느 누구도 그깐 일로 평생을 두고 상처받지는 않겠지만 아버지가 처음 학교에 왔던 날을 잊을 수 없다. 그때 나는 국민학교 졸업반이었고 동생은 두 학년 아래인 4학년생이었다.

가을 학기로 기억되는 것이 가을도 꽤 깊거나 아니면 이미 지난 뒤로 학교 뒷마당의 교내 급식소 높은 은행나무의 그 요란하던 단풍이 뇌리에 아직도 선명하다.

쉬는 시간이 끝나고 다음 수업을 위해 교실로 뛰어가던 나는 그 은행나무 밑에서 책가방을 옆구리에 낀 채 무심히 하늘을 올려다보던 동생을 발견했다. 동생은 버스를 지루하게 기다리고 있는 행인 표정이었다. 나는 순간 가슴이 철렁 내려앉았다.

아버지가 왔을지도 모른다. 그것은 무서운 직감이 되어 짜릿한 전류상태로 나를 충전시켰다. 지난 밤은 그야말로 악몽이었다. 새벽에 어머니의 눈자위 피부가 짙푸르게 죽은 것을 나는 보았다. 그런 장면들을 뿌리치려고 모질게 마음을 단속할수록 오히려 등에서는 진땀이 내밸 지경이었다.

"니, 와, 이 카고 있노? 와 카노?"

나는 동생 앞으로 완전히 다가서지는 않고 일정한 간격을 두어 흡사 어둠을 향하듯 불안하고도 성마른 초초한 음성으로 물었다. 동생은 흘깃 나를 바라보다가 예의 그 대수롭지 않은 듯한 몸짓으로 어깨를 치켜 올린 뒤 신발 코로 쿡쿡 땅바닥 흙을 두어 번 차 올렸다. 그리곤 카악 침을 돋우며 뱉은 뒤 그 결에 다소 갈라지는 어른스런 음성이 되어

"이딴 문디겉은 핵교, 내사 그만 둘 끼라, 그 말 아이가!"

하고 말했다.

"그래서 니는, 아예 가방까지 끼구 서 있는 기가? 그래서 그런 기가?"

나는 짐짓 사태를 알면서도 그냥 막무가내 악을 썼다.

수업시작 종 소리가 땅땅땅 하고 들려왔다. 당직 선생이 타종용 나무망치를 쥔 채 창문 속으로 막 그 상체를 회수하는 중이었고 몇몇 선생들이 교과서와 분필 등을 쥔 종종걸음으로 교무실 계단을 내려오는 게 눈에 잡혔다.

"시방 아부지가 내 담임 선생님을 만나고 있는 기라. 가면서 내 보고 책가방을 챙기고, 여기 서 있어라 캤다 아이가. 그래서 이 카고 있는 기다, 와!"

동생은 이번엔 주먹으로 쿵쿵 은행나무의 그 실한 둥치를 두어 번 쥐어박았다. 예감은 적중했다. 학교에 지금 아버지가 와 있다. 어머니의 반대쯤은 이제 아무런 힘도 되지 못한다. 동생 담임에게 아버지는 도대체 무슨 말로써 동생의 자퇴를 설명할까? 그리고, 그것이 동생의 담임이 아니라 바로 나의 담임선생이라면.

나는 교실로 뛰어들었다. 수업은 시작되었다. 그러나 나는 소경처럼 눈앞이 캄캄해졌다. 나는 몹시 목이 말랐고 방금 변소를 다녀왔음에도 불구하고 엄청나면서도 다급한 요의에 미칠 것만 같았다. 3층인 우리 반 교실에서 보니 동생은 난장이가 아닐까 싶을 만큼 키가 줄어들어 보였다. 조그만 꼬마 하나가 온통 노란빛 조각이 가득한 은행 나뭇가지 사이에 오똑하니 쪼그려 앉은 모습으로 조감되었다.

동생은 한참을 혼자 있었다. 이윽고 교무실에서 아버지가 나왔다. 아버지는 가을 햇살이 부신지 비틀댔다. 동생은 목을 묘하게 비킨 각도로 아버지 부근의 땅을 쩨려보는 듯 했다. 아버지가 걸음을 돌려 성큼성큼 교문으로 내닫자 동생은 완연히 풀이 죽은 모습으로 그 뒤를 따라갔다.

비만 쏟아지면 우산 심부름은 내 몫이었다. 지금도 이해가 안 되는 일이지만 아버지는 아침엔 웬만한 비에도 우산을 쓰지 않는 그런 고집이 있어서, 뿌리는 비를 개의치 않고 나서곤 했는데 기이하게도 퇴근 때에는 조금만 비가 뿌려도 꼭 우산을 찾았으며, 만약 우산 심부름이 늦거나 잊혀지는 날이면 도대체 이곳이 사람이 사는 집인가 할 만큼 온 식구는 닦달 당했다.

그날도 어머니와 동생은 작업장에서 늦었으므로 나는 무거운 고무질 비옷을 걸치고는 오한에 진저리치며 비 쏟는 한길로 나섰다. 아침에 어머니는 몇 번이나 주의해서 선창가까지 이르는 길을 주지시켰고 정말 불안한 듯 지나갈 길의 암기상태를 재삼 재사 되묻곤 하였다. 고무 비옷은 생선 공판장 인부들이 입던 작업복을 대충 줄인 탓에 몹시 무거웠고 더 헐거웠다.

"…오늘 저녁에도 비가 오믄 말다, 우체국 오른 쪽 길 말다, 니 알제? 그쪽으로 가다 보면 도기 공장이 있고 거기서는 바른 행 길인데, 니 정말이지 전차종점을 지날 땐 정신 똑 바로 차리그라 마. 그라고, 남성교회 왼쪽 철공소 담을 따라 가는 것 말다, 아이고, 내사 마 맴을 놓을 수 없다 아이가, 맴을 놓을 수 없다카이…."

나는 그런 길쯤은 눈 감고도 환했다. 어머니가 일러주는 길은 늘상 싱겁고 너무 뻔한 대로였으므로, 요령이 붙은 뒤 미로 같은 길만 이 구석 저 구석 누비면서, 나는 아예 신발을 벗어들고 발목을 휘감아 흐르는 흙탕물의 감촉까지 즐기면서 내려가기도 했다.

그러나, 바다가 다가오고 신호처럼 폐유와 갯 파래 염분이 합성된 나른한 항구의 냄새가 콧구멍을 휘젓자 나는 점점 기가 꺾여, 바다에서 건져 올린 수입 나무둥치의 저목장에 이르러서는 급기야 사지에 힘이 탁 풀려 다리가 서로 허약하게 뒤꼬이기조차 했다. 빗발은 드세어졌고 바닷물에 절린 원목의 구린 악취에 나는 속이 뒤틀렸다. 구경거리는 사라지고 풍경은 단순해져서 해안을 따라 연립해 있는 보세창고만 전개될 뿐이고, 그런 보세창고의 마지막 하나가 아버지가 일을 하는 대평창고였다. 창고마다 하역된 보세물품과 미국에서 보내준 구호물자가 위태롭게 가득가득 쌓여 있다.

창고를 하나씩 지날 때 마다 나는 잔뜩 긴장하여 어머니가 일러 준 인사말을 빠르게 재잘재잘 외어 보았다. 강한 빗줄기 속에 멀리 바닷물이 부풀어 보였고 그 부풀린 수면이 갑자기 하강할 때마다 나는 내가 딛고 선 땅바닥이 위로 치켜 올려진 듯한 착각에 어지럼까지 느꼈다. 선창에는 아무도 보이지 않았다. 이미 날이 저물어 밤이 된 탓도 있었겠지만 아마 비 때문에 하역작업은 일찍 끝이 났나 보다.

나는 그때 어디선지 빠르면서도 숨 가쁜 취한 노래 소리를 들었다.

'어허야 디야 한 짐 두 짐, 어허야 디야 석 짐 넉 짐…' 착각이었을까. 그런데 그 노랫소리는 내가 눈을 들어 그 소리의 행방을 찾자 사라졌다. 이상한 일이다. 사방은 적막하리만큼 텅 빈 채 고요했고 그 어디에서도 노무자들이 하역작업 때 부르는 그 가대기의 노래는 들리지 않았다. 나는 해안으로 내달아 매립된 축대 위에 서서 바다를 굽어보았다. 멀리 남항의 방파제가 비안개에 어슴푸레 가로 누워 있었는데 선단의 불빛들이 방파제 너머 부민동 뒷산을 배경으로 빗물에 뭉개져 있을 뿐이다.

나는 노무자 대합실 앞에 서서 아침에 어머니가 일러준 인사말을 두어 번 다시 연습한 뒤 탕탕 하고 출입문을 두들겼다. 틈새로 밝은 촉광의 알전구 불빛이 얇은 평면 판이 되어 바깥 어둠을 세로로 재단하며 흘러 나왔다.

"뉘기여?"

하고 늙은 얼굴 하나가 나타나 물었다. 나는 이럴수록 정신을 차려야 한다고 굳게 무장한 뒤

"신경환씨 집에서 심부름 왔습니다! 신경환씨가 제 아버님입니다! 우산을 갖고 왔습니다! 전해 주십시오. 꼭 부탁드립니다!"

모범 답안의 암송처럼 표준어를 터무니없는 고음으로 낭랑하게 나는 외어댔다. 그 중늙은이는 내가 참 맹랑했음인지 키들키들 웃으며 삭아빠진 목소리로,

"뉘기라? 다시 한 번 혀 봐, 니, 뉘기라?"

나는 어째서 이렇게 귀 먹은 영감이 나왔을까, 몹시 속이 상했지만 이 정도는 각오하지 못한 바도 아니었으므로 또 다시 '신경환씨 집에서…, 어쩌구 하면서 우렁차게 소리를 내질렀다.

그러자, 또 다른 얼굴이(맙소사 그는 곰보였다. 그것도 완전히 얽어버린) 그 애꾸눈 영감 얼굴 위에 포개졌다. 나는 그가 언젠가 술에 엉망으로 망가진 아버지를 부축하고 우리 집에 한번 왔던 것을 기억했다. 단 한 번의 대면으로도 생생히 기억될 만큼 그는 심한 곰보였다. 정도가 심해서 나는 그가 청년인지 아니면 곰삭은 늙은이인지 조차 알 수 없을 지경이었다.

"어라, 히라야마상 아들 아니가? 보소 신상, 집에서 사람이 왔구만, 나와 보라카이 퍼뜩!"

하면서 그는 안에다 대고 아버지를 불러주었다.

히라야마상이라니…. 나는 속이 또 상했다. 우리의 본이 황해도 평산이어서 일제 시 창씨개명 이래로 히라야마상이라고들 불렀다 했는데 나는 도대체가 싫었다. 지금이 어느 시대인데 아직도 일본식으로 성을 부른담. 신생 독립 공화국에 대한 나의 애국심은 그 나이답게 순정적이어서 나는 그런 무식한 곰보 노동자를 인간 취급하지 않기로 즉각 다짐했다.

열린 문 사이로 노무자 대합실이 보였다. 한가운데의 난로엔 쇠주전자 물이 푸푸 한숨을 가쁘게 쉬고 있었고 화투판인지 한쪽 구석으로 남자들이 죄다 모여 킬킬대면서 무언가를 나누어 맞추거나 했다.

아버지를 가까이 할 때마다 느껴지던 그 썩는 듯한 땀 냄새, 속이 뒤틀리는 깡소주 냄새, 도저히 참아낼 수 없는 야릇한 동물적인 체취가 왈칵 밀려왔고 어두컴컴한 구석구석마다 공포와 야만스런 폭력을 느꼈다.

　그때 구석에서 아버지가 쓰윽 상체를 일으키며 나를 바라보았다. 나는 숨이 탁 멎었다. 어버지는 몹시 화가 난 얼굴로 마지못해하며 다가왔다. 그리고는 냅다 우산을 뺏은 뒤 어째서 이 자식이 내 새끼란 말인가 하는 화난 얼굴로 나를 째려본 뒤 낮고 강하며 빠르게 "가보그라, 퍼뜩!" 한 후 문을 쾅 하고 닫아버렸다.

　아버지는 오늘도 공친 모양이었다. 나는 사태를 단숨에 파악했다. 가슴이 콱 미어졌다.

　나는 아버지에 대한 무서운 악몽에 시달렸다. 온 몸이 땀에 젖어 꼼짝 할 수 없었다. 게다가 나는 그 가대기의 노래를 비몽사몽 또다시 들었다. 거의 샅바에 가까운 속옷만 걸친 벌거숭이 그대로 어깨와 어깨로 목도를 지고는 휘청휘청 짐을 나르며 부르는 그들 가대기의 노동요가 꿈과 현실 사이의 경계를 드나들면서 나를 쥐어뜯고 있었다. 나는 그들, 햇살에 붉게 익어 핏빛으로 번쩍이는 육체와 단조의 그 스산한 노랫소리가 던져주는 불길하며 야만스런 장면을 떠올리고는 경악했다.

　그 경악은 내가 아버지의 노동현장을 처음 목격했던 아주 어릴 때의 충격 그대로 한치의 가감 없이 되풀이 상기되곤 하였다. 아마 국민학교에 갓 입학했거나 아니면 그 직전이거나 했는데 우연히 동네 아이들과 어울려 해안부두까지 놀러 나갔다가 아버지를 보았던 것이다. 아버지는 겨우 천 조각으로 치부를 가렸을 뿐인 벌거숭이였고, 어허야 디야 노래를 부르며 짐을 나르는, 너무나 낯설고 어마어마하게 크며 들짐승들 같은 피부색을 지닌 막노동 사내였다. 쉽게 말해 도대체가 사람의 모습이 아니었다.

나는 아버지가 그런 무지막지한 막노동꾼인지는 꿈에도 상상하지 못했었다. 그때의 감정을 어떻게 표현할 수 있을까?

어렴풋이 빗소리가 자욱했다. 비는 계속된 모양이다. 나는 다락방에 누워 있었고 열려진 통로로 아랫방의 어슴한 불빛이 허약한 직사각 기둥이 되어 다락방 천장에 와 닿고 있었다. 빗소리 속으로 아버지의 코 고는 소리가 불규칙하게 들려왔다. 아버지는 항상 그랬다. 정말 이해하기 힘들만큼 아버지는 퇴근해서 저녁밥을 먹자말자 이내 잠에 곯아떨어지곤 했다.

술에 만취가 된 날은 악몽 그 자체인데, 고래고래 악을 쓰면서 딱히 누구에게랄 것 없이 쌍욕을 퍼붓고 노래를 부르거나 훌쩍훌쩍 울거나 해서 참 말이 아니었다. 그러다가 어느 사이 거짓말처럼 그르릉 그르릉 아버지는 잠에 곯아 떨어져 있는 것이다.

나는 오늘따라 아버지의 코 고는 소리에 신경이 날카로와졌다. 코고는 소리가 뚝 그쳐 한동안 적막해지면 그 소리가 다시 터져 나올 때까지 거의 숨이 막혀 파랗게 질릴 지경이었다. 그런 기다림 끝에 아버지의 숨길이 트이면 나는 사지에 맥이 탁 풀려 눈물이 눈꼬리로 번지기까지 했다. 아직 아버지는 죽어서는 안

된다.

나는 자리에서 일어나 살금살금 수직 나무 사다리를 타고 방
으로 내려갔다. 내려서자 무슨 기념처럼 낡은 벽시계가 힘겹게
밤 9시를 통고했다. 오늘 밤 어머니는 잔업까지 얻어 걸친 모양
이다. 나는 신발을 챙겨 신고 우산을 들고 바깥으로 나갔다. 동
생이 거의 마칠 시간이었다.

나는 마을 뒤편 언덕길을 내려가기 시작했다. 길은 진흙탕이
어서 몹시 질척였고 또 좁고 캄캄했다. 우리 동네는 한마디로 말
해 망할 동네였다. 내가 볼 때 인간은 단 한 사람도 없었다. 늑
대, 여우, 버마재미, 살모사, 쥐새끼, 살쾡이, 악어, 지렁이…. 각
종 세균류.

날이면 날마다 악다구니가 그칠 새 없었으며 웬 놈의 이사는
그리 잦은지 1년 열두 달 내내 좁은 골목길을 비집고 지나다니
는 짐수레의 아우성에 환장할 지경이었다. 거의 모두가 우리 식
구처럼 피난민들이었고 하나같이 인생이 하루 단위로 토막 난
채 어찌할 바를 모르는 풍뎅이 같았다. 길 앞 도기회사에서 와그
랑대며 돌아가는 거대한 맷돌이 눈에 들었고, 그 너머 낮고 잔잔
한 지붕들 사이로 전차가 푸른 전광을 튕기면서 종점 쪽으로 내
닫는 게 보였다.

동생은 학교를 그만 둔 이후로 중국인 솥공장에 다녔다. 그
솥공장은 우리 동네에서 한 20분쯤 걸렸는데 언덕을 돌아 산허

리를 깎은 공지에 밀생해서 자란 미루나무 숲이 그 부근에 있어, 나뭇잎들이 쏴아 하는 파도소리를 내면서 함께 어울려 흔들리는 것이 참 보기 좋았다.

중국인 솥공장은 거대한 성채였다.

구멍이 동그랗게 수없이 뚫린 철판을 수백 개 잇대어 담장을 치고 있었는데 솥공장의 검은 연기 탓으로 주변은 언제나 새까맣게 탄 먼지를 뒤집어 쓴 채였다. 엄청난 양의 화강석과 점토가 산더미처럼 노천에 쌓여 있었다. 양질의 모래 역시 한쪽으로 산을 이루고 있어 우리들의 좋은 놀이터가 되곤 했었다. 그 화강석과 점토와 모래는 쇠를 녹이는 용광로에 들어가는 원료라고 짐짓 동생은 무슨 일급비밀이라도 전하는 것처럼 신중히 말했었다. 그리고 그 모래에 목형으로 요철을 새긴 다음 벌겋게 액화된 쇳물을 부어 일정한 형태의 주물을 굳혀 내기도 한다고 했다.

중국인 공장이 가까울수록 왁자하게 떠드는 소리와 산란하는 불빛이 눈에 시렸다. 일찍 마친 패거리들이 삼삼오오 텅 빈 도시락을 낀 채 주점 앞에서 밀치거나 당기거나 하는 것이 눈에 보였다. 철판 담장 구멍 사이로 공장 안마당의 휘황한 백열등 불빛이 바깥 비안개를 향해 탐조등 마냥 내비치고 있었다. 나는 세면대 쪽을 더듬어 틈으로 동생을 찾았다. 세면대 정면으로 거대한 가마솥이 몇 개 걸려 있었는데 광범한 증기 속에서 몇몇 노무자들이 벌거벗은 몸들을 씻어내고 있었다. 벗은 어른들 사이로 동생 또래의 발가숭이들이 야생조류처럼 통통 뛰어다니면서 원숭이

마냥 까불어 댔다.

나는 이상하게 또 속이 틀어 오르기 시작했다. 녹슨 수증기 냄새, 무수한 입자로 떠오르는 쇳가루 먼지, 벌거벗은 노무자들의 야만적인 육체, 시커먼 음부, 거대한 성기… 나는 이런 류의 상종은 정말이지 정나미가 떨어졌다.

나는 단숨에 미루나무 숲까지 다시 뛰어갔다. 쏴아 하는 파도 소리가 머리 위에 가득했다. 비로소 가슴 속까지 바람이 통하듯 하였다. 나는 천천히 심호흡을 하였다. 이 숲이, 이런 음향의 바람이, 나무와 나무의 수많은 가지에서 흔들리는 황금빛 잎의 살랑이는 소리가 나는 좋았다.

"누고? 성아제? 맨날 댕기는 길인데 뭘라 왔노, 내사 괜찮다 안 카나."

언제 나왔는지 동생이 내 앞에 다가와 있었다. 나는 숲 소리에서 퍼뜩 깨어났다.

"언제 니 때문에 왔나! 비도 오고해서 마 안 왔나, 퍼뜩 가자."

나는 머쓱해서 우산을 동생 쪽으로 기울여 잡고는 길을 되짚어 나갔다.

동생이 곧 잰 걸음으로 따라왔다. 나란히 서게 되자 나는 왠지 동생과 간격을 두어야겠다는 조바심으로 발이 헛놀기까지 했다. 왜 그런지 참 알 수가 없다. 동생은 오늘 따라 무척 피곤하게 보였다. 입술은 작고 야무지게 닫혀 있었고 두 눈은 무언가 생각에 잠긴 듯 고요했다. 그런 동생의 코밑으로 아직은 솜털에 지나지 않은, 그러나 사내임을 드러내는 잔잔한 수염이 자라 있었다.

일터로 나가기 시작한 처음 며칠 동안 동생은 한밤 중 이불 속에서 가만가만 울곤 하였다. 그 울음은 그런데 도저히 아이의 울음이 아니었다. 평생을 두고 육신의 뼈마디에까지 감정을 새겨 넣을 어른의 울음이었다.

"아부지는?"

지나가듯이 그러나 강한 탄성을 느끼게 동생이 물었다.

"걱정할꺼 없다. 마 주무신다."

"우째 오늘은 술을 안마싯을꼬? 내사 알다가도 모를 끼구만."

"와, 오늘도 술 마싯으믄 좋겠나, 니는?"

"그기 우째 좋컷노? 사람 꼴이 더나, 그 칼 때가?"

동생의 말이 높고 좁게 갈라졌다.

한밤 중 현관 흔드는 소리에 일어나 문을 열자 어머니였다.

"아부지는 주무시나? 오늘도 술 잡수셨더나?"

나는 너무 졸려서 하품을 짓누르면서 걱정 말라는 투로 고개를 내저었다. 어머니는 굴뚝에서 막 기어 나온 새 같았다. 최근에 얻은 일터가 아마 바닷가 저탄장인가 보다. 그곳에는 먼 동해안의 항구로부터 취사용 석탄이 하역되었는데, 그럴 때마다 보름 정도로 동네 아낙네들이 원탄 속에 포함된 갖가지 불필요한 암석과 이물질을 가려내는 선탄 일에 대량 고용되곤 하였다. 거대한 석탄의 산에 빽빽이 올라앉은 일개미들처럼.

어머니는 도시락과 작업복 보따리를 부엌 선반에 올린 뒤 내

가 그냥 머뭇대며 부엌에 서 있자 몸빼 차림 그대로,

"니사, 공부만 열심히 하믄 된다… 니는 꼭 공부해서 성공하는 기다."

그러다가 금방 표정이 아득하게 무너져

"에쿠 공부란 글씨 때가 있는 법 아닌가베. 우리 식이도 말다, 부모만 내곁은 것 안 만났어도 남들같이 공부 잘할 낀데, 그 나이에 솥공장 일이 다 뭐꼬? 아이고, 내가 죽어야제 죽어서라도 그 자식 공부시키야 할 낀데 말다… 내년에는 그놈아를 다시 학교에 꼭 집어넣어야 할 낀데… 우찌 사는 꼴이 이렇노…."

예의 장탄식이다. 새까만 얼굴에 두 눈만 꼬마전구에 불이 켜진 듯 빨갛게 짓물러 있었다.

그해 겨울의 초조는 정말이지 어떻게 표현할 수조차 없다.

내심 자신은 있었으나 전기 공립중학교에 응시한 뒤, 이 세상의 모든 악운과 불행은 나에게만 덮치는 것이 아닐까 하는 끔찍한 공포에 사로잡혀 상상 이하의 득점으로 불합격되는 갖가지 장면들이 내 정신건강을 갈갈이 쥐어뜯었다. 만약 불합격이 기정사실화 된다면 내 인생은 말 그대로 끝장이다. 아마 그 순간부터 아버지는 나를 잡아먹을 듯 동생이 다니는 중국인 솥공장이나 메마른 고령토 흙먼지 자욱한 동네 도기회사에 집어넣고 말리라.

내가 국민학교 나마 온전히 다닐 수 있었음은 동생보다 내가 학과 성적이 다소 앞선다는 그야말로 근소한 차이 때문임을 누구보다 내가 잘 알고 있지 않은가. 아아, 이젠 끝장이다. 그의 불같은 노여움, 그 무지막지한 폭력성은 합격자 발표일까지 필사적인 노력으로 겨우 인내되고 있음이 분명한 일이 아닌가. 나는 거의 실성할 지경에까지 이르렀다.

그러던 나는 난생 처음으로 아버지의 학력을, 아니 아버지는 아예 국민학교 문턱에도 가 본 일이 없으므로 학력이라기보다 기본지능 수준을 알게 되었는데, 맙소사 아버지는 말 그대로 낫놓고 기역자도 모르는 양반이었다.

합격자 발표를 보름 쯤 앞 둔 어느 날, 일터에서 돌아온 아버지는 밤늦도록 방바닥에 엎드린 채 몽땅 연필에 침을 연방 묻히면서 종이쪽지에다 무언가 끄적이고 있었다. 그러다가 분노인지 애소인지 모를 애매한 얼굴로 몇 번 나를 훔쳐보다가 종내에는 탁 소리가 나게 연필을 던지고는,

"죽어야제, 마 콱 죽는 기 낫제."

했다. 그리고는 나를 불렀다.

"니 이것 좀 봐 도고. 무엇이 우찌 되는 긴지 도통 셈이 안 된다 아이가."

아버지는 자신의 밀린 노임을 계산하던 참이었다. 그런데 합산을 못하고 있었다. 나는 교육의 위력을 증명이나 하듯 순식간에 보란 듯 계산해 내었다. 아버지는 시종 부은 얼굴로 내 설명을 들었다. 곧 의외일 만큼 풀이 죽은 목소리로 아버지는,

"니 내친 김에 말다, 내한테 덧셈하고 뺄셈하는 것 좀 갈카주라… 내 진즉에 그러고 싶었다만… 마… 내사 마….”

하면서 더듬댔다.

나는 깜짝 놀랐다. 나는 아버지가 나를 시험하고 있구나 싶었다. 어쩌면 그는 이번 입시 결과를 기다리지 않고 대충 내 실력을 요량한 다음 가능성을 미리 점치는 일인지도 몰랐다. 나는 이 한 수에 모든 미래가 막노동으로 바뀔지 모른다는 예감으로 통나무처럼 경직되었다.

나는 처음부터 자릿수가 큰 수끼리의 가감산 문제를 주었다. 아버지는 문제를 받아들고 그것을 멀거니 쳐다보았다. 그런 아버지의 눈빛은 무엇을 파헤치고자 하는 탐구의 빛이 아니고 순하고 나른한 눈빛이었다. 나는 그 종이쪽지를 잽싸게 가로챈 뒤 아주 초보적인 문제로 바꾸어 주었다.

곧 알게 된 일인데 아버지의 셈 실력은 두 자리 숫자의 세계가 최고 한계였다.

예컨대 52+13이거나 95-41 정도인데 그것도 뺄셈에 있어 90-54처럼 십 단위에서 한 단위 빌려와야 풀리는 경우는 내가 옆에서 지켜보기에도 지칠 만큼 아버지는 답을 얻기 위해 너무너무 깊게 고뇌했고 장시간의 악전고투 끝에 겨우 36이라고 답해 내었다. 그것도 몹시 겁먹은 얼굴로.

이상하게, 나는 아버지의 핼쑥한 얼굴을 보자 이루 말로 다 표현할 수 없는 엄청난 쾌감이 목구멍까지 솟구치는 것을 느꼈다.

나는 점점 대담해져 아버지의 그 한심한 두개골의 내용물을 휘젓는 기분으로 901-119 혹은 17+983 같은 문제를 들이밀면서 엄격하면서도 냉정한, 직업적인 교사의 표정을 짓고는 짐짓 시간은 충분하다는 암시까지 주면서 아버지를 주시했다.

아버지는 거의 우는 것 같았다. 어째서 윗자리에서 숫자를 빌려와야만 하며 수들은 왜 단위가 서로 다른지, 그리고 빌려간 뒤의 숫자는 어떻게 감소되며 또 합해져서 단위가 올라갈 경우 왜 뒤에 0이 붙는 자릿수로 격상되는지… 아버지는 도저히 참을 수 없는 경우에 내게 도움을 청했고, 그럴 때마다 나는 간단명료하게 한 두 마디의 조언만 던지고는 계속 비정하게 방관했다.

아버지는 전 우주를 상대로 싸웠다. 아버지는 부조리한 요술의 늪에 빠진 짐승이었다. 아버지와 나는 그렇게 며칠을 보내었다. 아버지는 그 며칠 동안 이때까지 내가 보지 못했던 가장 처참한 생애였음이 분명하리라. 그 이후 아버지는 단 한 번도 나에게 개인교수를 청하지 않았다. 그만하면 실력이 상당한 수준이라 생각되신 탓인지 아닌지 나는 모른다.

우리 가족 중에 내가 단 사흘 동안 시내 인쇄소에 취직한 사실을 아는 이는 아무도 없다. 그 사흘 동안 나는 내가 정말 노동에 적합하지 않는 한심한 육체와 정신구조를 지닌 사내임을 뼈저리게 자각했다.

합격자 발표일이 겨우 일주일 앞으로 다가섰을 때 나는 내 운명이 비극적일 것이라는 캄캄한 자기암시에 사로잡히게 되었고, 이럴 경우 아버지의 손아귀에 덜미가 잡혀 엉뚱한 공장으로 끌려가느니 내 발로 당당히, 그런대로 내 체질에 고만고만한 일터를 찾는 것이 현명하다고 판단하게 되었다.

이틀을 꼬박 시내를 쏘다닌 끝에 나는 청부 폭력배들이나 거주함직한 어두컴컴한 지하 인쇄소의 나이 어린 심부름꾼으로 취직했다. 나는 그곳에서 단 사흘이었으나 참 고생했다. 나는 하루 종일 엄청난 종이 뭉치를 이 구석에서 저 구석으로, 저 구석에서 다시 안 구석으로 옮기는 일을 했으며, 손끝이 닳도록 수많은 전단을 헤아리고 또 헤아렸다. 게다가 많이 얻어터졌고 하마터면 내려치는 재단 칼에 손목까지 날릴 뻔했으니 더 무슨 말을 하랴.

나흘째 되는 날 나는 출근을 포기했다. 온 몸은 불꽃같은 고열에 타오르기 시작했고 마구 헛소리까지 하여 그 나이에 너무 잔망스럽다 할 만큼 엄청난 호들갑을 떨면서 신고를 겪었다. 그 며칠의 가사상태 끝에 나는 나의 합격소식을 들었다.

이듬해 봄 나는 말 그대로 감격 속에 중학생 교복을 입었다. 교복 양 소매 끝에 쌍백선이 박음질 된, 그 도시의 일류 중학교였다.

아버지는 나의 진학에 대해 아무런 반응을 나타내지 않았다. 다만 째보 영감, 곰보 강씨, 평안도 땅딸보, 언챙이 중늙은이 따위의 같은 노무자 패거리를 왁자하게 집까지 끌고 와 한바탕 술 대접한 적이 있었는데 그때 아버지는 양산도 가락까지 뽑아대면서, 한마디로 말해 발뒤꿈치로 방바닥까지 쾅쾅 칠만큼 몹시 취했었고 질탕했었다.

난생 처음 아버지에게 끌려 노사협의회라는 모임에 나간 적이 있다. 중학교에 입학해서 1년이 거의 다 된 겨울의 초입인 듯한데, 나는 오늘날까지 아버지가 왜 어린 나를 데리고 그런 모임에 나갔는지 참 알 수 없다.

내가 학교에서 돌아오자 아버지는 너무 안 입고 아껴둔 결과 누렇게 바래고 유행에 형편없이 뒤떨어진 자신의 하나뿐인 양복 윗도리를 꺼내들고, 이유는 알 수 없지만 무척 기분이 좋은 모양이었다. 그는 옷을 차려입은 뒤 나를 달고 휑하니 선창가로 내달렸다.

대평창고의 사원 강당에 들어서서야 나는 그날이 노사협의회 날임을 알았다. 강당 중앙 벽에는 먹 글씨로 「대평창고 노사협의회」라고 씌어진 모조지가 붙어 있었고 다시 전지를 세로로 세워 협의회 순서가 잔뜩 멋 부린 한자 명조체로 씌어 있었다. 정말이지 아버지가 그 모임에 나를 왜 대동하고 나갔는지 지금도 알 수 없다.

노사협의회라는 말조차 생경할 뿐 아니라 아무런 흥미조차 주지 않아서 나는 그 모임이 끝날 두 시간 동안 꼭 미칠 것만 같았다. 강당 중앙에는 발언대가 놓여 있었고 그 뒤로는 장례식으로 착각할 만큼 검정계통의 양복을 말쑥하니 빼입은 대머리 상태인 늙은이 예닐곱 명이 등받이 의자에 앉아 있었는데 내가 보기엔 꼭 양복 입은 중들 같았다.

강당의 대부분 좌석은 사무복을 입은 사내들과 여직원으로 가득했다. 아버지 패거리의 노무자들은 강당 좌우 뒤편에 한 줄씩 놓아둔 긴 나무의자에 모여 엉거주춤 잠시 머무는 듯한, 그러나 매우 진지하면서도 성의에 찬 황송한 얼굴로 회의에 참석하고 있었다. 나 역시 그들 사이에 끼인 어린 막노동꾼이 되었다. 그것이 너무 창피해서 나는 피부 전체가 따끔 따끔 했다.

협의회는 지루하기 짝이 없었다. 많은 안건이 사무복 차림의 사내들끼리 제안되고 처리되었으며 또 그들끼리 말소리가 높아지기도 했고 느닷없는 갑작스런 웃음도 그들 사이에서 터져 나왔다. 그럴 때마다 아버지 패들은 한 박자씩 늦게 웅성대거나 웃어서 완전히 겉돌았다.

나는 더 이상 견딜 수 없어 여차하면 자리에서 일어나 달아나려고 내 곁의 아버지를 예의 주시했다. 그런데 아버지의 표정이 심상치 않았다. 아버지는 이상하게 열에 들떠 보였고 무언가 몹시 초조하여 견디기 힘든 상태에서 용을 쓰고 있었다. 그때 사회를 맡은 서기가

"예, 그러면 끝으로 우리 노무반 아저씨들의 건의 사항도 한번 들어볼까 합니다. 어디 계십니까, 노무반장 신경환씨 어디 계시지요?"

아버지는 순간 시공을 초월한 정지된 얼굴이 되었다. 모든 사

람이 아버지를 쳐다보았다. 나는 깜짝 놀랐다. 어째서 아버지가 노무반장이란 말인가? 노무반장이란 무얼하는 사람이며 지위는 도대체 어느 정도일까? 아니 아버지가 정말 그것에 합당할만한 사람이란 말인가? 나는 내 몸 전체가 강한 의문부호가 되어 아버지를 뚫어져라 쳐다보았다.

이윽고 아버지가 일어섰다. 그러나 아버지는 발언대로 나가지 않았다. 그냥 그 자리에 선 채 몇 번 헛기침으로 음성을 가다듬은 다음 의외로 높게

"예 고맙심더… 우리 노무 반에서는 별다른 건의사항은 읍고, 마, 우리사 하루 벌어 하루 먹고 사는 행편임을 잘 생각허시서 지발 노임계산이 지때지때 되었으몬 안 합니꺼. 증말 노무반 모두가 바라는 일입니다. 우리사 그거 빼삐믄 더 바랄기 읍심더. 네 고맙심더. 이상입니더."

한 뒤 아버지는 스스로 감동한 듯 모두를 천천히 굽어본 뒤 자리에 앉았다. 그리고 가만히 내˙손을 잡았다. 주변 노무반 영감들이 아버지의 어깨나 손, 허벅지 같은 것을 잡고 흔들어 주면서 몹시 장하다는 눈길을 주었다. 나는 충격을 받았다. 나는 아버지의 발언이 너무 무지하여 세련되지 못할 뿐 아니라 구걸이라 요약했다. 투박하고 억센 경상도 사투리가 그때만큼 싫은 적도 없었다. 나는 새침해져서 아버지의 우악스런 손아귀에 잡힌 내 작은 손을 이리저리 요동쳐 빼내었다.

나는 거의 두 시간이 지나서야 해방되었다. 그날 밤 늦게 아

버지는 술이 진탕이 되어 온 동네를 뒤흔들면서 나타났다. 나는 차라리 악마에게조차 서원을 올리고 싶었다. 제발 아버지를 잡아가 주십시오. 저의 아버지는 이미 아버지가 아닙니다.

그 이듬해 아버지는 돌아가셨다. 담임을 통해서 나는 아버지의 사고 소식을 들었다. 창고에 쌓여 있던 집채만 한 수입 생고무 뭉치가 갑자기 무너졌고 그 아래서 작업 중이던, 아버지를 포함한 다섯 명의 노무자가 사고를 당했다. 그 중에서도 아버지가 가장 치명적이었다.

사흘 만에 아버지는 병원에서 집으로 옮겨졌고 집으로 돌아온 날 밤 바로 숨을 거두었다. 운명하기 직전 아버지는 기적처럼 단 몇 분간 의식이 살아났었다.

아버지는 허리가 완전히 부러졌었다. 척추가 내려앉아 갈비뼈가 어찌된 셈인지 양쪽 옆구리를 밀쳐 올라 붕대가 둘러쳐졌으나 우산이 펼쳐지다 그만 둔 모습과 흡사했다. 얼굴도 퉁퉁 부어올라 도저히 이목구비조차 구분하기 어려울 정도였다. 가만히 보니 얼굴 뿐 아니라 붕대가 감겨지지 않은 두 발목과 발등조차 발효 효소에 부풀린 빵처럼 너무 심하게 부어 있었다.

그런 아버지를 내려다보면서 동생은 계집애처럼 훌쩍이며 징징댔다. 나는 동생이 밸도 없는 물러빠진 놈이라 생각했다. 내가 동생이라면 이 순간까지 아마 아버지를 용서하지 않을 텐데 말이다. 어머니는 완전히 넋이 달아나 있었다. 어머니는 며칠 사이

들짐승에게 뜯겼음직한 참혹한 몰골 그대로 별 말이 없었다.

처음 의식이 돌아온 수 초간 아버지는 그냥 눈만 몇 번 껌벅였을 뿐 말을 하지 못했다. 그러다가 그런 정전상태가 자신이 봐도 이상한지 숨을 길게 몰아, 푸 하고 피로 엉겼을 허파 바람을 외부로 뿜어냈다. 입술이 열리자 아버지는 새삼 고통스러워했다.

그 고통의 와중에서 아버지는 우리 세 모자를 발견했다. 나는 몸 안의 핏줄이 요동치는 것을 느꼈고 피부 밑 전 신경조식이 수직으로 꼿꼿하게 일어서는 것을 감지했다.

"···니는 ···니는 노동하지 않고도 살것제, 니는 말다···."

그 쥐어짜듯 뒤틀린 몇 마디 말이 아버지가 말한 전부였다. 나는 오한으로 전신이 와들와들 떨렸다. 그 직후 아버지는 짐승의 울부짖는 듯한 소리를 토하면서 퉁겨 오르듯 요동쳤고 우두둑 모든 뼈마디가 어긋나며 내려앉는 무시무시한 소리가 났다. 눈을 뜬 채로 아버지는 숨을 거두었다. 봄비가 자욱히 내린 음력 이월 초사흗날로 기억한다. 아버지의 부음을 알리기 위해 새벽 비를 맞으면서 알 만한 분들의 집을 아우와 함께 숨 가쁘게 뛰어다니던 기억이 아직 남아 있다.

언젠가 나는 남항 부둣가에서 곰보 강씨를 만난 적이 있다. 그는 그 자신의 지나친 늙음 보다 나의 엄청난 성장에 몹시 어리둥절하여 시종

"니가, 정말 신상 아들이가? 정말로 그때 사고로 시상을 버린 신상 아들이란 말이제?"

했다.

곰보 강씨는 자동차 타이어를 수레바퀴로 한 짐마차 위에서 곤히 낮잠을 자던 터였다. 나는 째보 아저씨와 알만한 몇 분의 안부를 여쭈었지만 대답은 신통하지 않았다. 보세창고가 죄다 현대식 단지로 이동하고 모든 화물이 컨테이너화 한 후로 그들도 뿔뿔이 흩어졌다고 했다. 그래도 자신은 짐수레나마 장만해서 자갈치 시장의 어물이나마 실어낼 수 있는 게 여간 다행이 아니라고, 이빨이 다 빠져 몇 안 남은 입을 크게 벌려 웃으며 말했다.

해안이 다가왔다.

방파제의 허리가 주욱 사선으로 펼쳐지면서 비켜나자 예의 눈에 익은 그 선착장과 부교와 옛 창고 건물터와 텅 빈 저목장의 공지가 물결에 흔들리며 나타났다. 그와 동시에 나를 강하게 뒤흔들던 섬의 소리, 그 가대기의 노래 소리가 사라졌다.

나는 통선의 갑판 위로 뛰어올라 다가오는 섬을 삼킬 듯이 노려보았다. 그들은 모두 어디로 갔는가? 그 마른 삭정이처럼 부서질 듯한 얼굴로, 여윈 목줄기의 핏줄을 돋우면서 가대기 노동요를 부르던 그 날품팔이 인생들은 모두 어디로 갔을까?… 해안은 죽은 듯 고요했다. 석양이 황금가루로 눈부시게 내리고 있는 그곳, 그곳은 나의 성지聖地였다.

조수潮水

의사의 검진은 꽤나 오래 끌었다.

아마 그는 외할머니가 모든 생명현상이 중단되고 다만 호흡만이 그녀의 생명을 대변하는 가사상태인 것으로 판단하여 오히려 문제를 쉽게 생각하려 한 것 같았다.

그러나, 검진이 계속될수록 할머니는 혼수상태에서도 어떤 구체적인 반응들, 예컨대, 얼굴표정의 변화라든지 주사에 따른 피부의 수축 혹은, 신음 등을 의사의 진료에 따라 각각 정확히 반응해 주었으므로, 의사는 그래서 그런지 다소 화가 난 듯 한 태도로 모든 검진을 새로 시작하는 듯 했고 그러한 그의 얼굴은 조금 부풀려보였다.

"무슨 소린가요?"

"바닷물이 들어오나 봐요."

할머니의 발끝 쯤에 한쪽 무릎을 세워 앉은 이모가 말했다. 못미더운 듯 의사는 창문께로 고개를 꺾어 내려보며,

"물소리가 굉장하군요. 바로 밖에 바다였구먼."

하고 말했다.

조수가 흐르고 있었다.

해안의 양벽을 휘몰아쳐 들어오는 밤파도 소리가 해안 벼랑을 울리며 들려왔다. 삭망 때의 조수는 상현이나 하현의 그것보다 더욱 세찬 법이다. 하루 두 번씩 방향을 바꾸어 드나드는 바닷물은 물속의 자갈밭까지 들어 올림으로 더욱 무섬증을 깊게 한다. 한밤중에 밀리는 만조의 바다는 수묵화에 있어 흠뻑 젖은 먹물의 중량감과 같은 어떤 패사적인 감동을 주었다. 벼랑을 거슬러 오르는 파도의 흰 포말이 터질 때마다 해안까지 밀생된 침엽수림은 한 웅큼씩 무리져서 바다로 뛰어드는 것 같았으며 물소리는 해안 절벽을 타고 올라와 파도 가루에 잠긴 소나무 숲을 완전하게 감금시키곤 했다. 간조의 바다가 바다의 안상한 뼈줄기를 드러내며 갯벌의 눈시린 잔해를 뻔뻔스레 보여주는 것과는 대조적으로, 해안이 파도를 끌어당기는 만조는 어떤 충만된 서글픔 비슷한 감동을 주었다.

"어떻게 단정하기란 힘이 들군요. 비단 소화기능의 장애라기보다는 복합적으로 죄다 너무 노쇠한 것 같아서 역시 연세가 있으시구 하니까요."

젊은 의사는 우리 모두가 그의 얼굴을 주시하고 있음을 충분

히 깨닫고 있어서 가능한 전문적인 태도를 취하려고 노력하고 있었으나, 나에게 있어 그의 그러한 의도는 가여우리만큼 불가능하게 생각되었다. 곧 그는 자신의 무의미한 저항을 포기하듯 고개를 떨구었는데, 그 떨구는 힘으로 자신 앞에 송장처럼 드러누운, 그래서, 사람이라기보다 사물에 가까운 할머니를 일순간 사납게 노려보았다.

그는 분명 일과의 대부분을 안락의자에 엉덩이를 묻고 앉아 진료실의 안온한 난방을 몸 구석구석 음미하면서, 창틈으로 쏟아져 들어오는 겨울 햇살을 구슬처럼 한웅큼 쥐고 있을 개업의임에 틀림없다고 나는 생각했다.

대충 그러한 이들은 일제 시대적인 애수가 깃든 고학의 추억을 간직하고 있을 것이며, 얼굴은 못생겼으나 친정이 막강한 여자를 아내로 맞이했을 것이며, 비록 가난하나 갖가지 질병에는 부유할, 이 바다가 내려다보이는 고지대를 용의주도하게 계산했을 것이며, 이런 곳에 개업을 서둔 결심 자체가 매우 바람직했음을 자신들의 총명도에 바로 직결시킬 젊은 늙은이 임에 틀림없으리라.

연세가 있으시고 하니까…. 그 말은 사실이다. 할머니의 연세는 정말 우리로서는 어찌할 수 없는 배타적인 힘을 지니고 있었다. 그것은 어느 누구보다도 내가 가장 잘 깨닫고 있는 일이다. 왜냐면 나는 외할머니와 동거하기 시작한 십여 년 동안 줄곧 당신의 외줄기 같은 나이에 대해 원한을 품고 있었기 때문이다.

할머니는 그야말로 썩은 고목이었고 그럼에도 불구하고 지금까지 뿌리를 거두지 않는 참으로 거추장스런 인물이었는데, 나는 거의 신앙에 가까울 만큼 이 세상의 모든 가난한 증거를 지닌 그녀로부터 하루바삐 벗어나기를 갈망 또 갈망 했었다.

할머니는 금년으로 여든 셋이다.

갑오년 생이신데 그 갑오년은 지금보다 한 세기나 앞서는 1894년이었으니 조선 말기 갑오경장 개혁의 와중에 태어나, 을미사변을 거쳐 을사조약과 한일합방에 이르는 십 수 년간이 그녀의 성장기에 해당하는 셈이다.

내가 할머니의 이력이 조선조까지 거슬러 올라간다는 사실을 처음으로 깨달았을 때의 경악은 이루 말할 수가 없다. 낡은 역사의 허깨비와 날마다 식사를 하고 잠자리를 같이 했다는 것들이 끔찍하게 생각되어서, 솔직히 말한다면 나는 얼마 전까지만 해도 할머니가 어서 죽어주었으면 하고 축원할 정도였다. 그리하여 나는 어느덧 외할머니의 나이를 역사와 결부시키려는 버릇이 들었으며 수많은 역사적인 변모 속에 성장하고 노쇠해버린 외할머니를 아주 진기한 골동품처럼 여기게 되었다. 외할머니는 확실히 골동품이었다.

할머니의 배는 공기 펌프기로 부풀린 것처럼 반월형을 이루고 있었는데 그런 복막염과 유사한 모습은 우리가 벌써 사흘째 지켜보는 예의 그 모습이었다.

젖가슴 아랫부분에서부터 완만하게 시작된 경사는 위가 있음 직한 부분에서 급히 솟구쳐 정점을 이루었다가 두 다리가 이루는 빈약한 하복부쯤에서 그 부풀림은 마무리되고 있었다. 얼마나 속이 거북하실까. 그러나, 나의 그러한 효심은 할머니의 얼굴을 대할 때마다 번번이 배신당하지 않으면 안 되었다. 너무도 화평한 얼굴이었으므로 어쩐지 지켜보는 우리만 속고 있는 것이 아닌가 하는 기분도 들었다. 혼수상태에 빠진 사흘 전부터 얼굴은 그녀의 부풀린 배와는 무관하게 아주 만족스런 표정을 짓고 있었다. 이미 얼굴과 가슴은 서로 간섭하지 않는 듯한 개별 선언을 하고 있는 것일까?

관장작업이 겨우 끝나자 의사는 곧 자리에서 일어났다. 일어서면서 그는 주의 깊게 창밖을 내려다보았다. 창밖은 그대로 캄캄한 밤이었고 조수 흐르는 소리가 여름 소나기 같았다.

"뭘 드시게 해야 하지 않겠어요? 벌써 사흘째인 걸요!"

어머니는 함께 일어서면서 덜 된 듯한 소리로 물었다. 의사는 잠시 아득한 표정으로 무언가를 생각하는 듯하다가.

"이 상태에서 뭘 드시게 한다는 것은 무리일 것 같습니다. 예견들 하시겠지만 며칠 지탱하기란 아무래도 어려울 것 같구. 내일 일찍 링겔을 주사하도록 하죠. 혈색이 좋아지며 얼굴이 더욱 좋아 뵈는 건 글쎄요… 어떤 마지막 평안 비슷한 게 아닌지….

나는 내일 아침 링겔을 주사시키겠다는 의사의 말이 흡사 할머니의 생명시한을 예언한 것 같은 기분이 들었다. 과연 그녀의 정맥 속으로 묽은 생리 식염수가 들어갈 때까지 할머니는 살아 있을 수 있을까? 나로서는 더욱 난감한 질문이다.

할머니를 중심으로 어머니와 이모가 모여앉아 차츰 자신들의 불우한 과거지사를 서로 서로 기억해내어 보완하면서 흐느끼기 시작했는데, 이러한 장면과는 뚝 떨어져 아버지와 이모부는 장모의 죽음쯤은 이미 기정화 된 것으로 생각하여 사후 처리에 대해 조금씩 짜증을 내면서 소주잔을 교환하고 있었다. 오늘로써 사흘째 밤샘인 셈이다.

형광등 아래의 할머니는 참으로 만족한 얼굴을 하고 있었다.

죽음 근처이면 대개 그렇다고 했으나 온갖 방향으로 골이 지워진 얼굴의 주름은 대충 두서너 방향으로 정돈되어 있었으며, 해학적인 탈바가지의 그것처럼 곱게 치켜올린 눈꼬리와, 웃음을 안으로 끌어 모은 듯 한 합죽한 입, 코에서 새어나는 숨길 고른 호흡 등 할머니의 이 깊은 수면은 한 치도 그녀의 죽음을 시사해 주지 않았다. 오히려 할머니의 죽음은 그녀 곁에서 즉시 통곡할 그 모든 자세와 감정을 성숙시키고 있는 두 명의 딸과 겨울 장례에 속상해하는 두 명의 사위에게로만 사뿐히 옮겨 앉은 것 같았다. 그러한 역비례 속에서 할머니의 혼수상태는 뻔뻔할 정도로 아름다웠다.

외할머니가 언제부터 우리 집에서 살게 되었는가는 확실치 않다. 아마 내가 중학교 쯤에 다니고 있을 때 같은데, 나는 그녀의 존재를 어떤 자력과 같은 힘으로 깨닫기 전까지는 그저 방 속의 묵은 가구와 같은 정물로 간주하였으며 이렇다 할 큰 저항없이 부지불식간에 그녀와의 동거를 쉽게 용납해온 것 같다. 그러나 내가 처음 외할머니를 대할 때의 인상은 흡사 고무판을 가르고 지나가는 조각도의 자취처럼 또렷하다.

외할머니가 우리 집에 처음 왔을 때 당시로서는 그리 흔하게 이용할 수 없는 시발택시를 타고 오셨는데 나는 그런 호사스런 할머니의 등장에 일순간이나마 굉장한 자부심을 느끼지 않을 수 없었다.

할머니가 집에 당도하여 문짝같은 택시 문을 열고 나올 때까지 나는 가난한 내 또래 이웃 아이들의 뜨거운 숨소리에 파묻혀서 이 순간부터는 지위가 갑자기 달라지는 것 같은 거만한 자세로 할머니를 맞았음을 기억한다. 그러나, 그 자부심은 택시의 문이 열리고 성큼 아래로 내려서는 할머니의 양파에 절린 듯 한 빈곤의 체취에 일차적으로 충격을 받았으며, 뒤이어 꾸역꾸역 밀려나오는 갖가지 푸대 자루와 골궤짝, 건조되어 비틀린 산채나물 등의 출현으로 나는 그만 심한 상처를 입고 말았다.

그 중에서도 나를 가장 경악하게 한 것은 할머니의 외모였었다. 할머니는 멀리 북아메리카의 인디언 할멈처럼 어깨가 쫙 벌어져 있었고 키가 훤칠했다. 남정네였다면 아마 기골이 장대하다, 라는 표현이 더 어울리리라. 손 역시 남자의 그것처럼 우악스러웠고 어찌나 팔 힘이 세었던지 나는 이때까지 할머니와의 팔씨름에서 한 번도 이겨본 적이 없다.

그러나, 이런 야성적인 외모에서 단 하나 불투명한 것은 할머니의 두 눈이었다. 할머니의 눈은 흐린 물속에 잠긴 단풍빛이었다. 수정체의 선명도 역시 형편없었다. 나는 할머니의 그러한 눈을 올려다 볼 때마다 가슴을 섬뜩하게 하는 그 무언가를 느꼈다. 할머니의 눈은 항상 멀고 먼 하늘같은 것을 바라보았으며 통곡과 흡사한 깊은 슬픔을 가득히 담고 있는 것 같았다.

외할머니가 우리 집으로 옮겨온 이유는 혼자서 시골에서 생활하기에는 너무 늙으셨다는 것과 텃밭에 불과할 정도의 전답이나마 더 황폐하기 전에 처분하여 비교적 가족이 단출한 우리 집으로 자신의 여생을 맡기고자 하셨던 것 같다.

할머니는 마치 시집오는 색시처럼 꼭꼭 여민 서너 가지 옷 보퉁이와 나비모양의 장식이 까맣게 퇴색된 농짝 하나와 마른 고사리 묶음, 호박 등의 산나물과 소채같은 것들을 꾸려오셨는데, 그러한 품목들은 이때까지 할머니의 생활을 보장해왔던 당당한 물품이었음을 상기할 때 나는 지금도 무언가 인간이 살아간다는 데 대한 서글픔 비슷한 추억에 잠기게 된다.

우리는 무척 가난한 살림이었으므로 할머니의 지참물은 하나씩 둘씩 손쉽게 사라지기 시작했는데 그중에서도 가장 오랫동안 우리의 식탁에 오른 것은 호박이었다. 어머니는 호박을 둘로 자른 뒤 석류처럼 아름다운 속을 모두 추려낸 다음 껍질을 깎아 썰거나 가늘게 쳐서 음식을 장만하셨지만 아, 그 미끌한 호박무침을 나는 얼마나 싫어했던지…. 나는 어른들의 호된 꾸지람 속에서도 호박이 든 그 모든 음식을 거부했으며 호박이 식탁에 오를 때면 거의 울고 싶을 정도로 입맛이 떨어졌다. 지금 생각하면 어처구니가 없지만 아무래도 나는 무언지 모르게 할머니의 쉰 듯한 체취가 호박에 무르녹은 것 같은 강박증에 휩싸인 것 같았고, 예컨대 가난하나 더욱 가난한 할머니의 그 모든 것에 대해 나는 배타적인 증오를 갖기 시작한 것 같다. 정말이지 호박무침을 입에 가득 넣고 우물대는 할머니의 남자 같은 얼굴은 시각적으로 나를 고문하였으며, 씹는 작업을 계속하면서 나를 보고 빙글빙글 웃으실 때, 혹은 밥을 떠거나 찬을 집는 행동의 보조가 나와 이상스레 똑같다고 느껴질 때면 나는 와락 구토를 하고 싶어졌다.

억울하게도 처음 얼마 동안은 할머니의 쏘는 듯한 체취에 잠조차 이룰 수가 없었다. 그것은 잡초를 짓이긴 듯한 냄새 같기도 했고 껍질을 벗길 때 싸아하게 솟구치는 양파나 외양간 특유의 여물죽 같은 냄새로써, 해조음과 짭조름한 염분기가 담긴 갯바람 속에 성장했던 나에게는 여간 곤혹스런 냄새가 아닐 수 없었다.

집이 좁았으므로 굳이 주의 깊게 고려할 필요도 없이 어머니는 나의 공부방으로 할머니의 거처를 정하였고, 나는 짐승 같은 할머니의 억센 숨소리를 들으면서 땀을 **뻘뻘** 흘리며 공부해 나가지 않으면 안 되었다. 할머니의 수면법은 거의 움직이는 법이 없는 곧은 자세 그대로 깊은 잠속으로 빠져 드는 것이었는데, 어린 나에게는 그러한 모습은 충분히 공포의 위협을 줄 수 있는 자세였으므로 나는 할머니의 호흡소리가 곧 끝나버릴 것 같은 조바심에서 오랫동안 그녀의 목 언저리를 응시하는 버릇이 들기 시작했다. 할머니의 여윈 목줄기는 얇은 섬유막처럼 가늘게 흐느꼈는데 당장이라도 수분이 결핍되어 목뼈를 휘감아 버릴 것 같은 상상을 불러 일으켜주곤 하였다.

아, 아, 깊은 밤 불을 끄고 자리에 누우면 살아있는 것은 소리뿐이었다. 바다가 벼랑을 치고 밀리는 소리, 쇠판을 긁는 것같은 할머니의 간헐적인 숨소리, 달을 배경으로 격자창 속에 비치는 은행나무의 항복한 듯한 모습과 그 은행숲이 바람에 흔들려 달빛을 떨구어 내는 소리, 소리들….

나는 밤마다 할머니의 죽음을 확인하였다. 귀를 곤두세우고 그녀의 숨소리를 지킨다. 파도소리에 묻혀 오랫동안 그녀의 호흡을 들을 수 없을 때면 나는 굉장한 용기로 나를 무장시킨 다음 그녀의 가슴에 살며시 손을 얹어 가슴의 미세한 움직임을 확인한 뒤 아, 할머니는 죽지 않았구나, 아직도 살아있구나 하고 한숨을 몰아쉬었다. 홑저고리 속의 할머니 피부는 기분 나쁠 만큼 쭈글쭈글했고 또 차가왔다.

할머니는 차츰 해안도시의 풍속에 적응하기 시작하셨다. 우리와 함께 썰물 때면 매우 가파른 벼랑길을 타고 내려가 성게나

홍합, 소라, 미역, 다시마나 파래같은 것을 채집하시곤 했으며 손수 그것을 조리하셨고 어느새, 우리가 잡은 감성돔 같은 보기 흉한 바닷고기를 호기로운 솜씨로 회를 만들어 내시기도 하였다. 별모양의 불가사리를 손바닥에 올려놓고서 사심 없는 아이의 얼굴로 꽃처럼 웃으실 때 참으로 그 미소는 깊고도 고요하였다.

할머니에 대한 나의 감정이 조금씩 무디어져 갈 즈음, 그러나, 할머니는 또 하나의 거대한 흉계로 나를 쥐어뜯기 시작했다. 그것은 할머니의 술버릇이었다. 할머니가 술 취한 날 밤이란 정말 악몽이었다. 그런 날이면 우리 집은 그야말로 폭풍 속에 왈칵 뒤집어진 선박 꼴이 되고 말았다. 장모의 술주정을 몹시 못마땅해 하는 아버지와 그 점에 대해 못마땅해 하는 어머니 사이에서 대판 싸움이 뒤따랐으며 오히려, 일단 뒤로 후퇴한 위치에서 마지막 광란에 가까운 술주정을 연출하는 할머니를 감당해야 하는 일은 나의 책무가 되었다.

할머니의 술버릇에는 일정한 패턴이 있었다. 그 첫 번째 단계는 몇 잔의 소주 끝에 안주처럼 뒤따르는 밀양아리랑이었는데, 붉으레한 얼굴로 마을 어귀의 선술집에 앉아 술 탁자를 두들기며, 날 좀 보소, 날 좀 보소를 연발할 때쯤이면 우리 집은 순식간에 비상이 걸리기 마련이었다. 두 번 째 단계는 어머니와 나에게 이끌려 집으로 오기까지의 과정인데 차라리 이 정황은 십자가를 메고 형장을 오르는 주 예수의 심정보다 더 못하다고는 할 수 없으리라. 밀양아리랑이 아래뜸 술집에서 열창되고 있다는 보고가 있는 즉시 어머니는 경직되셨고 이상하게 쏘는 듯한 푸른 눈빛으로 나를 불러내었다.

나는 어머니의 뒤를 따라 길을 내려가면서 우리 모자가 치루어야 할 이날 밤의 노동에 대해 암담한 기분에 휩싸여 몸서리를 쳤다.

과연 할머니는 거의 광대에 가까울 몸짓으로 밀양아리랑을 열창하고 계셨다. 자리를 꽉 메운 술꾼들에게 치맛자락을 살짝살짝 들어올릴 정도로 한심스런 망령을 부리셨다.

어머니는 할머니 곁으로 가볍게 접근해서 낮으나 싸늘하게,

"어머님, 집에 가세요. 집에 가서 노랠 부르세요."

하고 말했다. 어머니의 이 공손한 협박에 순수해질 할머니 같으면야 굳이 내가 어머니를 따라 나설 까닭은 없지 않은가? 문제는 우리의 등장에 할머니의 광태가 더욱 작위적으로 노골화 되는데 있었다.

나는 입안이 바짝 건조되어 쏘는 듯한 술집의 냄새, 그 절절한 가난의 군상들 속에서 현기증이 날 지경이었다. 순간 어머니는 비명과 같은 속도로 할머니를 감싸 안았다. 나는 노련한 조교의 솜씨로 할머니의 어깨를 뒤에서부터 공격한 레슬러처럼 믿음직하게 잡아끌었다. 이때부터는 그 유명한 할머니의 욕설을 설명해야 하는데 아아, 집에 도착하기까지의 할머니와 어머니 그리고, 나에 걸치는 삼대의 몸부림은 눈물겨웠다.

할머니는 가능한 드러눕는 자세를 유지하여 끌려감을 완전히 방해하셨는데, 어머니는 거의 원한에 가까운 얼굴을 하고선 할머니의 허리를 끌었으며, 나는 땀을 뻘뻘 흘리며 생전에 내가 저질렀던 여러 죄목들을 하나씩 기억하면서 그러한 죄들이 과연 지금 이 순간의 고통을 치룰만큼 결정적인 죄악이었던가를 저울질하였다.

"이, 천하의 죽일 놈들 내놔! 내놔! 어서 내놔라, 이 나쁜 놈들….."

집에 가까울 쯤이면 할머니의 욕설은 대상이 모호해진 무인칭에 가까운 단절음으로 변하였다. 나는 그 무엇이 미웠고 나빴으며 죽일 정도였는지, 또 그 무엇을 내놓으라는 지를 생각할 겨를이 없었다. 나는 거품을 품으며 삿대질하는 할머니의 우악스런 주먹질에 애매하게 얻어터지기까지 했으니까.

할머니의 술주정이 여기에서 그쳐 준다면 그런대로 무난한 고생일런지도 모른다. 문제는 아버지가 귀가해서까지의 경우인데, 이때는 마지막 세 번째 단계로서 술을 잘 못 하시는 아버지는 장모의 술주정을 이해하실 리 없어, 탈진한 사람처럼 넋을 잃은 어머니를 향해 빗대어 비난하기 시작했고, 이러한 공격에 일순간 어머니는 오히려 생기를 얻은 듯 한 치의 후퇴도 없이 떳떳하게 아버지에게 대꾸하곤 하였다. 이럴 때면 할머니는 조금 주춤해져서 딸 내외의 싸움을 물끄러미 바라보시다가 별도로 통곡하는 방면으로 자신의 새로운 면모를 정말 처참하게 보이기 시작하셨다. 할머니의 통곡은 질기디 질긴 판소리의 이음새처럼 꺼이꺼이 지속 되었는데, 나는 애국가를 4절까지 암송하면서 할머니를 위로하기 위해 안간힘을 쓰곤 하였다. 나는 할머니가 우실 때만은 이상하게 혈육의 끈 같은 것을 느꼈다. 그녀의 울음은 그만큼 나를 울적하게 만드는 깊고도 어두운 공간을 지니고 있는 것 같았다.

"아, 아, 수현이, 수철이, 수우영이….애고, 내 자슥들아 불쌍쿠나!"

할머니의 눈은 거의 눈물에 함몰되고 있었다. 치맛자락으로 할머니는 부지런히 눈물을 닦아 내셨고 간혹 팽하고 코를 훔쳐 내는 것도 잊지 않으셨으나 전체적으로 할머니의 얼굴은 방금 널린 빨래처럼 후줄근했다.

"수영이가 누군데요, 할머니?"

내가 이렇게 묻자 할머니는 문득 책망하는 듯한 얼굴로 나에게 시선을 두시다가 너를 보니 더욱 슬퍼진다는 몸짓으로 에쿠, 에쿠 하고 애통해 하셨다.

그러나, 할머니가 우리 집으로 옮겨 오시게 된 보다 근본적인 이유는 따로 존재했다. 내가 그 일을 깨달은 것은 할머니와의 동거생활 어림잡아 삼년 째쯤일까. 그 비밀은 내가 감히 근접할 수 없도록 어둔 밤 속에 묻혀 있다가 차츰 매우 신비롭게 그러나, 목이 타는 듯한 굉장한 조갈증을 동반하면서 하나씩 몸을 드러내기 시작했다.

할머니는 환자였다. 아니 이 말은 수정되어야 할지도 모른다. 할머니의 환부는 그녀의 어느 곳에서도 흔적을 찾아볼 수도 없기 때문이다. 할머니의 환부는 이미 육신을 떠나 밤의 공간을 나르고 있었다. 때로 그 환부는 산을 넘고 달빛이 눈 시린 큰 강을 건넜으며 깊은 골, 산마루를 날아다녔다. 밤이 성숙되면 할머니의 환부는 입을 열었다. 그 아픔에 이끌려 할머니는 이윽고 소리를 토하셨다.

수우영아… 수우영아…

파도소리였을까? 나는 소리의 행방을 쫓았다. 그 소리는 육성이었으며 따가운 햇볕 아래 균열지는 땅가죽의 절박함과 바람에 날리우는 낙엽의 소슬한 애잔함이 담겨 있었다. 조수가 빠지는구나… 돌자갈이 파도에 이끌리는 소리가 까마득하게 밤을 흔들었다. 그러한 사이 나는 후다닥 이불을 걷고 일어났다. 자리에 할머니가 없었다. 그러나, 막연하였으므로 잠시 무중력 상태처럼 멍하니 방 한가운데에 서 있었다. 문이 열려 있었고 그곳으로부터 밤 바닷바람이 쏴아아 하고 소나기처럼 밀려왔다. 달빛이 안개 같았는데, 솟은 달 아래 마당에서 할머니는 온통 은빛 조명을 받으시며 두 손을 단정하게 앞가슴에 모으신 모습으로 절벽 아래를 내려다보고 있었다. 나는 순식간에 갑옷처럼 온몸을 긴장시켰다. 그러자니 가슴 속으로 찌르는 듯한 아픔이 수직으로 솟구쳤다.

수영이라는 이름은 나에게 전혀 생소하였다. 아니 그 이름 쯤은 차라리 문제가 되지 못했다. 보다 생생한 것은 깊은 밤 혼자 바다를 내려다보고 있는 할머니의 불가사의한 모습으로부터 덤벼오는 무서움이었다. 그 무서움은 몸 안의 수분을 송두리째 탈취하였고 심지어는 입속의 타액까지 태워버렸으므로 나는 온 몸이 건조되어 아무런 소리도 낼 수가 없었다. 그것은 참으로 끔찍한 대면이었다.

수영이를 부르는 소리는 마침내 흐느낌으로 변해갔다. 할머니는 꽤 오랜 시간 동안 충분히 자신의 감정이 가라앉을 때까지 느껴 울었고 그러한 일련의 작업이 끝난 후 도저히 상상할 수 없을 만큼 가벼웁게 걸어와서는 곧 깊은 수면에 빠져 들었다. 할머니의 숨길 고른 밤과는 대조적으로 그때부터 나의 밤은 온통 엉망으로 엉클어진 실타래꼴이 되고 말았다.

날이 갈수록 할머니의 이러한 몽유현상은 심해갔다. 유난히 조수가 세찬 날이거나 바람이 깊게 벼랑을 타는 날이면 나는 거의 할머니의 밤 나들이를 점칠 정도였다. 아버지와 어머니 역시 할머니의 이러한 증세를 알기 시작했는데, 그들의 사태 수습 표정은 나의 예상을 꺾고 보다 침착 냉정하였다. 말하자면 할머니의 몽유증세란 나에게 있어 충격적이었으나 그분들에 있어서는 이곳으로의 이주 이후는 당분간 그런 증세가 잠복하였음을 고마워하는 눈치 같았다. 그만큼 시골에서 할머니의 몽유증세는 심상치 않았으며, 할머니 자신의 희망보다 오히려 동네 사람들의 호소로 할머니의 이사가 결행되었음을 나는 뒤늦게 안 셈이었다.

폭풍이 먹빛으로 몰려오던 밤이었다. 그날 밤 나는 할머니의 뒤를 쫓았다. 할머니는 나비처럼 가볍게 벼랑을 타고 내려가시기 시작했다. 절벽은 깊은 인력으로써 나를 빨아 내렸고 그 낯선 밤의 깊이를 느꼈을 때 나는 순간 아득하여져 전신이 와들와들 떨렸다. 나는 생전 처음 타고 내려가는 길처럼 마구 미끌어지면서 절벽을 기어 내려갔다. 할머니는 재빠른 동작으로 바닷가의 험상궂은 바위틈을 누비면서 무언가를 뒤지고 있었다.

"쥑일 놈들, 내놔, 내놔,…. 우린 죄가 없다구! 아암, 아무 죄가 없다!."

나는 곧, 할머니 뒤를 따라 내려온 것을 후회하기 시작했다. 폭풍속의 할머니는 거의 사람이 아니었으므로 나는 차라리 도망치듯이 되돌아가고 싶었다. 곧 이어 아버지와 어머니의 목소리가 바람에 밀려서 접속 상태가 나쁜 전파음처럼 간헐적인 소리로 들려왔다. 절벽 위로부터 후랏쉬의 여읜 빛줄기가 허약하게 그네질 했다. 나는 순간 구원받은 기분이 들어 높게 부풀어 오르는 바다를 향해 나아가려는 할머니를 와락 끌어안았다. 살아있는 생명체라고 할 수 있을까…. 흡사 밀랍처럼 할머니의 모든 부분은 잿빛으로 탈진되어 있을 뿐이니.

집으로 끌려 와 자리에 누워서도 줄곧 할머니는 입술을 달싹대면서 주문처럼 무엇을 암송하는 듯 했지만 나는 그중의 아무런 분절음도 확인하지 못했다. 어머니는 조금의 미동도 없이 할머니의 얼굴을 주시하고 있었는데, 그 모습은 쏘듯이 할머니의 몸 속에 깃든 무슨 악령을 내려다보는 것만 같았다. 아버지는 비스듬히 벽에 기대어 앉아 담배를 피우셨다. 나는 그러한 아버지의 무표정한 모습에서 이상하게 이런 급박한 상황을 무언의 완력으로 무화시키는 듯한 느낌을 받았고, 어머니의 온 몸을 진장시킨 앉음새 역시 한숨처럼 내뿜는 아버지의 담배 연기 속에 단순히 가라앉고 마는 일종의 환영처럼 생각되었다. 그만큼 아버지는 장모의 병세를 훨씬 단단한 것으로 자각하고 있는 셈이다.

"불쌍해라… 오빠를 찾고 있네요. 수현이 오빠요."

어머니는 어떤 감정의 정점에 오른 듯한 열기에 젖은 눈으로 아버지를 바라보며 말했다. 비 퍼붓는 창은 완강하게 폭우에 반항하면서 유리가 비에 찍히는 금속적인 소리를 토했다.

"그 양반을 찾으면 뭐하누, 징용가서 죽은 것 세상이 다 아는 일 아닌감?"

"하지만, 어머니는 한번도 그 오빠가 죽은 것으로 생각하지 않았어요."

"어디 수현이 그 양반 뿐이여? 수철이, 게다가 행방불명인 수영이 그 처남까지 모두 살아있는 격이지 장모에게만 말이여. 허허, 세 분 아들네가 몽땅 살아있지 장모에게만 말이여."

"접때는요 수영이를 찾았어요. 술을 잡수셨을 때."

나는 목이 타는 듯한 갈증으로 강요받은 것처럼 대들 듯이 말했다. 어머니가 꾸짖는 눈으로 나를 돌아보았지만 이상스레 그때 나는 묘한 기분이어서 그런 어머니의 눈을 떳떳이 받아 넘겨버렸다. 담배에 불을 당긴 후 아버지는 고통스러운 듯 잠시 몸을 꿈틀거렸다. 아버지는 손을 뻗어 장모의 이마를 짚었다.

"허기야 너무 뼈아픈 일들이 있었으니까 모두 폭풍우 같은 일이여 그 누구라도 어쩔 수 없는…. 사람과 사람의 일임에는 분명한데 그것이 묘하게 움치고 뛸 수도 없는 빡빡한 힘이 되어서 함께 떠밀려 가버리니까. 혼자 헤쳐날 수 없는 세찬 바닷물이었다고, 그 당시는 말야…."

그러니까, 외할머니는 아들을 세 분 두셨고 그 아래로 나란히 딸을 둘 두셨는데 태평양 전쟁 때 징용당한 큰 아들이 사망한 것은 일본이 항복도 하기 전의 일이었고, 둘째 아들은 6·25때 인민군에 의해 급조된 부락 인민회의 약식 재판에서 처형당하고 말았다. 고향마을의 어두운 계곡에서였으며 할머니는 숱하게 그 골짜기를 뒤졌으나 둘째의 주검은 끝내 발견 할 수가 없었다. 육신이 발가벗겨져 이미 절단되고 삭아 없어졌으므로 죽은 아들의 형체를 구분한다는 것은 불가능 했다. 약속한 듯 막내아들 역시 해방되기 직전의 봄에 일본의 큐우슈우 탄전지대로 나섰다가 지금껏 행방불명이 된 채, 굳이 할머니에게만은 살아있는 것으로 되어 있었다. 이로써 외가의 생명현상은 끝나버렸는데 둘째의 죽음을 확인한 외조부는 자리에 누우신 사흘 만에 눈을 감으셨다고 했다.

이러한 모든 것들은 나에게 있어 이상하게도 어떤 함정의 덫과 같은 관계를 요구하기 시작했다. 그것은 일테면 역사 교과서나 상이가족의 일대기에 의해서나 접할 수 있는 조금 강제적인 감흥을 유발시키는 사건들이어서, 결국은 나와는 무관할 것이라는 방관적인 기분으로 그런 비극들과 일정한 간격을 나는 유지하려 했었다. 말하자면 일회용 드라마처럼 극의 전달이 끝나면 아무 미련 없이 또 다른 채널을 선택하는 일상의 타성으로서 한갓 요식적 개념으로만 파악하려 하였을 따름이었다.

순식간에, 나는 찢기운 짐승처럼 널브러진 할머니와 그 곁에서 독을 세우며 눈물을 안으로 끌어모으는 어머니, 그리고 아직 늙지는 않았으나 이미 낡아버린 얼굴을 한 아버지로부터 이제는 도저히 벗어나 달아날 수 없는 공범자 기분을 느끼고 말았다. 할아비로부터 그 자식들이 그들의 어쩔 수 없는 삶의 넓이를 깨닫듯이, 나 역시 내가 딛고 일어서야 하는 이 험난한 삶의 비닥을 인정하지 않으면 안 되었다. 나는 이미 어떤 현장의 예외가 아니었다. 어쩌면 가장 억울한 공범자가 아닐까 하고 생각했다.

근래에 이르러 할머니는 빠르게 여위어지셨다. 좀은 고집스레 보였던 어깨가 푹 꺾이었으며 동시에 허리가 접혀져서 키가 사뿐 반으로 낮아지셨다. 거동이 불편하게 된 할머니에게서 차츰 죽음 냄새가 났는데, 어느 날 갑자기 피부 전반에 저승꽃이 핀다든지 하여 집안사람들을 놀라게 하였다. 요컨대, 할머니는 살아간다기보다 하루하루 모범적인 사망연습을 하고 있다는 표현이 더 어울릴 지경이었다. 그렇듯 나는 그저 아, 이렇게 해서 늙은 사람들은 죽어 가는구나 하고 생각할 뿐이었다.

그러다가 그녀에게 잠시나마 생명의 아름다움을 불꽃처럼 타오르게 한 것은 재일동포의 모국 방문단 소식이었는데 우리가 생각하기에는 전혀 무리에 가깝게 할머니는 그 뉴스들에 집착하셨고 특히 큐우슈우 쪽 민단의 모국 방문기사 경우는 그 기사가 거의 암송될 정도로 되풀이, 되풀이해서 읽어드리지 않으면 안 되었다. 나는 막내 외삼촌의 이름이 등장할 리 만무하였으므로 조금의 감정도 곁들이지 않은 건조한 음성으로 기사를 읽었는데, 이런 손자의 불손한 낭독에도 불구하고 할머니는 합창단 소녀처럼 두 손을 가슴에 모은 채 오오, 혹은 아아, 하시면서 눈물을 흘리시곤 하셨다.

"얘야, 큐우슈우가 어떻게 생긴 곳이냐? 이곳에서 얼마만큼 먼 데냐?"

나는 맥이 빠져서,

"큐우슈우라구요? 큐우슈우가 뭣 하는 곳인데요? 설혹 외삼촌이 살아 계신다 한들 일본에서도 촌구석인 큐우슈우에 그대로 눌러 계시란 법도 없잖아요!"

할머니는 아슴한 눈빛으로 나의 말에 무언가 생각하시듯 하다가,

"네가 보는 지도책이라도 있느냐? 좀 보자꾸나. 넌 학생이니

218

그곳이 어디쯤인지 잘 알겠구나."

하고 말씀하셨다. 책을 펴드리며 부산과 큐우슈우를 가르키
자 할머니는,

"얘야, 한 뼘도 되지 못 하는구나 아아, 이렇게도 가깝구나….”

손으로 두 곳을 짚어 보시며 눈물을 글썽이셨다. 할머니의 눈
물은 정말이지 나를 환장하게 만드는 뛰어난 마성을 지니고 있
었다. 얼마나 기나긴 기다림의 시간대에 그녀는 놓여 있어야 했
으며, 그 얼마나 많은 양의 눈물이 기다림의 공간 속에서 말라버
리지 않으면 안 되었을까…. 나는 펴 둔 지도책 위로 번지는 할
머니의 눈물이 그대로 푸른 바닷물로 변하는 착각 속에 망연히
남아 있었다.

집의 현관 밖에는 무척 오래된 은행이 어릴 때부터 한 그루 있
었고 그 밑에는 으레 참죽으로 곱게 다듬은 와상이 놓여있었다.
거동이 불편한 할머니는 은행과 와상이라는 풍경속의 구도물처
럼 슬겨 와상에 앉는 날이 많으셨다.

은행나무 뒤로는 가시나무가 뒤엉켜 자라 있었으며 그 가시
나무 아래는 까마득한 벼랑이 굉장한 흡입력을 지닌 채 수직으
로 꺼져 있었고, 그 벼랑의 아랫부분은 바다에 잠겨 있었다. 상
당한 높이의 벼랑이었음에도 불구하고 파도가 높게 이는 날이면
바다는 벼랑을 타기 시작했다. 파도가루가 안개처럼 물막을 이
루면서 서서히 상승할 때면 벼랑의 관목들은 흡사 야음을 이용
하여 내습하는 야전병 꼴이 되고 말았다.

늦가을 어느 날인가 할머니와 함께 와상에 나와 앉아 바라보았던 저녁노을을 아마 나는 영원히 잊지 못할 것 같다. 저녁 안개 속에서 노을은 여린 황금빛 흐름으로 하늘을 나는 학의 깃처럼 따스하였고 그런 아름답고도 고요한 풍랑 속에, 와상에 나와 앉으신 할머니는 그대로 하나의 소슬한 구름이었고 또 바람이었다. 할머니는 이 황홀한 자연에 조응하시는 얼굴로 먼 하늘 끝 부분을 바라보셨다. 문득 그러한 할머니에게서 나는 이 세상의 모든 몸부림이 여기에 이르러 비로소 허약하게 무너져 버리고 마는 듯한 무력감을 느끼는 동시에 보다 큰 힘의 현장으로서, 하늘을 향해 단정히 앉으신 할머니의 연륜으로부터 발산되는 어떤 기막히도록 억센 생명의 불꽃을 투시하게 되었다. 나는 사뭇 감격하여 이 순간만은 나의 청춘이고 사랑이며 심지어 자유까지 아무렇게 되어도 상관하고 싶지 않은 생각이 들었다. 이 아름답도록 끈질긴 생명의 불꽃과 함께라면, 이 어찌할 수 없도록 모든 것이 가득한 가을 황혼을 맑은 마음으로 바라볼 수만 있다면 무엇이 문제가 되겠는가 하는 느낌이었다.

할머니가 돌아가신 것은 새벽 무렵이었다. 그때 나는 어찌어찌 하다가 잠이 들어버렸는데 아버지가 흔들어 깨워 일어나자마자 이미 방안에는 생소한 슬픔이 자욱 내려 앉아 있었다. 멍청한 얼굴의 어머니와 이모가 예상과는 달리 침착하게 보였으므로 어쩐지 아무런 울음조차 없는 할머니의 죽음이 불안스레 생각되

어, 침착하구나 하고 느껴진 어머니에게 다가가

"돌아가셨네요… 불쌍한 분이네, 할머니는."

하고 조금 코먹은 소리로 감정을 넣어 말하자 어머니는 금방 눈이 붉어져서,

"다섯 시 쯤일까… 그래 불쌍한 분이다, 너의 외할머닌. 누가 평소에 그렇게 생각해 주기나 했냐!"

하시며 눈물을 주르르 흘리기 시작하셨다.

제향이 피어올랐다. 두 자매의 호곡은 낮으나 강인했다. 병풍 하나 사이로 할머니는 이승의 모든 것들과 작별하셨다. 이렇게 떠날 세상 같으면야 굳이 이토록 오랜 기다림이 필요했을까 하고 생각하다가, 나는 그만 와락 서러워져서 향만 자욱한 제단에 넘어져서 짧게 할머니! 하고 불렀다. 그 부름 끝에 한웅큼의 설움과 같은 눈물이 솟구쳤다.

새벽 조수 밀리는 소리가 자욱하게 넘어왔다.

순교시대

이것은 아무래도 못마땅한 일이다. 조금은 억울하기까지 하다.

　동생이 스물 둘의 나이로 죽었다고 해서 그런 것은 아니다.

　내가 말하고자 하는 것은 붉은 페인트로 철거번호가 나붙은 그 바닷가 집단촌에서 언제부턴가 오랜 비 끝에 이리저리 물살에 떠밀려나간 쥐의 죽은 형체와 같은 모습을 볼 수 있는 데 대한 경악이다.

　그것은 하나의 소리 없는 작업과도 같았다. 경우에 따라서 그 작업은 미친 듯이 활발하게 사람을 볶아대다가도 어떤 때엔 참으로 끔찍스러울 만큼 나태한 얼굴을 하고서 다가왔다.

　동생이 죽어나갔다. 물론 병명이야 습관성 폐렴이었지만 사실은 한 치의 어색함이 없는 그 작업 끝에 아주 순순히 생명을 내어준 거나 다름없었다.

　내가 1년 반 만에 제대를 하여 집에 돌아왔을 때 집은 이미 바다 쪽으로 성큼 옮겨져 있었고 축대 위에 붙은 그 엉성한 목조 건물에는 「다 一八三」이라는 붉은 페인트 숫자가 씌어 있었다. 그것은 창문보다도 더 크게 갈겨 쓰인 집의 철거번호다. 말하자면, 나는 얼굴도 없는 「다 一八三」의 주인으로부터 세드는 셈이었고 언제 추방 될지 모르는 그 얼마동안 우울하게 머물 도리 밖에 없는 우리 속 동물 같았다.

　사실 동생의 직업이 무엇이었는지 나는 확실히 모른다. 동생은 예전에 볼 수 없는 과장된 화장을 하면서도 조금도 어색해하지 않았다.

　그녀는 해가 중천에 뜰 무렵 나가서는 그날 밤 혹은 다음 날 아침 해가 오를 때 쯤 집에 오곤 했다. 나는 그녀가 축대를 따라 대로 쪽 골목으로 사라지는 것을, 그리고 밤에 다시 그 축대를 거슬러 올라오는 것을 나의 방 창으로부터 충분히 내려다 볼 수 있었다.

　또 하나, 동생의 귓가에서 느낄 수 있는 것은 술 내음이다. 비틀거리며 다가오는 입언저리에서 치렁한 머리카락, 훨씬 높게까지 노출된 그녀의 허벅지께로 술내음이 안개 피듯 쫙 깔린다는 것이다. 그리고 문을 두들기며 동생을 부르곤 한다.

　"훈아 무운, 문 열어! 어웅?"

그러면, 곧 마루를 조심스레 뛰어가는 동생 놈의 발소리를 들을 수 있었고 걱정스러운 듯 속삭이듯 '누나야?' 하는 타는 듯한 말소리도 들을 수 있었다. 이 바닷가 집단촌으로 온 지난 겨울부터 그녀가 죽어 나가기까지 나는 한 밤중 이런 식의 대화를 캄캄한 마루 밑에서 긴 더듬이를 곧추 세우며 엎드린 곤충류와 같이 굉장한 정밀성을 느끼면서 엿듣곤 했다.

또한 그녀가 돌아오지 않는 날 밤이면 나는 이상스레 어떤 끈적끈적한 타액 모양으로 와 부딪는 둔중한 바다 소리를 들을 수가 있었는데, 나의 머리는 갖가지 희한한 모습으로 교합하는 빨간 속살들로 가득 채워지는 것이다. 단조롭게 부딪쳐오는 바닷소리를 끈기 있게 지키면서 밤을 새워가며 혼자 키득대는 것은 즐겁기도 했고 한편으로 불안하기도 하였다.

그녀가 자고 올 때면 나는 술 내음을 맡을 수 없다. 하룻밤 사이로 발육 나쁜 계집애 같은 얼굴을 하고 돌아오는 그녀를 바라볼 때 바보스럽게도 나는 수고했다고, 참 수고 했다며 그녀의 등을 쓸어 주고픈 충동을 느끼곤 했다.

아버지는 차가 화장막에 도착할 때까지 용케도 기침소리를 내지 않았다. 내가 수속을 끝마치고 돌아왔을 때에 어떻게 되었냐는 투로 빤히 바라보며 꺼진 양 볼을 우물거릴 때, 나는 아버지가 예의 그 끔찍스런 기침소리를 꼭 토하는 줄 알았다. 다행스럽게도 아버지는 아무 소리도 내지 않았다.

햇살이 따가 왔다. 나는 나무 그늘을 찾아 아무렇게나 주저앉았다.

고개를 돌렸다. 사무실에서 흰 칼라의 사내가 전화기에다 무언가 고함치고 있었다. 그 사내는 상당한 도수의 안경을 고쳐 끼면서 책상을 꽝꽝 내리쳤는데 그 광경은 어딘지 모르게 과장된 듯한 몸짓이었으므로, 만약 사내 곁에 쓰러질 듯 기대어 눈물을 찍어내는 노파가 없었더라면 이 화장막에는 좀체 어울릴 성 싶지 않았다.

사내가 사무실 문을 신경질적으로 열고 나와 우뚝 서서 내 쪽을 바라볼 때 언뜻 나는 어디선가 그를 본 듯한 생각이 들었다. 아니 분명히 그랬다. 나는 그를 본 적이 있었다. 잘 다듬어진 손끝으로 버릇처럼 안경테를 만지던 그를.

그해 여름도 무척 더웠다.

동사무소의 문을 열고 병적 담당의 창구에 앉았을 때 그는 나를 힐끔 쳐다본 다음 오랫동안 곧은 자세로 사무를 보았다는 듯 목을 꺾어 한바퀴 휘 돌렸다. 그리고는 내 앞으로 고개를 쑥 내밀었다. 말하자면 턱을 약간 치켜든 모습이 무슨 용무로 왔느냐는 말을 대신하고 있었다. 나는 몸을 바로하여 되도록 공손한 모습을 하면서

"있잖습니까… 그 병역 면제 혜택이랄까 하는 것…."

내가 계속 이야기 할 양으로 좀 더 몸을 창구 쪽으로 당기면서

입을 열려 했을 때 그는, 굉장한 도수의 안경을 낀 사내는 픽하고 낮게 웃었다. 그리곤 다시 얼굴을 숙여 서류철을 꼼꼼하리만큼 가지런히 옆으로 정리했다. 나는 사각의 창구를 사이에 두고 끈기있게 몸을 긴장시키고 그를 노려보았다. 이윽고 그가 나를 향해 다시 앉음을 보고 나는 재빨리 입을 열었다.

"그 말입니다. 죄송하지만 혜택조항이 어떠한지요. 기준일까 하는 거요….”

이번엔 웃지는 않았으나 빈정거린다는 것을 정리해둔 서류철을 다시 꺼집어 내어 뒤적거리는 행동으로 충분히 짐작할 수 있었다. 마치 굉장한 죄를 지은 범죄자가 후한 조처를 기대하고 앉은 것처럼 나는 온 몸이 욱신거렸고 불쾌했다. 개새끼, 개같은 새끼, 나는 그의 목덜미로 번득이는 팔월의 염증에 욕을 퍼부었다.

"면제라구요… 글쎄요 말씀해 보시죠. 그 기준이라는 것이 여러 갈래니깐요.”

"아네, 가정 형편이랄까, 그랬습니다….”

"생계사유 말입니까?”

"맞습니다. 그 조항이 어떠한가요?”

"글쎄요 아까도 말했듯이 그 갈래가 여러 가지니까 댁에서 말씀하시는 편이 빠릅니다. 가령, 재산정도가 어떻구 가족사항이 어떻구 하는 것 말입니다.”

사내는 두 손을 마주 낀 자세로 조금은 위압적인 눈초리로 나를 바라보았다. 당돌하게도 고등 수사관과 같은 자세로 내려다보는 앞에서 주섬주섬 집안 일을 들추어낸다는 것은 그리 유쾌한 일이 아니었으므로 나는 웃으려 했다. 그러나, 신경질적으로 눈을 깜박대는 사내를 보고 나는 낮게 두어 번 헛기침만 하고 말았다.

나는 아버지가 몇 살이며 오래 전부터 아파 누워 있다는 것과 동생들에 관한 것들을 딴에는 아주 상세히 늘어놓았다. 엄마는 어릴 때 죽어 버려 곰보인지 째보인지 기억이 안 난다고 덧붙였다.

"부친 연세가?"

"쉰넷."

"쉰넷이라… 동생, 여동생은 얼마라구?"

"만 스물입니다. 그 아래는 아홉인 동생놈이 있구요."

여자 하나가 건너편 창구의 직원과 깔깔거리며 무슨 말인가 주고 받고 있었다. 이마께로부터 턱까지 희뿌옇게 화장된 얼굴은 목부분의 검으티티한 땟자욱으로 한층 강조되고 있었다. 상체를 창구 받침대 위로 치켜 올린 그녀는 기묘한 입놀림으로 경쾌한 껌소리를 내고 있었다. 팔월의 더위가 멈춘 환기통의 날개 사이로 비집고 들어왔다.

"그런 사유로는 곤란하군요. 법적으로 부친의 나이라면 노동 능력이 있다고 해석됩니다. 여동생 역시 그러합니다만…."

사내는 안경을 만지작거렸다.

"그러하다뇨? 다시 말하지만 아버지는 병자입니다. 진단서로 증명할 수도 있구요!"

나는 이 사내가 괜스레 나의 말을 인정치 않는 것 같았다. 미리 거부를 해 보임으로써 어느 정도 여유를 갖고 요구에 응하려는 그 사내의 버릇 같은 능청이라고 판단했다. 사내는 법이라는 테두리 안에서 그의 능변을 마음껏 구사하면서 되려 나에게 호소하듯이 말을 했다.

"법적 해석으로 만 스물이면 부양능력 즉 노동능력이 있다고 봅니다. 분명히 명시되어 있죠. 귀하는 징병되어야겠군요."

"누차 말씀드리지만 정말 곤란합니다. 동생은 여잡니다. 게다가…."

나는 나의 면제 혜택에 도움이 될 만한 그 모든 것들을 위해 목청을 더욱 가다듬을 수밖에 없었다. 그러나, 나의 음성과 태도에서 어떤 혐오감을 느끼는 듯 그는 안경다리를 매만지며 약간의 조소 같은 미소를 띠었다. 나는 그에게 조금의 감명이라도 주기 위해 양손의 손가락까지도 놀려가며 말을 했지만 얼마 후 그의 시선은 나의 얼굴에서 이미 떠났음을 알고 그만 입을 다물었다.

"하나의 문제를 지나치게 분석하는 건 좋지 않죠. 법은 평등합니다. 좀 안된 말씀이지만 개개인의 특수한 것을 통제할 수 있는 힘이 있다는 말입니다. 오히려 그런 점에서 법이 존재하지 않을까요?"

이렇게 지껄이면서 그는 다시 서류철을 꺼집어내었다. 나는 그 순간 법 운운하는 이 젊은 공무원이 참으로 왜소해 보였고 조그만 사각의 창구 속에 안온히 자리한 그의 생활이 울고 싶도록 서글퍼 보였다. 여자의 껌은 입에서 손으로 나와 있었다. 껌은 도르르 말려 손바닥에서 한바탕 소리를 튕긴 뒤 다시 입으로 들어갔다. 그런 여자의 머리엔 색 바랜 가발이 얹혀져 있었다.

물론 애초부터 큰 기대를 하지 않았지만 이렇게 쉽게 거부당할 줄을 몰랐다. 법적 해석이란 그 모호한 해석에 의하면 분명히 나는 건강하며 환경도 양호하다는 것이다. 사실 나는 절박했다. 한 치의 보탬도 없이 말한다면 거드름을 피우는 안경 녀석을 끼고 인근 다방에라도 가서 정 면제가 안 된다면 연기라도 할 방도가 없느냐면서 매달리고 싶은 기분이었다.

그로부터 한 달도 채 못 되어 나는 징병검사 통지서를 받았는데 검사할 때 나는 자신의 몸을 속이기로 했다. 가령 색맹검사 때 색 숫자판을 내려다보면서 고개를 갸웃거린다거나 외과 군의관 앞에서 가볍게 다리를 절어 보인다거나 하는 유치한 속임수였지만, 이상한 점은 그러한 나의 행동이 번번이 탄로 났음에도 불구하고 단 한 명의 군의관도 관심을 보여 주지 않았다는 점이다. 그것은 시력검사 때도 그랬다. 군의관은 대뜸 아래쪽 조그만 아라비아 숫자를 지적했고 나는 모른다고 했다. 한 칸 위로 막대기가 올라갔다. 모른다고 했다. 군의관은 다시 두어 칸 위를 가리켰는데 역시 모른다고 했다. 정말 안 보이는 듯 나는 얼굴을 찡그렸고 숫자를 알아보려고 무척이나 노력하는 것처럼 목을 빼 보였다.

그 후 나의 이 어설픈 시도는 조그만 판막이 밀실에서 후랏쉬를 내 눈에 비쳐 보임으로써 탄로가 나버렸지만, 담당군의관은 늘상 당하는 일처럼 나의 등을 가볍게 밀어내는 것으로 최대의 보복을 하는 듯 했다. 나는 드디어 수석 군의관 앞에 서게 되었는데, 그는 수치상으로 나타난 나와, 앞에 엉거주춤 벌거벗고 선 또 하나의 나를 대비하면서 흘끔흘끔 나의 몸을 훔쳐보았다. 그리고, 윤택한 음성으로 입을 열었다.

"갑종!"

순간 나는 입속에서 혹 내쏘는 갑작스런 갈증을 느꼈다.

"복창햇!"

수석 군의관이 소리쳤다. 단호한 표정으로 그는 그윽히 나를 올려다보고 있었다.

"가압 종!"

나는 덜된 목소리로 곧 쓰러질 듯 한 피곤을 느끼면서 따라 복창할 도리밖에 없었다.

그런데 이상스러운 것은 그 때의 조급스런 갈증을 요즘에 와서 엉뚱하게도 아버지에게서 되찾은 일이다. 그것은 아버지의 기침 끝에 느끼는 현상으로 나의 목구멍은 타는 듯한 갈증에 마른 기침을 돋궈내게 되었다.

물론 아버지의 기침에 대해서는 전부터 잘 알고 있다. 그때는 만성질환이라 그러려니 하고 단순히 들었지만 유독 요즘에 와서 더욱 내 귓속을 후벼 들었다. 이것은 내가 오히려 아버지의 기침소리에 온 신경을 세우고 있다는 얘기일 것 같지만 나는 그렇게 생각하기 싫었다. 스스로 신경을 예민하게 도사리고 있다기보다 아버지 측에서 그 기침소리가 더 심각하게 변화되고 있다는 것을 믿고 싶었다.

아버지의 기침소리는 독특했다. 분명히 전보다 상당히 달랐다. 아버지의 기침은 목에서부터 시작되는 것이 아니라 훨씬 더 위쪽인 입속에서 골골거리는 것이다. 따라서 그 소리는 마치 조그만 아이가 숨넘어가듯 짜르르 우는 것과 흡사하여 여간 참을성이 없고는 한바탕 온몸을 뒤흔들어야 함은 당연했다. 알지 못할 어떤 거대한 작업 속의 조그만 톱니 같은 소리로서, 아버지는 나에게 그 무언가의 책임을 요구했고 나는 꿋꿋이 버티고 그것을 거부했다.

나는 아버지의 기침소리에서 솔직히 말해, 단 한 치의 동정도 느끼지 못했다. 다급하게 넘어가는 그 불행의 책임을 마치 타인에게라도 전가시키는 것처럼 생각되었다. 해서 아버지가 기침을 시작할 때면 으레 엄습하는 그 차가운 소름을 나는 떳떳하게 느끼고 있는 지도 몰랐다.

그러다가 나는, 아버지가 자신이 올린 담을 삼켜버린다는 것을 안 후 기막히게도 대신 뱉어버리는 버릇을 가지고 말았다. 분명 아버지는 담을 끓어올린 후 그냥 삼켰다. 주름 많은 목젖께로 그것이 넘어가는 소리는 오히려 낭랑하게 들려왔으며, 몸을 일으킬 수 없어, 아니면 스스로 뱉기 싫어 그러는지 타구는 언제나 말끔했다.

아버지가 걀걀대며 목을 울릴 때면 그 누렇게 흐물대는 담이 어느 듯 내 입안에 가득 옮겨온 것 같았으므로 흐지부지 그 기침이 멎을 즈음 나는 잽싸게 창을 열어 굉장한 힘으로 나의 그것을 뱉았다. 축대가 높은 탓인지 그것은 꽤나 오래 포물선을 그으며 내려갔으며 나는 그것이 바닷물 위로 완전히 떨어지는 것을 지켜보아야 했다.

날은 여전히 무더웠다.

아직 동생의 차례가 되려면 한두 시간은 족히 기다려야 할 것 같았다. 아버지는 벤치에 앉아 땅을 내려다보는 자세로 오랫동안 무언가를 생각하다 불현듯 슬픔이 복받치는 것처럼 손수건으로 눈물을 훔치고 했다. 나는 아버지의 그러한 행동을 한참이나 지켜보았다.

더웠다. 철 지난 농원의 원두막 같은 을씨년스러움이 기묘하게 고요한 화장막의 넓은 마당에 팽배해 갔다. 가끔 쇠수레를 밀고 복도를 오가는 화부들의 누른 얼굴과 담벼락에 붙어서서 눈물을 닦아내는 상객들은 끈기 있게 녹아내리는 더위에 젖고 있었다. 일상의 습성같이 눈에 익은 달력의 풍경을 보듯 나는 이 모든 것이 권태로웠다.

웬 사내 하나가 이쪽으로 걸어왔다. 예상대로 그는 내 옆에 자리잡아 앉았다. 나는 몸을 좀 움직여 보임으로써 약간의 관심을 나타내었다.

"참 덥습니다, 덥죠?"

사내의 음성은 쾌활했다.

"네."

"죽기도 어렵네요. 그 말입니다, 한번 죽음으로써 모든 게 말짱 끝나는 줄 알았는데 저쪽 저기…"

사내는 화장막 뒤로 딸린 회백색 건물을 가리키며,

"해부를 합디다. 동물이더군요. 발랑 사지를 벌려 내장을 쏟는 자나, 그 위에 걸터앉아 요것저것 가려내는 자나… 글쎄 약 처먹고 죽은 것도 원통한데 그걸 확인하느라 배 그려 다시 기워 태우고… 요사이 죽음이란 한번 만에 끝나지 않더군요… 어떻게 생각합니까?"

"글쎄요."

사내는 반문을 꼭꼭 함으로써 자신의 말에 상대의 동의를 구하려는 것 같았다, 그러나, 나의 대답이 너무 짧았던 탓인지 사내는 곧 입을 다물어 주었다. 나는 그가 귀찮았던 것이다.

사내는 두 손을 마주 비비며 흘끔흘끔 내 얼굴을 보았다. 엄숙한 고개짓으로 내 주위를 더듬어 나가던 그는 내가 가난한 상객이란 것을 알았는지 대뜸 자리를 털고 일어나 버렸다. 내가 하다못해 소주병 하나라도 들고 있었더라면 그는 좀 더 내 곁에 머물렀을지도 모른다.

　내가 그에게서부터 박 상사를 떠올린 것은 자연스런 이야기일 것 같다. 그의 이야기를 듣는 동안 모든 순수성은 퇴화되고 고도로 숙련된 더듬이에 의해 비대한 체구로 도태했던 그를 기억해 낸다는 일은 그리 어렵지 않았다. 사실 내가 지금도 억울해하는 것은 희한한 모습으로 죽은 박 상사가 그래도 죽는 순간까지 계급장을 달고 있었다는 점이다.

　박 상사는 정확히 사흘에 한 번씩 나를 비롯한 분대원 몇몇을 지적하여 한 밤중에 돼지우리로 갔는데, 자체 소비를 하도록 된 돼지죽을 민간인에게 넘겨주는 작업이었으나 이 짓은 훨씬 위쪽에서부터 묵과되어 내려오는 일인 줄을 나는 알고 있었다. 비교적 돼지우리로부터 가까운 우리 분대가 그 일을 맡게 되었으며 또한 그 일의 수행자가 바로 자기임을 상사는 어느 정도 자랑으로 생각하듯이 보였다.

　한밤중의 돼지우리는 낮과는 다른 냄새가 났다. 낮의 하얀 열기 속에서는 그야말로 악취였으나 밤은 그것과 달랐다. 향긋하다고 하면 과장이 지나치겠지만 낮보다는 견디기가 수월했다.

　돼지우리 속에서 상사는 버릇처럼 극도의 정숙을 요하는 몸짓으로 정확히 우리를 지시해 나갔다. 그럴수록 나는 일부러 소

리를 내어 팽팽거리며 코를 풀기도 하였고 목을 돌우어 헛기침
도 했다. 그는 어둠 속에서 나를 응시했지만 말은 없었다. 그는
나의 수면시간을 탈취하고 있다는 것을 다행스레 알고 있었던
것이다. 해서 나는 더욱 더 태연자약한 태도로 그의 응시를 느끼
면서 코를 훔쳤는지도 모른다. 나는 여태까지 걸어 온 그의 인생
이란 전혀 가치가 없다고 속단할 수 있었으며 충실한 훈련으로
반복되는 그 학대를 만성으로 받아 넘기는 불행한 인간으로서
가끔 동정을 하곤 했다.

　돼지죽과 돈이 교환되는 곳은 돼지우리로부터 상당한 거리에
있었다. 우리는 돼지죽을 어깨에 지고 길을 내려갔다. 휘영청 달
빛과 처량한 풀벌레 소리를 밟으며 그렇게 지나가는 행렬은 참
으로 기묘한 형상이었다. 우리는 분뇨 수거인처럼 가득 채워진
두 돼지 여물통을 알맞은 중량으로 하기 위하여 연신 몸을 흔들
어야 했으며 행렬의 선두에 선 박 상사는 그의 비계덩이를 주체
못하여 몸을 흔들었다. 마흔도 채 못된 젊은 나이와는 어울리지
않게 겹겹이 층을 이룬 그의 목덜미께로는 땟자욱 같은 기름기
가 시꺼먼 빛깔로 번득였다.

　민간인 쪽에서는 우리 보다 언제나 먼저 와 기다리고 있었다.

　머리가 홀떡 벗겨진 중개인이 박 상사에게 인사를 하는 둥 고
개를 숙이면 박 상사 역시 공손이 고개를 숙였다. 박 상사는 중
개인이 게거품 같은 웃음을 흘리면서 우리가 지고 온 여물통을
세어 돈을 넘기기 시작할 때면 꼭꼭 헛기침을 한다는 것을 나는

알았다. 중개인이 손가락에 침을 발라 온갖 모습으로 꾸겨진 지폐를 하나하나 넘길 때마다 박 상사는 어딘지 모르게 불안해하는 것이다. 연신 고개를 옆으로 돌린다든지 헛기침을 한다든지 혹은 부하들에게 죽을 조용히 잘 부으라는 둥 수선을 피웠다.

얼른 죽통을 비운 뒤 우리는 마지막 남은 돈의 이전을 지켜보게 되는데, 참으로 가증스러운 것은 나와 우리 분대원의 시선이 상사의 그 당혹해 하는 얼굴에 모두 머무는 일이었다. 얼마만큼 두툼한 지폐가 상사의 손에 쥐어지는 것을 우리 모두가 응시했고 그도 그것을 느꼈다. 상사는 그 돈을 다시 한번 확인한 다음 아랫주머니 깊숙이 넣고는 돌아서서 성큼성큼 확고한 걸음걸이로 걸어갔다. 그 모양은 뿌듯한 행위감을 주체 못하여 어딘지 모르게 가느다랗게 떨리는 것 같았다.

이것으로 박 상사에 대한 기억이 모두인 것은 아니다. 내가 본격적으로 그에게 흥미를 느끼게 된 것은 자체 열병연습 때였다. 열병을 위하여 우리 분대를 정렬시킬 때면 그는 으레 단상으로 올라가곤 했는데, 우람한 상체에 비하여 그것을 지탱하게 하는 그의 두 다리는 숫제 무릎까지 군화에 파묻힐 만큼 짤막하여 무언지 모르게 자꾸 발 아래로 가라앉는 모습이었다. 다행히 살이 오른 두툼한 목은 엄청나게 넓은 그의 얼굴을 잘도 떠받고 있었으며 체구와 다르게 금속성의 그의 목소리를 듣노라면 나는 묘한 로봇을 대하는 심정으로 그를 바랄 볼 수밖에 없었다.

어느 날인가 시범열병 연습시간, 분대장의 인원보고 때였다.

또렷한 음성으로 분대장의 인원 보고가 있을 때 이상한 웃음소리가 우리 중 누군가의 입에서 새어 나오고 말았다. 그것은 음산하리만큼 아주 조용히 흘러나왔는데 완전히 상사에 대한 경멸의 빛깔이었다. 상사는 짤막한 막대기로 그의 가슴을 가볍게 두들기면서 그 누군가가 누구인지 우리들 하나하나의 얼굴을 더듬으며 그 누군가를 찾기 시작했다. 나는 그의 눈을 들여다보면서 이 완벽한 긴장에 입술을 잘근잘근 깨물며 즐거워하였다. 시선이 내가 선 횡대를 깐깐이 훑으며 내 옆쯤 왔을 때 바로 옆의 병사가 움찔하며 차례 자세를 고쳤다. 그리고 나의 얼굴을 지나 옆으로 넘어 갔을 쯤에서 그 묘한 웃음이 이번에는 좀 다른 색깔로 새어 나오고 말았다. 상사의 시선이 나와 내 옆 그리고 나를 기준해서 앞뒤로 어지럽게 움직였다. 그건 내가 낸 웃음 소리였다.

"나왓!"

그는 그 우람한 상체를 움찔하면서 버럭 소리를 내질렀다.

그러나, 나는 나가지 않았다. 그의 당황해하는 눈을 보고는 아직도 판별을 못하고 있음을 나는 믿었고 분명 그랬다. 돼지 여물통 같은 새끼… 나는 흠잡을 데 없는 부동자세로 꼿꼿하게 버티고 서서는 은밀히 집게와 중지사이로 엄지손가락을 쑥쑥 내어 보이는 손가락 놀림을 해주었다.

그는 마침내 단상에서 내려와 바보스럽게도 대뜸 내 옆 분대원 앞에 우뚝 서서는 오똑하니 그를 올려다보았다. 그리고 서서히 그의 짧은 막대기로 그 병사의 배를 톡톡 치는 것이다. 나는 웃었다. 아니 채 웃음소리를 내었을까 했을 때 상사는 후다닥 내 멱살을 나꿔챘다. 그의 넓은 얼굴은 참으로 엄숙한 모욕감에 마구 떨리고 있었다. 나의 면상을 향하여 그는 주먹을 들어 신체의 좀 더 아픈 부분을 정확하게 주먹질 했다. 일테면 아주 익숙한 요리사가 밀가루 반죽을 요리조리 잘도 엎듯이 그는 상당한 반복성을 지니면서 차차 얼굴에서부터 가슴팍, 다리에서 무릎께로 그 공격부분을 옮겨갔다. 나는 그의 주먹질과는 대조적으로 아주 가볍게 넘어지곤 하였다.

이일이 있은 다음부터 나는 상사 앞에서 좀체 웃을 용기가 나지 않았다. 그것은 실제로 그에게는 아직도 힘이라는 것이 존재하며 그 기름진 목에 올라앉은 얼굴에는 아직도 위엄스런 계급이 자리했기 때문이다.

그러나, 그의 몸이 무표정하게 나를 향하게 된 것은 그해 늦가을의 일이었다.

전방에다가 훨씬 고도가 높은 곳이라 그런지 우라질 눈은 벌써 쌓이고 있었다. 그날 정오 소대장의 지휘 아래 눈을 치우고 있을 때 괴한 출몰 보고가 들어왔다. 우리는 곧 전투태세로 몸을 무장한 다음 차에 분승했으며 상사는 운전석 뒤의 조그만 봉창을 통해 빨리 정돈하라며 날카로운 금속성 소리를 꽥꽥 내질렀다.

차는 달렸다. 고개를 들어보았다. 하늘이 파랗게 맑아오고 있었다. 그렇게 한참을 달렸을 때 운전석 봉창으로 상사의 목소리가 다시 들려왔다.

"운전병, 저쪽 숲으로 몰아. 눈도 별로 없잖아!"

그쪽은 평소에 사용이 잘 되지 않은 길이었다. 운전병은 묵묵히 차를 꺾었다. 차는 완강한 소리를 내면서 서서히 방향을 바꾸기 시작했다. 그러나 그 회전이 엄청난 기억으로 뒤바뀔 줄은 모두가 까맣게 잊고 있었다.

그쪽 길은 나무가 듬성듬성 나 있는 탓인지 눈이 채 낙엽을 다 덮지는 못하였다. 도로는 환한 눈빛을 쏟으며 곧장 이쪽으로 달려왔다. 바람소리, 휙휙 지나는 나뭇가지 소리, 순간 나는 굉장한 힘으로 한없이 떨어져나가는 내 자신을 느꼈다. 마치 부드러운 새가 아름다운 율동으로 숲 속 너머 사라지듯 나는 아무 저항감도 없이 그렇게 흘러갔다.

냄새는 맡을 수 있었다. 무언가 타고 있었다. 희뿌연 연기 속으로 뭉클하는 화약내음이 코끝에서 감돌았다. 한참 뒤 연기가 걷히자 박 상사의 널따란 얼굴이 성큼 내 앞에 다가와 있었다. 그는 차례 자세로 단정히 땅에 누워 둔부를 조금 하늘로 치켜든 형상을 하고 있었다. 그는 나를 보고 있었지만 언젠가 단상에서 웃음소리를 찾을 때와는 그 눈동자의 모습이 달라 있었다. 나를 향한 채 죽어 있었던 것이다.

나는 그의 입술로부터 흘러내린 피가 하얀 눈을 아주 곱게 물들이는 것을 보고는 확하는 피비린내를 맡고 말았다. 손을 움직여 보고 머리를 흔들어 보았다. 나는 와락 손을 내려 가슴팍을 만졌다. 아무렇지 않았다. 나는 다시 손으로 허벅지를 더듬었다. 허벅지, 분명 허벅지는 있었다. 그러나 그 아래 무릎 부분에서는 나는 소스라치며 손을 거두고 말았다. 나는 몸을 위쪽으로 움직이려 했다. 움직이지 않았다. 나는 걷잡을 수 없는 당황으로 마구 허벅지 아래를 더듬었다. 온통 피범벅이다. 나는 하늘을 보았다. 완전히 맑아 있었다. 저쪽 너머로 흉측스런 몰골을 한 트럭이 내팽겨쳐 있는 게 가물가물 기억으로부터 사라졌다.

동생이 죽었다. 이건 미리부터 짐작되어 온 일처럼 한치의 어색함이 없어 도무지 실감이 나지 않는다. 더위가 하얗게 내리는 화장막 뜰을 바라보는 나는 남의 죽음을 문상 온 이처럼 한가로왔고, 우산처럼 벌린 히말라야시다의 가지 사이로 바람이 불어올 때면 졸립기까지 했다.

동생은 나를 보고 오빠라고 했다. 그러나 나는 그녀의 이름을 단 한 번도 부르지 않은 것 같다. 물론 처음 아버지는 못마땅해하였지만 내가 너무 고집했는지 아버지가 쉽게 단념해 버렸는지 여하튼 나는 그녀보고 '너'라고 불렀다.

내가 그녀를 처음 보았던 것은 국민학교 졸업반 때였다. 하학하여 집에 들어섰을 때 아버지는 머리카락이 기막히게 세어버린 어느 늙은 노파와 마주 앉아 있었다. 내가 문앞에서 머뭇거리며 성큼 들어서지 않자 아버지는 나에게 이리오라는 뜻으로 손짓해 보였다. 나는 겁이 덜컥 났다. 머리카락이 눈부시도록 흰 할멈이 무서웠던 것이다.

후다닥 마루로 뛰어올라 내 방문을 열어젖혔을 때 나는 또 다른 광경을 볼 수 있었다. 눈이 무척이나 큰 단발한 계집아이가 아이 하나를 꽉 동여맨 채 빠꼼이 내 눈을 들여다보았다. 그렇게 얼마를 쳐다보다가 무언가를 쑥 내밀었다.

"이거 먹으래."

땀이 촉촉이 스민 조그만 그녀의 손엔 누렇게 뒤틀린 자두 두 알이 쥐어져 있었다. 요컨대 그녀는 자두 두 알로써 나와의 동거를 확인받는 셈이었다. 뒷날 그 머리 흰 노파는 그녀의 외할머니이자 아버지의 장모도 될 수 있다는 것을, 소위 첩이란 존재로써 어렴풋 짐작할 수 있었고, 할멈의 딸은 나의 엄마 보다 몇 해 앞서 죽은 것을 그보다 훨 씬 더 지나서야 알았다.

바닷가 집단촌에서 아버지의 기침으로부터 심한 갈증을 느끼고 있을 즈음 나는 동생에게서도 어떤 변화가 있음을 알았다. 아주 낮긴 하지만 동생도 기침을 했다. 아니 동생은 의식적으로 자신의 그것을 억제했던 것 같다. 때문에 마루 하나 사이를 둔 거리였지만 까맣게 잊고 있었는지도 모른다. 나는 동생이 무슨 이유로 입술을 꼭 다문 채 참는지 알 수 없었다.

아버지의 그것은 전율이었으나 동생은 달랐다. 나는 사실 동생이 기침을 삼킬 때면 불안했다. 내가 오른 편 무릎 아래를 온통 기브스 하여 바닷가 집단촌에 밀려들어온 그 이듬해부터, 축대를 따라 쭉 뻗은 방파제 쪽 공지에서는 간척 공사가 시작되었는데, 그 공지로 각기 자신의 죄만큼 쓰레기들이 날마다 엄청나게 밀려들어오곤 했다. 한여름의 먹구름 같은 먼지들이 끊임없이 불어왔고 단번에 이 집단촌을 덮을 듯한 흉흉한 불안이 마른 파래의 매캐한 냄새처럼 강렬하게 나의 마음을 짓이겨 오곤 했다.

집에서 얼마 떨어지지 않은 보건소에서 새 붕대를 감고 돌아와서는 나는 굉장한 호기심을 가지고 그것을 곧 풀어버리곤 했다. 그러나, 나는 번번이 낙심하여 다시는 그것을 묶지 못한 채 하루를 보내어야 했다. 가제에 연고 같은 것을 발라 묶은 다리는 언제나 끝이 뭉툭할 뿐 왼발과 같이 다섯 개의 발가락을 가진 발은 돋지 않았다. 그것은 터무니없는 기대였다.

나는 내 오른 다리의 붕대를 풀어볼 때마다 술을 찾았다. 무릎 밑 발목은 없었다. 술을 마셨다. 나는 뭉툭하게 절단된 부분을 쓰다듬었고 깨물었고 마구 내리치다가도 게걸스레 핥았다.

시간이 지날수록 거울은 놀리듯 생소한 모습의 나를 꾸며 놓고 있었다. 거울 속의 나는 두 눈이 의외로 커졌으며 발정한 고양이의 털처럼 수염은 뻣뻣하게 자라 있었다.

나는 피로했다. 거울을 들여다보노라면 퀭하니 들어간 두 눈이 빛을 내는 것 같았다. 이건 미쳐가고 있다는 증거였다. 나는 조금씩 조금씩 자신도 모르게 침을 흘리고 있었던 것이다. 그 후 나의 가슴은 의외의 모험으로 점점 팽창하기 시작했다.

동생이 기침을 참아내는 날 밤이면 나는 곧잘 축대 아래로 내려갔는데 거기에는 따개비가 화석처럼 퇴색된 제법 큰 바위들이 있어, 어떤 때에는 목발을 짚지 않고서도 내려 설 수 있었다.

그날 간척 공사장에는 눈부신 백열전등을 늘어세워 놓고 밤 공사를 감행했다. 낮에도 공사가 진행되지만 밤에는 까맣게 나르는 먼지들을 볼 수 없어 퍽이나 다행했다.

나는 불빛을 보았다. 필라멘트 끝에서 분산된 빛들은 밀리는 수면 위로 점점이 떠나갔다. 마치 능글맞은 구렁이가 습기 진 몸을 번득이며 너울너울 나뭇가지를 감고 지나가듯 불빛은 굴곡진 무늬 위로 각각의 무늬를 이루면서 밀려나갔다.

순간 나는 다급한 동생의 기침 소리를 들었다. 나는 발작처럼 몸을 돌려 동생의 방을 올려다보았다. 이때까지 조심스레 억제되어왔던 기침소리가 거침없이 쏟아져 나왔던 것이다. 강한 모멸감을 느끼게 하는 아버지의 기침과는 다르게 동생의 그것은 마치 천개의 입을 가진 환자가 정확하게 나의 심장에다 그 소리를 박는 것 같았다.

창을 열어 한참이나 바다를 내려다보던 그녀는 바다를 향해 무언가를 던졌다. 휴지 뭉치 같은 것이 떨어져 왔는데 나는 그것이 객혈을 한 자욱이란 것을 쉽게 알 수 있었다. 다음날 그 다음날도 동생은 창을 열고 붉은 뭉치를 내던졌는데, 어떤 때엔 하나하나 얼마간의 사이를 두고 던질 때도 있었고 또 다른 날에는 한꺼번에 급히 내던지기도 했다.

며칠 후 밤, 나는 그녀가 돌아오는 대로 쪽 골목을 주시하고 있었다. 간척 공사장의 기계소리가 멎었다. 비틀거리며 어둠속에서 그녀가 나왔다. 그녀는 콧노래를 흥흥대며 축대를 따라 걸어 올라왔다. 나는 온 몸을 긴장시키며 그녀의 목 언저리를 쏘아보았다. 나의 두 손은 흠뻑 땀으로 젖고 말았다.

"훈아, 무운 문 열어!"

사내 동생의 가만한 발자국 소리가 들렸다. 그녀가 걸어왔다. 마루였다. 고갱의 복사판이 걸려 있는 마루인데 벽에는 낡은 회분이 칠해 있어 지나갈 때마다 늙은 나방처럼 뿌연 가루가 날리기 일쑤였다.

내 방을 지나 건너편 문을 열고 불을 켜는 것 같았다. 나는 우선 두 손을 닦고 바다를 내려다보았다. 예의 그 바다 소리는 들을 수 있었으나 짭짤한 내음은 맡을 수 없었다. 코 안이 먹먹했다. 공사장에는 기중기 같은 것이 공중으로 다리를 치켜든 모습을 하고 있었다.

불이 꺼졌다. 그러고도 한참 지난 후 나는 오랫동안 연습된 동작처럼 걸어나가 그녀의 방문을 서슴지 않고 열었다. 생각지도 못한 달이 동생 방 창속에 떠 있었다. 나는 그녀의 참혹하리만큼 창백한 얼굴을 보고 말았다. 그녀는 비스듬히 천장을 향해 누워 타는 듯한 눈으로 나의 모든 부분을 꿰뚫어 보았다. 그후 나는 이 기묘한 풍경 속에서 어떠한 걸음걸이 혹은 어떠한 자세로 그녀의 목을 두 손아귀로 눌렀는지 모른다. 다만 내가 기억할 수 있는 것은 그녀의 가냘픈 팔이 나의 머리카락을 마구 휘잡을 때 상당히 오래 그녀의 목을 누르고 있었다는 생각뿐이다. 그 뒤 나는 어떻게 내 방으로 돌아 왔는지 그것 또한 알 수 없다.

다음 날 아침, 나는 동생이 죽지 않았음을 알았다. 내 머리 맡에는 어제와 똑같은 솜씨의 상이 놓여져 있었고, 해가 좀 더 떠올랐을 때엔 까만 가방을 메고 축대를 따라 내려가는 그녀를 볼 수 있었기 때문이다.

동생은 이 일이 있은 다음부터 한 달도 못되어 죽었다. 말하자면 동생의 명줄은 애초부터 그리 긴 것이 못되었던 것이다. 술을 나르다가 넘어졌다고 했다. 내가 병원으로 갔을 때 동생은 피를 동으로 쏟고 있었으며 나는 동생의 차가운 손에서보다 창가에 서서 한가로이 햇볕을 받는 간호원의 얼굴에서 그녀의 죽음을 더 쉽게 알아낼 수가 있었다. 아버지가 그 끔찍스런 기침소리를 병원 복도에 뿌리며 들어섰을 때엔 동생은 이미 식어 있었다.

마침내 동생을 위해 하나의 불구멍이 열렸다. 앞에서 헤아리면 여섯 번째, 뒤에서는 두 번째 화구다. 화부가 대리석 바닥 위로 소름끼치는 소리를 내면서 쇠수레를 몰고 나왔다.

동생이 차에서 내려졌다.

아버지는 계단을 헛디뎠다. 거의 울다시피 따라가던 아버지는 벽에 이마를 부딪쳤다. 필사적으로 동생을 부여잡고 무어라 소리를 내질렀다. 아버지는 다만 그렇게 함으로써 딸에게 벌거벗은 자신의 그 모든 것을 대변하려는 것 같았다.

화부가 동생을 밀자 준비된 화구는 굉장한 흡인력을 지닌 자석처럼 조금의 주저함도 없이 동생을 삼켜버리고 말았다.

"우리 애가 불탄다! 우리 애가… 누가 꺼집어 내 다고! 에고고 부처님, 아이구 하느님!"

아버지는 천주를 외쳤다. 부처도 찾았으며, 하늘을 우러러 또렷한 음성으로 '예순님! 예순님!'하고 불렀다.

나는 울고 싶지 않았다. 그러는 편이 당연할 것 같았다. 나는 땅에 꼿꼿이 버티어 서서 그 무언가 무너지는 모습을 지켜볼 뿐이었다.

산허리께로 솟은 화장막 굴뚝으로 푸르스름한 연기가 펑펑 잘도 퍼지고 있었다.

해설

마애암 골짜기에서 솟아오른 놀라운 세계
－신종국 소설집『마애암 골짜기』

김성달·소설가

1.

마애암 골짜기에서 놀라운 소설이 불쑥 솟아올랐다. 작가의 30여 년 내공이 축적된 소설 『마애암 골짜기』는 사회적 약자들의 세계를 진정성 있게 불러내고 있다. 그 골짜기에는 위안부, 사생아, 5·18 희생자, 게이, 아버지의 총, 월남전, 날품팔이 피난민, 이념과 징용의 희생자 등의 다양한 이야기가 크고 작은 숲을 이루고 있다. 지금 한국의 소설은 새로움에 등 떠밀려 약속이나 한 듯이 작가의 기억이나 삶, 사회적 현실로부터 생겨나는 사실주의적 서사의 소설을 삭제하는 현실이다. 작가는 그런 시류에 개의치 않고 특유의 촘촘한 기억과 삶, 사회적 현실에서 생겨나는 약자들의 소재를 육화해 차원이 다른 진정성 있는 이야기의 골짜기를 만들고 있다.

사회적 약자나, 밑바닥 삶을 이야기로 끌어들이는데 탁월한 신종국 작가는 일방적인 경험의 세계에 함몰되지 않은 자세로 우리 삶에 은폐되어 있는 진실을 감각적으로 직관하고 있다. 작가의 이런 힘이 타자와 공감하는 과정에서 소설의 울림을 크게 확대해, 공감 능력의 퇴화로 소설이 주변부로 물러나는 이 시대에 새로운 희망으로 다가온다.

우리는 자본주의 체제의 바깥을 상상할 수 없는 현재를 살고 있다. 삶에서 경쟁은 원칙이 되었고, 공감의 능력은 패배자나 가지는 것으로 무시당하고 있다. 이런 세상에서 사회적 약자와 모욕당한 사람들의 탐구에 매진해온 작가의 작품은 충분히 설득적이다. 설득력을 얻는 요인은 복합적이지만 무엇보다도 깊고 어둡고 막막한 약자들의 세계를 구조적이고도 사실적으로 파고든 탐색의 깊이와 타당성 때문이다. 신종국 작가는 밑바닥 인생의 세계를 직설적인 언어로 기술하면서도 비인간성과 인간성이 충돌하는 모순의 현장을 집요하게 파고든다. 막힌 상황을 설정하고 그 무대를 화자들의 삶, 그 핵심의 현장으로 전환해 이야기에 파장을 던지는 솜씨가 각별하다. 그것은 그가 창조해내는 이야기가 점점 찾아보기 힘든 서사적 인과성에 위에서 탄탄한 성곽을 쌓기 때문이다. 그 과정의 고투와 피로를 생각하면, 흔하고 단순하지 않은 것이기에 더욱 값지다.

「마애암 골짜기」에서 작가의 묘사대상은 개인의 내밀한 기억과 심리 혹은 공동체의 체험과 역사 등에 기인하는 경우가 대부분이다. 요즘 작가들은 개인의 역사나 사회적 현상보다는 복잡하고 정교한 허구를 자기만의 문체로 구조화하는 것에 경도되어 있다. 재료를 모아서 재배치해 희한하게 만들어 소위 장르 성격을 띤다. 하지만 소설은 무엇보다도 체험과 사실 기억 등을 넘나들어 상관하면서 동시에 형상화를 통해 구별되는 것이다. 그것은 소설 나름 서사성의 독자성을 잃지 않으려는 몸부림이었고, 30여 년 동안 그런 서사성을 포기하지 않은 신종국 작가의 소설은 그래서 소중하고 반갑다.

신종국 작가의 소설을 읽는 것은 다른 세계로 가는 것이 아니라 우리가 알고 있지만 보지 못한 세계의 이면을 알게 되는 것이다. 그 길을 안내하는 작가의 자세는 열렬하게 근본적이고 투철하게 극단적이다. 왜냐하면 그가 안내하는 골짜기의 길은 '산들이 각이 날카롭고 경사가 급할 뿐 아니라 골과 골 사이가 엄청' 깊으며, '그것도 한두 골짜기가 아니고', '깔때기 모양 비집고 드는' 지형에, '물난리가 나면 다 휩쓸어 버리는' 곳이기 때문이다. 작가가 그런 길을 걷고 있는 것은 어떤 성공을 위한 과정이 아니라, 영원히 실패하는 도중의 여정이다. 여기에서 영원히 실패하는 도중이란 실패의 연속을 말하는 게 아니다. 그것은 「마애암 골짜기」의 화자들이 결코 필연일 수 없는 심정으로 절망과 만나고, 때론 한 번도 절망한 적이 없는 것처럼 무모하며, 상처는 아프지만 상실감에 빠지지 않기 때문이다.

독자들은 신종국 작가가 안내하는 마애암 골짜기의 길을 따라가다 보면 석양과 별을 보고 바람의 숨결, 숲의 냄새를 느끼고 북소리, 총소리, 새벽 조수 밀리는 소리, 가대기의 노래를 들을 수 있다. 왜냐하면 그가 안내한 골짜기는 사회적 약자여서 모욕당한 인생들의 성지聖地이기 때문이다.

2.

중편 「마애암 골짜기」는 문체 미학과 구성 미학의 안정된 호흡을 바탕으로 시종일관 긴장감을 놓치지 않는다. 작품 전체를 감도는 격조 높은 자연묘사의 색채감은 진경이다. 아버지와 형의 묘를 찾을 수 없다는 노모의 연락을 받고 고향에 온 명수는 저수지에서 자신을 구하고 죽은 형과, 그런 형 때문에 저수지에 몸을 던진 아버지의 기억에서 자유롭지 못하다. 소설은 그런 명수의 아픔과 고통을 절제된 언어와 상황묘사를 통해 입체적으로 그려내고 있다. 형을 죽였다는 죄책감에 시달리는 명수는 이따금 죽음의 유혹에 몸을 떤다.

아득한 시야 속에 갑자기 수십 마리의 작은 새들이 버려지듯 경사면 잡목 숲에서 저수지 제방 뒤로 한꺼번에 떨어졌다. 결국 명수는 저수지의 검은 수면을 보고 말았다. 먹구름이 천지간 가득한지 밤하늘 한쪽이 아주 가는 틈바구니를 이루면서 그쪽으로만 별들이 빼곡했다. 갇힌 저수지의 검은 물들은 제방 쪽 가장자리를 치면서 스윽 입을 벌려 명수가 다가오기를 기다렸다.(「마애암 골짜기」)

저수지에 미끄러지듯이 들어간 명수는 저수지 중심부로 끌려 들어 가면서 조용히 눈을 감는다. 그러다 거의 맹목적으로 몸을 솟구치는데 그건 살아야겠다는 의지와는 무관한 것이다. '먼 북소리가… 어릴 때부터 들어왔던 마애암의 북소리가 둥둥둥둥 큰 울림으로 내려' 왔기 때문이다. 노모는 마애암 아래에 한평생 살면서 시주는커녕 암자에도 오르지 않았고, 명수도 마찬가지이다. 그런 명수에게 노모는 새벽에 마애암에 시주하러 올라가라고 한다. 쌀과 호박죽을 등에 지고 산길 내내 이정표 하나 없는 마애암으로 올라간 명수가 몇 번이나 길을 잃고 앞을 막아선 바위벽을 비켜 돌자, '정면으로 일광을 맞받아치듯이 말짱하게 마른 벽면에 또렷이 양각된 큰 부처 하나가 나타난다.' 마애불이다. 가까스로 암자를 찾은 명수는 깡마른 늙은 개를 만나 호박죽을 먹인다. 개가 비틀대면서 앞장선다. 쪽방에 들어서던 명수는 그대로 얼어붙어 버린다. '자신의 물건들이, 어릴 때 쓰고 버린 물건들이 흡사 유품처럼 그를' 기다리고 있기 때문이다. 너무 놀라 쪽방에서 달아난 명수는 구르듯이 개를 따라간다. 개는 조그만 암굴 앞에서 멈추었고, 핸드폰 불빛을 앞세워 어둠 속으로 들어선 명수는, 뼈가 드러난 왼손 갈퀴에는 아직 염주가 걸려있는 부패가 심한 스님의 시신을 발견한다.

> 그 시신의 오른 손에 쥐인 다 낡은 사진 한 장을 발견했다. 시신의 백화된 손가락에 쥐인 낡고 바랜 사진속의 사람은 바로 명수였다. 초등학생 명수가 운동회 때 뭔가를 먹으면서 활짝 웃고 있는 얼굴이었는데, 멀리서 당겨 찍은 듯 흐렸으나 분명 어린 명수였다. 들판에 혼자 남은 들짐승이 낼만한 기묘한 소리를 지르면서 명수는 그 자리에 무너졌다.(「마애암 골짜기」)

소설의 마지막인 이 단락을 읽으며, 소설을 처음 펼쳤을 때 느꼈던 생이 통째로 휘둘리는 만신창이의 육화된 아픔이 또다시 밀려온다. 삶에서 아픔이란 상실에 대한 감각이고 인식이다. 이 소설은 자신이 인식하는 세상에서 더 이상 존재하지 않는 형과 아버지의 그림자에 짓눌린 명수가 아픔을 앓고 견디는 것에 그치지 않고 아는 것으로 승화시키는 경지에 이르게 한다. 명수에게 아픔은 인식을 넘어서는 체험이다. 형과 아버지의 부재를 받아들여야 하는 명수는 포기와 망각, 자기 삶으로부터 빠져나간 상실의 공포를 느낀다. 그 속에서 명수가 나 자신일 수 있는 유일한 길은 '나의 근원'을 찾는 것이다. 오래전에 죽어 부패된 마애암 노스님의 손에 들린 사진에서 자신의 어린 얼굴을 보는 순간 명수는 그 여느 때와는 다른 맹렬한 아픔을 느끼며 고꾸라진다. 이것이 어쩌면 가장 명징하고 진실한 아픔의 감각일 수도 있다. 소설은 그 아픔의 감각을 인식의 통증을 넘어서는 체험으로 공유한다. 그 체험이 주위를 감염시키고 그것은 다시 뼈아픈 감각으로 작품을 관통하고 있다.

「세상 속으로는」 군 입대를 앞둔 청년의 삶이 진지한 성찰의 문장과 특색 있는 인물들이 만들어내는 특유의 분위기로 독특하게 읽힌다. 사촌누나, 영순, 중년의 천주교 신사, 어린 입대병, 매형, 철로에 뛰어든 사내 등의 인물들이 점묘처럼 흩어져 있으면서도 모두가 세상의 구성원이다. 서울이 나를 뜯어 먹고 있다고 느끼는 나는 고졸 학력으로 서울에서 살아가는 품삯꾼이라는 현실에 절망한다. 그런 나는 사촌 누나의 서점을 봐주면서 이따금 고향 친구 영순이를 만나고, 천주교 신자 아저씨의 책 구입 심부름을 해주며 용돈을 번다. 하루는 술 한잔 사고 싶다는 아저씨를 따라간 나는 술이 취해 들어간 호텔에서 그가 동성애자라는 것을 알고 뛰쳐나온다. 며칠 후 나는 그 아저씨가 야밤에 대형트럭에 치여 죽었다는 사실을 듣고 자살을 직감한다. 입대 전날 밤에는 사촌누이의 집에서 매형의 폭력을 말리다가 그를 목졸라 죽일 뻔 한다. 차갑게 흩날리는 눈발 속에 기차를 타고 달리는데 철로에 달려든 누군가는 머리가 없이 몸통만 발견된다.

나는 순간 그 얼굴이 영순이가 아닐까 했다. 아니면 사촌누이거나…. 나는 나도 모르게 그 시신의 머리 부분을 당겨 얼굴을 확인하려 했다. 남자였다. 아까 승강구에서 그림자처럼 서 있던 그 어린 입대병과 비슷하게 보였으나 아니었다. 승무원 하나가 나를 밀쳤다. 나는 강변 호텔에서 내게 사랑을 호소했던 그 초로의 남자 얼굴을 겹쳐 본 듯한 충격을 받았다.(「세상 속으로」)

　소설이 인생의 결정적인 국면을 다루는 것이라면, 그것을 다른 말로 바꾸면 소설이 다루는 것이 순간이라는 것이다. 이 소설은 입대를 앞둔 청년이 겪는 순간순간을 통해 독자들에게 이런 때가 어쩌면 자기 인생의 한 모서리가 부서지는 순간이라는 것을 보여준다. 순간이라고 하지만 청년에게는 변화를 감지할 수 없이 흘러온 연속적인 시간의 순간이기도 하다. 모든 것이 변하고 있지만 여기가 어디인지 도무지 요령부득인 청년의 시간을, 자신도 모른 채 인생의 한 모서리가 부서지는 청년의 시간에, 함께 머무는 동안 격심한 마음의 진동이 느껴지는 소설이다.

　「밤의 넋」은 남해댁과 갑선이, 두 위안부 여인과 어머니의 이야기가 다층적으로 그려지고 있다. 어린 시절 같은 동네에 사는 남해댁을 대하는 어머니의 태도는 종잡을 수 없다. 냉랭하게 지내다가도 아픈 기색이 있으면 만사를 제쳐두고 거의 사노비에 가깝게 그녀를 극진히 돌보아준다.

그러다가도 병이 호전되어 이전의 카랑한 노인으로 남해댁
이 원기를 회복할라치면 어느 사이 어머니도 예전의 여인, 상
호 싸늘한 간격의 거리를 분명히 재고 있는 눈매 차가운 사람
으로 돌아가는 점 역시 괴이했다.(「밤의 넋」)

나는 삼십 년 만에 남해댁을 찾아가던 날 비로소 어머니의 그
런 태도의 진실을 알게 된다. 남해댁은 노망이 들어 우리가 누구
인지 알지 못한다. 하지만 그녀가 눈을 내리깔고 나를 노려볼 때
나는 가슴이 얼어붙는 공포를 느낀다. 그 시선이 '몸속에 깃든
악령을 끌어내기라도 하듯 요기'로 왔기 때문이다. 남해댁은 배
설물을 치워주는 어머니 옆에서 같이 거들던 나를 향해 답례처
럼 갑자기 침을 뱉는다. 순간 나는 남해댁의 목을 조일 것 같은
분노를 느낀다. 침을 닦으러 나가는 등 뒤로 남해댁이 내뱉는 일
본어 욕설이 들린다. "바가야로! 바가야로!… 이누치쿠쇼오, 바
가야로!…" 남해댁 집에서 나오던 어머니가 길에서 갑자기 토하
면서 갑선이 이모를 부르며 울부짖는다.

"니는 우애 죽었노, 니는 우애 죽었노 말이다. 갑선아…. 니
살았으몬 내 좀 보자이… 우리 식구 살릴끼라고, 에고 내 몬
살끼다 불쌍한 내 동생, 갑선아!"
마침내 어머니는 내가 어떻게 손 쓸 틈도 없이 가슴을 쥐어

258

뜯으며 나뒹굴기 시작했다.

"우리 오매, 니 일본 놈들한테 빼앗기고서는… 가슴에 못이 되가꼬 명줄대로 다 몬 살고… 아이고 내 동생아아!… 니는 도 대체, 어데서, 어떻게 죽었노… 아이고, 내 몬살끼다. 내 몬살 끼다…"(「밤의 넋」)

위안부의 삶을 이야기가 아니라 그림으로 들려주는 소설이 다. 보는 곳이 아니라 못 보는 곳의 실재를 다루는 이 소설에서 는 이국에서 고통의 삶을 겪은 남해댁의 마음이 발견되고, 그 마 음이 위안부로 동생을 빼앗긴 어머니의 마음으로 동화되는 지점 의 아픔을 절실하게 표현하고 있다. 위안부 문제를 억지로 드러 내기보다는 거기에 있는 당사자를 그대로 보여주는 이 전략은 그 여인들의 고통을 알게 만드는 가장 값진 선택인 것이다.

「사막의 달」은 30대의 중학교 여선생의 인물 형상이 독특하 다. 폭력 교사, 미친 여자라는 비아냥 소리를 듣는 여선생은 '가 늘디가는 철사가 머릿속을 휘젓는 것 같은' 환청에 시달리다 결 국 수업을 중단하기도 한다.

나는 그 어둠의 윤곽이 조성해내는 움직이는 그림들을 만 난다. 그 잔상은 언제나 같은 구도와 내용을 반복한다. 안개 가 깔려있고 그 안개를 밟고 전진하는 탄탄한 군화의 대열이 나타난다. 그 집단의 상체는 안개가 가려 보이지 않는다. 실한 하복부, 굵은 나무 둥치 같은 허벅지, 쇠막대 뭉치처럼 땡땡한 종아리가 똑같은 색조의 유니폼에 감긴 채 어두운 내 망막의 그물에 나타난다.(「사막의 달」)

음란잡지를 들여다보는 학생들과 몸싸움도 마다않은 여선생은 집으로 돌아와 늦도록 귀가하지 않은 남편을 기다린다. 여선생은 남편을 사랑하지만 두 번이나 아이를 유산한 후에는 남편에 대한 화염 같은 분노로 온몸이 찢기는 듯하다. 남편은 여선생에게 한 번도 휴직을 권유하지 않았다. 여선생은 현실의 남편에게서 '동물적인 체취가 제거되고 오직 뼈와 가죽만 남은 사내. 그 뼈의 무리들이 버스를 타고 섹스를 하고 배설을 하는' 모습을 상상한다. 남도의 엄마가 전화에 남긴 메시지를 들은 여선생은 가슴에 가랑비가 내린다.

"어찌 니가 남이여? 남이랑 말여? 에구 벌써 10년을 넘기는 동생 제사람시, 이젠 손 털고 까먹어도 되는 기여?… 워짜? 워쩔떠? 그날 시내 한복판에서 말시, 바로 내가 선 두어 발치 앞에서 그 애가 죽어 넘어 졌는디, 워짜? 여기 광주만 지사할텨? 올텨? 김 서방은 바쁘다 혀도 니가 말시 이 에미에게 전화 한 통이라도 미리 낼 수 있는 거 아녀라? 워떠케 할텨? 내일이 제사여! 그 놈 제산디!"

여선생은 몹시 갑갑하고 숨이 막혀 택시를 타고 가까운 바다로 달리는데 독수리훈련을 하는 군 트럭 위에는 '십 수 명의 완전 무장한 병사들이 밤 추위에 굳고 지친 딱딱한 표정으로 시가지를 무표정하게 바라보며 실려 가고 있었다.' 바닷가 모래톱에 내려선 여자는 사막 위의 달 아래에서 울기 시작한다.

이 소설은 어떤 기억으로 인해 삶을 불신하기 때문에 늘 불행에 대한 예상을 하고 그 긴장을 잃지 않으려고 애쓰면서 겉으로는 독하고 당당한 모습으로 나타나는 여선생의 내면을 섬세하게 표현하고 있다. 여선생은 삶에 잠복하고 있을지도 모를 파탄을 감당할 자신이 없다. 그래서 서정적으로 세상을 보면서 서정적으로 행동하는 사람을 경계한다. 그들은 상처받게 마련이다. 동생이 그렇고 남편이 그렇다. 삶에서 불행이 무엇인지 알기에 그냥 불행을 살아버리는 여선생의 형상이 애잔한 슬픔으로 가슴에 남는다.

「총」은 아버지가 가진 총과 동거 하면서 살아온 아들의 이야기를, 중첩되는 총의 이미지와 함께 그리고 있다. 나는 아버지의 분신이었던 총 때문에 아버지를 빨갱이로 알았지만, 아버지가 6·25 때 오른쪽 눈 절반을 잃은 상이용사라는 것을 훨씬 나중에 안다. 아버지의 기대를 한 몸에 받던 형은 월남전에서 죽었고, 아버지는 그런 형이 살아있는 것처럼 일상을 산다. 나는 서울로의 대학진학을 포기하고 '가능한 아버지에게 처음부터 자식이 나 하나밖에 없었던 것처럼 보이려 애를' 쓴다. 아버지와 나는 화순과 광주의 경계에 살았는데, 80년 5월 아버지는 미친 사람이었다. 나는 종일 집으로 돌아오지 않는 아버지를 찾아 '인간의 열렬한 감정의 노도로 불붙고 있는' 그 도시를 샅샅이 돌아다닌다. '이런 경우, 아버지 같은 빨갱이가 가장 먼저 당했을' 거라는 확신에 이 골목 저 골목 정신없이 헤매고 다닌다. 그 도시에 관한 군인들의 작전이 시작되고 이틀 후에 돌아온 아버지는 한마디의 말도 없이 누워 버린다.

그로부터 며칠 뒤 어느 날 밤 잠결에 나는 아주 낯선, 쇠가 쇠에 연결되는 마찰음을 들었다. 윗목에 벽을 등진 나를 향한 정면의 위치에 아버지가 총을 꺼내들고 탄환을 채고 있었다. 아아 빨갱이 아버지! 나는 심장이 대번에 뒤틀리면서 와들와들 몸이 사정없이 놀았다. 아버지는 그런 나를 아랑곳하지 않고 거의 치매에 가까운 무구한 얼굴 그대로 총알을 끼우고 다시 되쏘는 짓을 반복했다.(「총」)

군대에서 전경으로 배속된 나는 '수많은 시위대를 향해 자욱하니 최루탄을 쏘아 올리는 동료들 가운데 망연히 선 채, 이것은 아니다! 이것은 아니다! 라는 외침이 목구멍까지 비집고' 올라오곤 한다. 제대를 하고 집으로 돌아온 나는 새벽에 아버지의 총을 찾아낸다. 네 발의 탄환도 함께 찾아 줬지만 '더 이상 무겁지도 않았고 흥분도 안겨주지' 않는다. 나는 들판으로 나와 총을 겨눈다.

아직 어두운 박명의 막이 드리워져 있는 중첩된 먼 산을 향해, 가을걷이가 끝난 들녘을 향해, 누워 잠든 푸르게 싱싱한 새벽 강을 조준하여 쏘았고, 마지막은 붉은 깃털 꼴로 찬연히 번져 나오는 새벽하늘의 언저리를 정조준해 쏘았다. 들판 가득히 놀란 새떼들이 힘찬 날갯짓으로 일제히 떠오르기 시작했다.(「총」)

불타오르는 강 한가운데에 총을 내던진 나는 아버지가 돌아올 새벽 신작로를 바라본다. 총으로 이어지는 이야기 구조가 성곽처럼 탄탄하고 그 현장을 읽어내는 묘사와 심리의 직조가 여간 조밀하지 않다. 그러면서 '세월 탓인가? 아니면 몹쓸 것이 인간의 망각이란 말인가? 아니면, 아니면, 살아남은 살붙이가 나름대로 터득한 생존의 미덕이란 말인가? 이미 그 무언가를 용서하고 있음인가?' 하는 질문이 우리의 뒤통수를 강하게 후려친다. 하지만 이 질문을 이 소설의 진의로 파악하는 것은 작품의 진면목을 몰라보는 것이다. 왜냐하면 이 소설은 아버지의 슬프디슬픈 자기 보호술인 총이, 때로는 누가 가지느냐에 따라서 가장 강력한 폭력성을 가진 무기로 둔갑할 수 있다는 증언이기도 하기 때문이다. 총에 대한 복합적인 사연이 빚어낸 뛰어난 수작이다.

「가대기의 노래」는 '겨우 천 조각으로 치부를 가렸을 뿐인 벌거숭이였고, 어허여 디야 노래를 부르며 짐을 나르는, 너무나 낯설고 어마어마하게 크며 들짐승들 같은 피부색을 지닌 막노동 사내'였던 아버지 이야기이다. 이 작품은 그동안 보아온 막노동 일을 하는 아버지 형상들과는 비교할 수 없이 값진 소설이다. 아버지의 기일을 맞아 고향을 찾아가는 화자의 시선을 여로 형식으로 그린 소설은 한 시대의 부산 풍경을 마치 영화처럼 선명하게 묘사하면서 가대기 노래를 부르며 짐을 부리는 노무자들의 '주홍빛으로 달궈진 어깨 위로 대낮의 일광이 단조하게 내리쬐는, 그 바래고 오래된 내 먼 기억의 잔상'을 군더더기 없이 그려내고 있다. 또한 '인생이 하루 단위로 토막 난 채 어찌할 바를 모르는 피난민들'의 삶을 구체적이고 선연하게 그리고 있다. 가령, 나의 학업 때문에 학교를 그만두고 솥 공장에 다녀야 하는 동생과 나의 관계를 이렇게 묘사하고 있다.

동생이 잰 걸음으로 따라왔다. 나란히 서게 되자 나는 왠지 동생과 간격을 두어야겠다는 조바심으로 발이 헛놀기까지 했다. 왜 그런지 참 알 수가 없다. 동생은 오늘따라 무척 피곤하게 보였다. 입술은 작고 야무지게 닫혀 있었고 두 눈은 무언가 생각에 잠긴 듯 고요했다. 그런 동생의 코밑으로 아직은 솜털에 지나지 않은, 그러나 사내임을 드러내는 잔잔한 수염이 자라 있었다. 일터로 나가기 시작한 며칠 동안 동생은 한밤 중 이불 속에서 가만가만 울곤 했었다. 그 울음은 그런데 도저히 아이의 울음이 아니었다. 평생을 두고 육신의 뼈마디에까지 감정을 새겨 넣을 어른의 울음이었다.(「가대기의 노래」)

막노동꾼으로 살아가야 하는 동생의 울음 속에서 가대기를 부르는 막노동꾼 아버지의 모습이 보이는 상상력이 놀랍다. 그 동생이 이제는 아버지의 기일을 알려준다. 일자무식인 아버지는 노무반장이었고, 노사협의체 회의에 중학교 1학년인 나를 데리고 나가 어린 막노동꾼처럼 앉혀 놓고 노무 반장으로 별다른 건의사항은 없고 노임 계산이나 미루지 않고 제 때에 해주는 것이 노무반 모두가 바라는 말을 하고 '스스로 감동한 듯 모두를 천천히 굽어본 뒤 자리에 앉아' 내 손을 꼭 잡는다. 그리고 이듬해 아버지는 창고에 쌓여있던 집채만 한 수입 생고무 뭉치에 깔려 허리가 완전히 부러져 병원으로 옮겼으나 사흘 만에 집으로 돌아온다.

"…니는 …니는 노동하지 않고도 살것제, 니는 말다…"
그 쥐어짜듯 뒤틀린 몇 마디 말이 아버지가 말한 전부였다. 나는 오한으로 전신이 와들와들 떨렸다. 그 직후 아버지는 짐승의 울부짖는 듯한 소리를 토하면서 퉁겨 오르듯 요동쳤고 우두둑 뼈마디가 어긋나며 내려앉는 무시무시한 소리가 났다.

눈을 뜬 채로 숨을 거두었다.(「가대기의 노래」)

이 소설에서 아버지는 한번도 독립적인 인물로 등장하지 못하고 언제나 아들의 시선에 의해서만 포착되고 있다. 이것은 아버지를 바라보는 신종국 작가의 어떤 독특한 태도와 연관이 있는 것 같다. 이 소설집 전체를 관통하는 아버지는 착잡한 감정을 불러일으키고 동경의 대상이 될 수 없다. 오히려 조소와 증오의 대상이고 기껏 연민의 대상이다. 추레하고 비루해 언제나 아들에게 부끄러움만 불러일으키는 존재이지만 그것은 아버지의 탓만은 아니다. 그것은 그런 불행을 초래하게 만든 그 시대의 모든 아버지들의 책임이기도 하다. 아버지는 결코 회복될 수 없는 원죄와 같은 상처이다. 그래서 작가는 아버지를 말하면서 실은 그 아버지들의 자리에 대해 말하고 싶은 것일지도 모른다. 이 작품은 '마른 삭정이처럼 부서질 듯한 얼굴로 여윈 목줄기의 핏줄을 돋우면서 가대기 노동요를 부르던 그 날품팔이 인생' 아버지들 모두에게 보내는 애가哀歌이자 헌사獻辭이다.

「조수潮水」는 고목임에도 불구하고 지금까지 뿌리를 거두지 않고 있는 외할머니를 통해 아픈 시대를 증언한다. 갑오년생, 즉 1894년에 태어나 을미사변을 거쳐 을사조약과 한일합방에 이르는 성장기를 거친 외할머니. 멀리 북아메리카의 인디언 할멈처럼 어깨가 쫙 벌어져 있었고 키가 훤칠한 외모의 할머니에게서 단 하나 불투명한 것은 두 눈이다. '할머니의 눈은 흐린 물속에 잠긴 단풍빛이었다. 수정체의 선명도 역시 형편없었다. 나는 할머니의 그러한 눈을 올려다볼 때마다 가슴을 섬뜩하게 하는 그 무언가를 느꼈다. 할머니의 눈은 항상 멀고 먼 하늘 같은 것을 바라보았으며 통곡과 흡사한 깊은 슬픔을 가득히 담고 있는 것 같았다.' 나는 이런 눈을 가진 할머니와 어려서부터 한방을 사용한다. 거의 움직이지 않고 잠속으로 빠져드는 할머니의 수면법 때문에 나는 밤마다 귀를 곤두세우고 숨소리를 지키며 할머니의 죽음을 확인한다. 그때마다 가슴의 미세한 움직임이 느껴지는 홑저고리 속의 할머니 피부는 기분 나쁠 만큼 차갑다. 하지만 할머니가 우실 때만은 이상하게 혈육의 끈을 느낀다. 가끔 자다 일어나보면 달 아래 마당에서 두 손을 단정하게 앞가슴에 모은 할머니가 절벽 아래를 내려다보고 있다. 할머니의 큰아들은 태평양 전쟁 때 징용당해 사망하고, 둘째 아들은 6·25 때 인민회의 약식재판에서 처형당하고, 막내아들은 해방되기 직전 일본 큐우슈우 탄전지대로 나섰다가 지금껏 행방불명이다. 할머니의 그런 개인사를 알고도 나는 '역사 교과서나 상이가족의 일대기에 의해서나 접촉할 있는 조금 강제적인 감흥을 유발시키는 사건들이' 결국 나와는 무관할 것이라는 방관적인 기분으로 일정한 간격을 유지하려고 한다. 결국 할머니는 돌아가셨고 멀리서 새벽 조수 밀리는 소리가 들려온다. 세속의 온갖 풍파를 겪은 할머니가 저녁노을을 마주 보고 앉은 다음 장면의 묘사는 많은 것을 느끼게 하면서도 이 땅의 어머니이자 할머니들에게 보내드리는 찬가이리라.

저녁 안개 속에서 노을은 여린 황금빛 흐름으로 하늘을 나는 학의 깃처럼 따스하였고 그런 아름답고도 고요한 풍랑 속에, 와상에 나와 앉으신 할머니는 그대로 하나의 소슬한 구름이었고 또 바람이었다. 할머니는 이 황홀한 자연에 조응하시는 얼굴로 먼 하늘 끝 부분을 바라보셨다. 문득 그러한 할머니에게서 나는 이 세상의 모든 몸부림이 여기에 이르러 비로소 허약하게 무너져 버리고 마는 듯한 무력감을 느끼는 동시에 보다 큰 힘의 현장으로서, 하늘을 향해 단정히 앉으신 할머니의 연륜으로부터 발산되는 어떤 기막히도록 억센 생명의 불꽃을 투시하게 되었다. 나는 사뭇 감격하여 이 순간만은 나의 청춘이고 사랑이며 심지어 자유까지 아무렇게 되어도 상관하고 싶지 않은 생각이 들었다. 이 아름답도록 끈질긴 생명의 불꽃과 함께라면, 이 어찌할 수 없도록 모든 것이 가득한 가을 황혼을 맑은 마음으로 바라볼 수만 있다면 무엇인 문제가 되겠는가 하는 느낌이었다.(「조수潮水」)

조수처럼 밀려왔다가 빠져나가는 것이 인생이다. 그런 인생이기에 내가 할머니, 어머니, 아버지로부터 도저히 벗어날 수 없다고 느끼는 공범자의 의미가 각별하다. 그래서 '할아비로부터 그 자식들이 그들의 어쩔 수 없는 삶의 넓이를 깨닫듯이, 나 역시 내가 딛고 일어서야 하는 이 험난한 삶의 바닥을 인정하지 않으면 안 되었다. 나는 이미 어떤 현장의 예외가 아니었다. 어쩌면 가장 억울한 공범자가 아닐까 하고 생각'하는 성찰의 무게가 값지게 다가오는 작품이다.

3.

위에서 읽어본 것처럼 신종국 작가의 소설집 『마애암 골짜기』는 현재의 이야기가 보다는 과거의 이야기기가 대부분이다. 또한 관찰과 기록과 고발의 형식이 아니라 기억과 회상과 반추의 양식이다. 그래서 이 소설집의 대부분 이야기는 두세 겹의 시간대를 가지고 있다. 때로는 현대의 서사로 표현되는 사건이 있고, 그 사건 뒤에는 과거가 있다. 경우에 따라서 그 과거는 더 이전의 과거로 거슬러 올라가기도 한다. 이렇게 이어지는 소설 속의 회상은 현재가 과거와 나누는 대화이다. 작가가 이렇게 고집스럽게 회상의 방식을 견지하는 것은 역사의 시간이 아니라 인물 각자의 세월의 시간을 그려내기 위한 것이다. 회상 형식의 기억으로 꼬리에 꼬리를 물고 이어져 나가는 신종국 작가의 풍요로운 기억의 환유성은 그 자체가 가지고 있는 무게만으로도 이 시대의 감각에 맞설 수 있는 소중한 자산이다.

신종국 작가의 소설을 읽다 보면 숨기고 싶고 인정하기 싫은

나, 혹은 우리의 모습을 자꾸 환기시킨다. 더 이상 치장할 수 없고 거부할 수 없을 때 드러나는 흉터와 상처를 지닌 인물들을 통해 독자들은 자기 자신의 모습을 돌아보게 된다. 소설의 인물들은 세상의 모욕을 받아들이면서 세상의 부조리를 모욕한다. 그래서 그런지 『마애암 골짜기』에서는 희망을 칠갑한 절망, 도덕을 가장하는 위선, 위안을 약속하는 동정은 가차 없이 모욕당한다. 인생에서 아무것도 바라는 게 없고 두려움이 없는 인간만이 그럴 수 있으리라. 그래서 신종국 작가의 소설 인물들의 이미지는 다른 무엇으로도 대체 불가능할 정도로 독특하다.

신종국 작가의 소설 행간 행간에는 고뇌하고 쓰고 지우고 다시 쓰고 회의하다가 또 쓰는 자의 절박한 충동이 느껴진다. 그것은 그의 소설이 대부분 개인의 과오와 불운 때문이라기보다는 인간 세상의 부조리에 기인한 약자들의 인생을 다루기 때문이다. 그래서 그의 소설을 읽고 나면 우리는 그것이 아무리 나와 무관한 것이라고 해고 그 고통에 대한 책임을 누군가에게 묻고 싶어진다. 할 수만 있으면 국가, 전쟁, 이데올로기, 비이성 이라는 부조리를 불러다 놓고 매섭게 추궁하고 울분을 터뜨리고 사과를 받아내고 싶다. 그런데 그러고 나서 우리는 어쩔 것인가… 힘없는 개인으로 치밀었던 울분이 점차 우울로 변하고 동정과 연민, 아픈 마음, 증오, 미움도 얼마 후엔 잊힌다. 신종국 작가의 소설은 바로 이 지점을 매섭게 추궁하고 있다. 우리가 소외된 자들이 모욕당하는 모습을 보면서 던지는 질문과 분노는 올바른 도덕성에서 온 것은 맞지만, 확고하고 올바르며 인간적이지만, 그러나 이 부조리한 세상의 도덕은 너무 안전을 추구한다. 신종국 작가의 소설은 도덕적 안전만 추구하며 몸을 사리는 우리들에게 던지는 경고이며, 입에 발린 도덕성을 도려내는 날카로운 비수이다. 왜냐하면 사회적 약자들의 인생이 최악인 것은 불행의 깊이보다는 몇십 년 동안, 혹은 죽을 때까지 함께하는 기억이 만들어내는 고통의 정도 때문이다.

어쩌면 신종국 작가의 소설이 우리에게 요청하는 것은 사회적 약자의 고통에 대한 책임이나 의무가 아닌, 잊지 않고 기억하고 응시하는 것일 뿐일지도 모른다. 그러나 그가 오랜 시간 닦아온 온 시선의 창 끝에 닿는 우리 사회 구성원들이 가진 안전한 도덕은 그에게는 무척이나 고통스러울 것이다.

이 놀라운 소설의 세계에 경의를 표하며, 작가의 다음 작품을 기다려 본다.

작가의 말

새 출발을 위한 작별

소설가 소리를 들은 지 30여 년이나 지나 소설집을 내니 만감이 교차 된다. 스스로 한심하면서도 신기한데, 부디 이 소설집이 '새 출발을 위한 좋은 작별'이 되어, 내 남은 생 동안 진정 좋은 글을 남겼으면 한다.

「마애암 골짜기」는 그런 정리의 마지막 작품처럼 2019년 가을에 쓴 소설이다. 여태까지의 모든 어려움을 대표적으로 안고 가는, 끝 작품으로서의 의미가 있다.

「세상 밖으로」는 나름 직장 생활의 괴로움 속에서 글쓰기의 날을 벼려본 작품이었고, 「밤의 넋」은 지금에서 보니 가장 마음에 드는 단편이다. 실제 이웃과의 체험임도 밝힌다.

「사막의 달」은 시대 속의 와류로 쓸려가는 삶의 고단함을, 「총」은 80년대 광주사태라는 그 독특한 경험에 대한 나름의 표시로 작업한 결과물인데, 특히 「총」은 지역 작가분들의 과분한 관심을 받았었다. 둘 다 80년대 쓴 소설이다.

등단작인 「가대기의 노래」는 요산 김정한님의 각별한 안목 덕분으로 선정된, 1987년 1월 부산일보 신춘문예 당선 단편인데, 내가 작가 역할이 시원찮아 문안 인사도 자주 못 드렸던 탓에 지금도 가슴이 무겁다.

「조수潮水」는 대학 졸업반 때 『한국문학』지의 전국대학생문학상 단편소설 공모에 당선한 작품이다. 가작 입선한 임철우 문청(지금은 이미 「붉은 방」으로 이상문학상을 받은, 한국 대표작가 중 한 분)과 수상식에서 알게 되어, 지금까지 서로 집을 왕래하는 친구가 된 작품이라 새롭다. 이 단편은 내가 겪은 가족실화에 가깝다. 그해 연말 수상하러 갔다가 『한국문학』 본상 수상작가인 박완서님을 뵙고, 그 단아 총명한 인상에 놀란 기억이 난다.

「순교시대」는 1975년 1월 동아일보 신춘문예 최종 결심에 올랐다가, 현기영님 작품에 마지막 밀린 사연이 있다. 그래서 경북

대학교 사범대학(역사교육과)에 입학하고 대학 교지에 발표했는데, 이창동 학우(국어교육과)가 읽고 마음에 든다고 먼저 친구가 되자면서 찾아온 작품이다. 그 학우가 지금 탁월한 소설가이자 ≪밀양≫과 ≪버닝≫의 세계적 영화감독인 그 분이다. 나는 그 형이 문화부장관까지 될지 당연히 몰랐기에, 80년대 내 결혼식 축의금 접수인으로 도움을 부탁하자 기꺼이 부산까지 와준, 스승과 같은 고마운 분이다. 지금도 서로 왕래하는 사이다.

수록된 작품 수준이 미흡하나 무려 30여 년이나 걸린 시간이라, 그간 신세 지거나 나로 하여 힘들었던 분들의 관심과 오랜 기다림이 새삼 고맙다.

고교 때부터 문우였던 최춘식, 강은희 교수 내외, 허장욱, 변세현, 김부상, 김명관, 이광님과 사촌 신종석에게 발간 소식을 알리며, 표지화 작품을 주신 최현수 작가님, 동아고 친구와 대학 동기들, 학교현장과 교육청, 직속기관 근무 시 착했던 동료직원 모든 분들과 발간의 즐거움을 나누고 싶다.

특히 아내 정현숙, 딸 신수아와 출간의 기쁨을 함께 하며, 사랑스런 외손녀 한가희가 자라면 이 책을 보여주고 싶다. 끝으로 이 소설집의 출간을 전적으로 밀어주신 김성달 작가님께 매우 감사드린다.